古典精華

集漢西嶽華山廟碑字　香港中文大學文物館藏宋拓順德本

中冊

中國文學

古典精華

香港中文大學
古典精華編輯委員會 編纂

商務印書館

中國文學 古典精華 中冊（增訂版）

編　　纂：香港中文大學古典精華編輯委員會
執行主編：杜祖貽　劉殿爵
責任編輯：鄒淑樺
封面設計：楊愛文
出　　版：商務印書館（香港）有限公司
　　　　　香港筲箕灣耀興道三號東滙廣場八樓
　　　　　http://www.commercialpress.com.hk
發　　行：香港聯合書刊物流有限公司
　　　　　香港新界大埔汀麗路三十六號中華商務印刷大廈三字樓
印　　刷：美雅印刷製本有限公司
　　　　　九龍官塘榮業街6號海濱工業大廈4樓A
版　　次：二〇一六年七月第一版第一次印刷

http://www.commercialpress.com.hk
ISBN 978 962 07 4533 1
Printed in Hong Kong

Masterpieces of Classical Chinese Literature
Cho-yee To, D. C. Lau, et al, ed.

First Edition, July 2016
ISBN 978 962 07 4533 1

為古典精華題辭

吳大猷院長

古典精華

吳大猷敬題

李國章校長

與時俱進，日月常新。

王叔岷教授

浮華迷漫蔽真淳，為起頹風忘苦辛。
傳習慇懃堅志趣，十年文質自彬彬。

任繼愈教授

傳薪火，育人才；與國運，開未來。

朱光亞院長

弘揚國粹，陶冶情志。

呂叔湘教授

鑒往所以知來，博古而後通今。

李遠哲院長

博我以文，格物致知。

林庚教授

精選百代，華始未來。

季羨林教授

繼承傳統，弘揚文化；增長知識，陶冶性靈。

周策縱教授

中文古典多瑰寶，選得精華盡探珠。
人手一編勤誦習，孩提到老足供需。

柳存仁教授

我們推薦古典精華這一部現代形式的古典作品，是因為相信現代語文裏面也包括不少的古典成分。如果年輕的人們對古典一竅不通，恐怕連本世紀的文字也看不懂，遑論研究？

馬臨教授

恪勤在朝夕，懷抱觀古今。

高錕教授

陶冶性情之篇，鼓鑄志行之作。

陳原教授

弘揚傳統文化，造福青年學子。

陳槃教授

古典精華編製，茲事體大，有裨我國家、社會、歷史、文化之發揚，可無疑也。

勞榦教授

坊間古典選本，類皆為課外補充所需，而非分年誦讀所用。則此古典精華，分年遞進，實為國中創舉。來日方長，仍依先覺，鄉邦厚望，實利賴之。

湯國華先生

文辭優美，意義深遠。

湯偉奇先生

傳統現代，並行不悖；科技人文，相輔相成。

楊向奎教授

惠施多方，其書五車，必讀書始能成材。

趙鎮東先生

維繫國粹之命脈，重燃文化之光輝。

盧嘉錫院長

識古知今，開來繼往；藝文設教，科技興邦。

羅慷烈教授

温故知新，采精華於古典；補偏救弊，啟幼學以茲編。

蘇文擢教授

沈浸醲郁，含英咀華。

顧廷龍教授

童年所讀之書，雖時逾八十多年，尚有能背誦之句。竊謂求學要能融會貫通，而欲求融會貫通，非熟讀不能達也。

饒宗頤教授

作語文之鈐鍵，為國故之鎡基。

古典精華三集，為少年學子十載傳習所編製，謹題二十八字。

浮華迷漫蔽真淳，
為起頹風存古章。
傳習飽薰陶志趣，
十年文質自彬彬。

王叔岷

一九九六年二月廿三日
丙子元月初五日

傳薪火育人才興國
運開未來

古典精華出版

一九九七年賀

任繼愈

繼承傳統弘揚文化
增長知識陶冶性靈

題贈
香港中文大學古典菁華

季羨林

奉題古典精華

中文古典多瑰寶
選得精華盡探珠
人手一編勤誦習
孩提到老足供需

周策縱

一九九六年春日
于美國舊金山客次

棄園

竹報平安

月前由上海轉到二月八日大函，並《古典精華編製計畫》一份，粗讀再三，頗爲諸公考慮周至，敬意奉學佩也。

計畫有云：「取其出類拔萃，宜於誦習者，而記誦之事，宜於幼學時。」誠哉斯言。鄙人近和有感于斯。童年所讀之書，雖時逾八十多年，尚有能背誦之句。竊謂求學要能融會貫通，而欲求融會貫通，非熟讀不能達也。

諸公愛國熱情，深謀遠慮，實所欽仰！

顧廷龍敬上

一九九六、三、廿四、

作語文之鈐鍵
為國故之鎡基

選堂題

初版序

香港中文大學校長　李國章

「言之無文，行而不遠」。孔子這句話不但說明了語文的重要，還確立了語文教育的目的。無論做人、做學問、從工、從商、從醫，要做得好，都要有良好的語文能力。

可是近年來語文教育出現了嚴重的問題：目標混淆、教材龐雜。香港中文大學教授諸君子，有見及此，於是從豐富的中華文學寶藏中，選取歷代的佳作三百餘篇，釐為一百八十課，作為語文教育的基礎，定名《古典精華》，廣為發行，以供各地學子誦習。

《古典精華》一書可以說是不尋常的製作。首先，他是海內外學者們努力合作的成果。其次，它是一項長遠的計劃：為了精益求精，當初版面世之後，便要開始進行修訂，務使《古典精華》與時俱進，日月常新。

當初版付梓之際，我謹向全體編纂人員表示衷心祝賀，對香港圓玄學院慷慨資助研究和出版經費、各學界先進惠贈題辭，更致萬分謝意。

一九九七年五月

古典精華新版序

致讀者

一九九七年初夏，《中國文學古典精華》初版發佈會在中文大學舉行，並藉此機會，慶祝香港擺脱一百五十六年殖民地的恥辱，回歸中國；同時扇揚中華傳統文化的光輝，重倡經典。風氣甫開，即得到海內文教先進與社會賢達熱烈響應，紛紛為古典精華題辭：

饒宗頤教授：作語文之鈐鍵，為國故之鎡基。

羅慷烈教授：温故知新，采精華於古典；補偏救弊，啟幼學以茲編。

蘇文擢教授：沈浸醲郁，含英咀華。

湯國華會長：文辭優美，意義深遠。

柳存仁教授：我們推薦古典精華這一部現代形式的古典作品，是因為相信現代語文裏面也包括不少的古典成分。如果年輕的人們對古典一竅不通，恐怕連本世紀的文字也看不懂，遑論研究？

陳　槃教授：古典精華編製，茲事體大，有裨我國家，社會、歷史、文化之發揚，可無疑也。

高　錕教授：陶冶性情之篇，鼓鑄志行之作。

……

二十年來，古典精華為廣大讀者廣泛選用，作為文學欣賞、學術研究、語文教學和藝術創作的重要資源。除香港商務印書館原版正文篇及參考篇六冊之外，其後又有其他出版社刊行三個版本：

北京教育科學出版社，二零零零年七月（普及版）

台北台灣商務印書館，二零零零年十二月

武漢華中師範大學出版社，二零一一年九月

在香港、內地、台灣、新加坡及海外華僑社區，古典精華都深受重視，相信與本書的特色有關：

一、本書邀集海內外資深學者共以識見所及的文化文學標準，精選篇章。

二、本書尊重歷代原文作者，在香港、北京及台北各大圖書館所藏原著版本中取材。

三、各文的題解及註釋，務求客觀準確雅潔明達。編輯人員分工合作，並各有專責，全書經五次校勘修訂，然後統一定稿，故無拼湊混集之弊。

四、參考資料博採眾說，亦皆取自原典，其範圍包括歷史、地理、社政、文物、考古及自然科學等有關文獻。

五、本書的編選工作，不受任何課程標準或學派主張的影響。

六、設立再新版修訂計劃。

中國文學古典精華初版二十週年之日，正是新版付梓之時。編輯與出版同人以誠敬的心情，將三千年來中華民族三百多位偉大的思想家、文學家、科學家、藝術家、教育家和政治家的鴻章巨構，經增訂後再度奉呈給讀者們「文章經國之大業，不朽之盛事」、「文者貫道之器也」、「文起八代之衰，道濟天下之溺」——這是經典文學的意義與功能。雖然，曹丕、韓愈和蘇軾等歷代賢哲流芳百世，可是中華民族文化傳承與弘揚的責任，已轉移到我們這代人的身上。

編者
丙申暮春二零一六年五月

編輯計劃人員名表

編輯委員　杜祖貽主編　劉殿爵主編　馮鍾芸　曾志朗　趙　毅　吳宏一

顧　　問　李國章　高　錕　湯國華　趙鎮東　湯偉奇

榮譽顧問　王叔岷　朱光亞　任繼愈　吳大猷　呂叔湘　李　棪　李遠哲　林　庚
　　　　　季羨林　周策縱　柳存仁　馬　臨　陳　原　陳　槃　張岱年　勞　榦
　　　　　楊向奎　盧嘉錫　羅慷烈兼編輯顧問　蘇文擢　顧廷龍　饒宗頤

編審委員　王邦雄　王晉江　王榮順　吳秀方　佘汝豐　何文匯　何沛雄　李海績
　　　　　宋衍申　谷雲義　周敬思　馬國權　倫熾標　陳方正　陳天機　陳　特
　　　　　張以仁　陳萬雄　曾永義　黃坤堯　黃啟昌　游銘鈞　詹子慶　鄧仕樑
　　　　　鄭良樹　黎民頌　劉述先　劉乾先　戴連璋　魏維賢

編纂委員 王德忠 王　濤 李　立 何宛英 李德山 呂娜莉 岑練英 沈鑫添
周奇文 侯占虎 胡從經 孫　晶 張玉春 張在義 陳向春 陳偉樂
曹書傑 景有泉 董蓮池 董鐵松 廖建強 劉莉萱 劉素絢 謝　孟
關志雄 韓格平 羅鳴謙 蘇廷弼

校　　核 招祥麒 凌友詩 龔因心

編纂助理 李詩琳 文覺謙 司徒國健 李國良 杜詩穎 郭劍鋒 劉禧鳳

資料助理 于宗麒 伍文彥 朱國輝 吳曉琳 李伴培 周松亞 林小燕 唐潔珊
徐曼慧 徐敏玲 殷小芸 梁醒標 許一芹 許彬彬 郭詩詠 陳天賜
曾慧絲 黃錦佳 鄔嫵妮 趙詠琴 劉　梅 歐美儀 潘偉珊 潘燕萍
蔡文軒 蔡雪華 蔡潔然 謝瑞芸 關詠賢 嚴志恒

凡例

宗旨 本書之編纂，為提高中國語文教育之成效，精選歷代文學佳構一百八十課，以為各級學子誦習之基本教材。

取材 所選課文，上自先秦，下迄晚清，莫非百代之典範，不朽之偉作，而率以善本為據。往昔童蒙所用範本之雅正者，亦多採入。

編次 各體文章，均依時代排列，並按程度之深淺，分為初級、中級、高級三冊。

格式 每篇均按正文、作者、題解及注釋四類編次。作者則著其字號、生卒、爵里、生平、志趣、思想、成就及著述。生卒之年以中華紀元先引，輔以西元，以姜亮夫《歷代人物年里碑傳綜表》為準，間有缺漏不詳者，則據史傳補入或注以待考。題解則著其原文出處、文章旨要、時代背景與文學價值，而力求明確扼要。注釋則凡難解之字句，皆予詮釋，所附注音則漢語拼音、國語注音及粵語拼音三種皆備。

參考 文海浩瀚，義理紛孳，故古典精華正文篇而外，另輯參考篇，仍分初冊、中冊、高冊，以光碟形式依次附於相應卷冊。又本書引用文獻之目錄，附於卷末。

修訂 本書編纂，範圍廣大而時間短促，疏漏固所難免，深望大雅君子，惠予教正，俾能於重修再版時補闕正誤。

目錄

禮記・學記 二節

一

發慮憲①，求善良，足以謏聞②，不足以動眾③；就賢體遠④，足以動眾，未足以化民⑤。君子如欲化民成俗⑥，其必由學⑦乎！

玉不琢⑧，不成器；人不學，不知道⑨。是故古之王者建國君民⑩，教學為先。〈兌命〉⑪曰：「念終始典于學⑫。」其此之謂乎！雖有嘉肴⑬，弗食⑭，不知其旨⑮也；雖有至道⑯，弗學，不知其善也。是故學然後知不足，教然後知困⑰。知不足，然後能自反⑱也；知困，然後能自強也。故曰：教學相長也⑲。〈兌命〉曰：「學學半⑳。」其此之謂乎。

二

學者有四失，教者必知之。人之學也，或失則多㉑，或失則寡，或失則易㉒，或失則止㉓。此四者，心之莫同也。知其心，然後能救其失也。教也者，長善而救其失者也㉔。

作者

《禮記》見初冊第四課〈檀弓・孔子過泰山側〉

題解

本課節選自《禮記・學記》，版本據《先秦兩漢古籍逐字索引》。文中有系統地闡述了儒家的教育主張及教育原則。

注釋

① 發慮憲：發，發動、進行。慮、憲二字同義，都是思慮的意思。

② 謏聞：謏，猶小。聞，聲聞。小有聲聞。謏 ㊥xiǎo 國ㄒㄧㄠˇ 粵siu^{2} 音小。

③ 不足以動眾：動，打動、感動。眾，大眾。

④ 就賢體遠：就，接近。體，體悉、體會。

⑤ 化民：教化民眾。

⑥ 成俗：造成良好的社會風氣。

⑦ 學：教育。

⑧ 琢：琢磨、雕琢。

⑨ 道：道理。

⑩ 君民：治理百姓。

⑪〈兑命〉：兑命，即說命，《尚書》篇名。兑 ㊥yuè 國ㄩㄝˋ 粵jyt^{9} 音越。

⑫ 念終始典于學：典，經常。言自始至終，經常思念着學習。

⑬ 嘉肴：嘉，美好。肴，魚、肉等葷菜。肴 ㊥yáo 國ㄧㄠˊ 粵ŋau^{4} 音爻。

⑭ 弗食：不之食。古代用「不」字時標出賓語「之」，用「弗」時則不標出。

⑮ 旨：甘美。

⑯ 至道：最高的道理。

⑰ 困：困惑不前。

⑱ 自反：自己反省。

⑲ 教學相長也：教與學是互相促進成長的。

⑳ 學學半：上「學」字《書經》作「斆」，是教導的意思。全句是說「教導」與學習各佔君子志學的一半。意謂教與學同等重要，特學習為先，敷教為後，此即前句「教學相長」的總論。

㉑ 或失則多：則，之於。有的失誤在於貪多。

㉒ 或失則易：有的失誤在於把學習看得輕易、簡單。

㉓ 止：畏難而預先畫定界限，不求超越。

㉔ 教也者，長善而救其失者也：長，助長。教育是要助長學生的長處和優點，糾正他們的失誤和缺點。

論語　六則

學而第一

子曰：「學而時習之①，不亦說②乎？有朋③自遠方來，不亦樂乎？人不知而不慍④，不亦君子⑤乎？」

為政第二

子曰：「溫故而知新⑥，可以為師矣。」

為政第二ㄡ

子曰：「學而不思則罔⑦，思而不學則殆⑧。」

為政第二ㄡ

子曰：「由⑨！誨女知之乎⑩！知之為知之，不知為不知，是知也。」

述而第七

子曰：「我非生而知之者，好古⑪，敏以求之者也⑫。」

子罕第九

子在川上，曰：「逝者如斯⑬夫！不舍晝夜⑭。」

作者

《論語》見初冊第五課〈論語五則〉

題解

本文版本依據《先秦兩漢古籍逐字索引》，分別節錄自《論語》的〈學而〉、〈為政〉、〈述而〉及〈子罕〉各篇，六則都是孔子教學時的言論和主張。〈學而〉選章敘述為學的方法、樂趣和態度；〈為政〉三選章言為學的原則；〈述而〉選章則勉人用心求學；〈子罕〉選章則以川流比喻，勉弟子及時努力，自強不息。

注釋

① 學而時習之：時，時時、適時，或指每隔相當時間。習，實習、複習。

② 説：同悦，愉快。

③ 朋：朋友。

④ 慍：怒。慍 ㊅yùn ㊄ㄩㄣˋ ㊆wɐn^{3} 音蘊。

⑤ 君子：此處作形容詞用，指有道德、有修養。

⑥ 溫故而知新：故，已學的知識。新，新知識、新啟悟。

⑦ 罔：同惘，迷惑。罔 ㊅wǎng ㊄ㄨㄤˇ ㊆mɔŋ^{5} 音網。

⑧ 殆：危險，一説疑惑。殆 ㊅dài ㊄ㄉㄞˋ ㊆dɔi^{6} 或 tɔi^{5} 音代或怠。

⑨ 由：孔子的學生，姓仲名由，字子路。

⑩ 誨女知之乎：誨，教導。女，同汝，你。知之，知之之道。

⑪ 好古：好，喜好、感興趣。古，古代的事物和經驗。

⑫ 敏以求之者也：敏，敏捷，亦可解作勉力。敏捷或勉力地去追求知識，此指孔子「不知即學」的勤奮態度。

⑬ 斯：此，指物、指事、指人均可。此處指河水。

⑭ 不舍晝夜：舍，停、止。河水晝夜不停地流，暗喻時光日夜流逝。

孫子　二則

謀攻篇　節錄

故用兵之法，十則圍之①，五則攻之②，倍則分之③，敵則能戰之④，少則能逃之⑤，不若則能避之⑥。故小敵之堅，大敵之擒也⑦。

夫將者，國之輔⑧也；輔周⑨則國必強，輔隙⑩則國必弱。

故君之所以患於軍者三⑪：不知軍之不可以進而謂之進⑫，不知軍之不可以退而謂之退，是謂縻軍⑬。不知三軍之事，而同三軍之政者，則軍士惑矣⑭；不知三軍之權，而同三軍之任，則軍士疑矣⑮。三軍既惑且疑，則諸侯之難至矣⑯。是謂亂軍引勝⑰。

故知勝有五：知可以戰與不可以戰者勝，識眾寡之用者勝⑱，上下同欲⑲者勝，以虞待不虞者⑳勝，將能而君不御者㉑勝。此五者，知勝之道也。故曰：知彼知己者，百戰不殆㉒；不知彼而知己，一勝一負；不知彼，不知己，每戰必殆。

地形篇 節錄

視卒如嬰兒，故可與之赴深谿㉓；視卒如愛子，故可與之俱死。厚而不能使㉔，愛而不能令㉕，亂而不能治㉖，譬若驕子，不可用也。

知吾卒之可以擊，而不知敵之不可擊，勝之半㉗也；知敵之可擊，而不知吾卒之不可以擊，勝之半也；知敵之可擊，知吾卒之可以擊，而不知地形之不可以戰，勝之半也。故知兵㉘者，動而不迷㉙，舉而不窮㉚。故曰：知彼知己，勝乃不殆；知天知地，勝乃不窮。

作者

《孫子》一書相傳是春秋末期齊（今山東北部）人孫武所著。孫武，生卒年不詳，約與孔子同時。周敬王八年（西元前五一二），孫武晉見吳王闔閭，任為將軍。《史記・孫子吳起列傳》論其功業說：「西破強楚，北威齊晉，顯名諸侯。」可見其在軍事上的成就。

《孫子》是中國古代一部重要的軍事著作，世譽為「兵經」。全書分〈計〉、〈作戰〉、〈謀攻〉、〈形〉、〈勢〉、〈虛實〉、〈軍爭〉、〈九變〉、〈行軍〉、〈地形〉、〈九地〉、〈火攻〉和〈用間〉十三篇。作者綜合了春秋以來各國交戰的經驗，歸納出戰略和戰術的規律，在中國以至全世界的軍事學中產生極廣泛的影響。後人並將其理論應用於政治、經濟和外交等領域。

《孫子》一書的文學價值很高，它的章法簡約，文字平實，為後世說理散文的模範。由於此書產生年代極早，且流傳久遠，所以衍生出不同的版本。一九七二年銀雀山漢墓出土竹簡兵書中有殘本，《孫子兵法》只二百餘簡，約等於傳世本三分之一強。

題解

本課第一則節錄自《孫子・謀攻》，第二則節錄自《孫子・地形》，版本據《先秦兩漢古籍逐字索引》。

〈謀攻〉是《孫子》第三篇，內容論述運用計謀獲取勝利的方法，而本節錄部分提出的「知彼知己者，百戰不殆」，更成為戰爭的普遍規律。

〈地形〉是《孫子》第十篇，內容論述地形在戰爭中的重要，以及在不同地理條件下進行軍事活動的基本原則。此外，本節錄部分也解釋軍事管理的策略，強調將領既要愛惜士兵，又須執行嚴明的紀律。

注釋

① 十則圍之：兵力十倍於敵軍就包圍他們。

② 五則攻之：兵力五倍於敵軍就主動向他們發動攻擊。

③ 倍則分之：有一倍於敵軍的兵力，就設法分散敵人。

④ 敵則能戰之：敵，指兵力相等，勢均力敵。兵力相等，就能夠抗衡而一戰。

⑤ 少則能逃之：逃字，一作守。兵力比敵人少，就可以及時脫。

⑥ 不若則能避之：力量不如敵人時，就避免與敵人交戰。

⑦ 故小敵之堅，大敵之擒也：小敵、大敵，指實力懸殊的交戰雙方。堅，堅持，這裏指勉強堅持作戰。二句謂兵力弱小的一方如果堅持作戰而不知退避，必被強大的敵軍所擒。此即曹操所謂「小不能當大也」。

⑧ 國之輔：國君的輔佐。

⑨ 周：周全。

⑩ 隙：縫隙、裂痕。引申為有缺陷。

⑪ 故君之所以患於軍者三：患，作動詞用，貽害。此句意謂「為君者有三種軍事上的大忌而必須引以為憂的。」

⑫ 謂之進：使之進、命令他們前進。

⑬ 縻：束縛。縻 漢mí 國ㄇㄧˊ 粵mei^{4} 音眉。

⑭ 不知三軍之事，而同三軍之政者，則軍士惑矣：三軍，泛指軍隊。不曉軍務的人卻一同參預軍政，軍隊就會感到迷惑。

⑮ 不知三軍之權，而同三軍之任，則軍士疑矣：由不曉軍事權變的人卻一同負責軍中任務，軍隊會感到迷惑。

⑯ 諸侯之難至矣：難，禍患。諸侯列國乘機進攻的災難就臨頭了。

⑰ 亂軍引勝：擾亂自己的軍隊而導致敵人的勝利。

⑱ 識眾寡之用者勝：懂得根據兵力多少而採取不同戰術的人，會得到勝利。

⑲ 欲：欲望。

⑳ 虞：準備、戒備。

㉑ 將能而君不御者：御，駕御、控制，引申為牽制。將帥有才能而國君不加以牽制的。

㉒ 殆：危險。

㉓ 谿：溪的異體字。兩山之間不與外界相通的溝渠。

㉔ 厚而不能使：厚，厚養、厚待。使，使喚。

㉕ 愛而不能令：令，命令、驅使，這裏還有教育的意思。溺愛士卒然而不能驅使。

㉖ 亂而不能治：指士卒的行為放縱然而不能加以約束懲治。

㉗ 勝之半：勝利或失敗的可能性各佔一半，指沒有必勝的把握。

㉘ 知兵：通曉用兵打仗的方法。

㉙ 迷：迷惑。

㉚ 舉而不窮：舉，措施，這裏指施行戰略。戰略變化無窮。

莊子．養生主 節錄

吾生也有涯①，而知②也無涯；以有涯隨無涯，殆③已！已④而為知者，殆而已矣。為善無近名，為惡無近刑；緣督以為經⑤，可以保身，可以全生⑥，可以養親⑦，可以盡年⑧。

庖丁為文惠君解牛⑨，手之所觸，肩之所倚，足之所履⑩，膝之所踦⑪，砉然，嚮然⑫，奏刀騞然⑬，莫不中音⑭；合於桑林之舞⑮，乃中經首之會⑯。文惠君曰：「譆⑰，善哉！技蓋⑱至此乎？」庖丁釋刀⑲對曰：「臣之所好者，道⑳也，進㉑乎技矣。始臣之解牛之時，所見無非牛者；三年之後，未嘗見全牛也。方今之時，臣以神遇㉒而不以目視，官知止而神欲行㉓。依乎天理㉔，批大郤㉕，導大窾㉖，因其固然㉗；技經肯綮㉘之未嘗，而況大軱㉙乎！良庖歲更刀，割也；族庖㉚月更刀，折㉛也。今臣之刀十九年矣，所解數千牛矣，而刀刃若新發於硎㉜。彼節者有閒㉝，而刀刃者無厚；以無厚入有閒，恢恢乎，其於遊刃，必有餘地㉞矣！是以十九年而刀刃若新發於硎。雖然，每至於族㉟，吾見其難為，怵然㊱為戒，視為止，行為遲㊲，動刀甚微。謋然已解㊳，如土委地㊴。提刀而立，為之四顧，為之躊躇滿志㊵。善刀㊶而藏之。」文惠君曰：「善哉！吾聞庖丁之言，得養生㊷焉。」

作者

莊子，姓莊，名周。生於周烈王七年，約卒於周赧王二十九年（西元前三六九——前二八六？）。戰國時代宋國蒙（今山東曹縣，一說今河南商丘）人。莊周曾任蒙漆園吏。楚威王曾以厚幣請他為相，不就。從此隱居著述。他主張齊萬物、一死生、絕聖棄智、養生盡年之道。《莊子》一書，今存三十三篇。計內篇七，外篇十五，雜篇十一。內七篇為莊子所作，外篇和雜篇或出自門人及後學之手。莊子為文汪洋恣肆，想像豐富，機趣橫生。又擅用寓言和譬喻，引出玄妙的哲理，對後世文學語言及思想皆有深遠影響。莊子與老子並稱老莊，為道家哲學的宗師。注本今有晉郭象《莊子注》、唐成玄英《南華真經注疏》、清王先謙《莊子集解》和郭慶藩《莊子集釋》等。

題解

本文節選自《莊子》內七篇之一的〈養生主〉，版本據《南華真經》卷二，是認識莊子哲學思想的重要篇章。莊子在這篇文章中借庖丁解牛的故事，說明養生之道。他認為世事萬物錯綜複雜，知識則無窮無盡，而人的生命卻是有限的，盲目求知的結果必會勞形傷神。因此，養生之道在於順應自然之理。譬如庖丁解牛，最初「所見無非牛者」，三年之後，才到了「目無全牛」的境界。這時候他解牛的技巧也達到「遊刃有餘」的地步。由此推論，人處萬物之中，如能順應自然、超越物象，便能像庖丁解牛一樣，進入化境，而立身行事，也就無往而不適了。

注釋

① 涯：水邊。這裏指邊際、極限。
② 知：智慧。
③ 殆：疲困。
④ 已：如此。
⑤ 緣督以為經：緣，順着、遵循。督，身後之中脈曰督，引伸為自然之中道。經，常。遵循自然的中道，並把它當作常理。
⑥ 全生：生，生命。意即保全生命。

⑦ 養親：奉養父母。

⑧ 盡年：終享天年，不使夭折。

⑨ 庖丁為文惠君解牛：庖丁，一說即廚師；一說庖指廚師，丁是他的名。文惠君，舊說指戰國時魏國的梁惠王魏罃，在位年為周烈王七年至周慎靚王二年（西元前三六九——前三一九）。解，剖開、分解，包含宰殺之意。廚師為文惠君宰割牲牛。

⑩ 履：踏、踩。

⑪ 踦：用膝抵住。踦 漢yǐ國ㄧˇ粵ji² 音倚。

⑫ 砉然，嚮然：砉然，皮骨分離的聲音。嚮，通響，響應。嚮然謂聲之應和。砉 漢xū國ㄒㄩ粵wak⁹ 音或。

⑬ 奏刀騞然：奏，進。騞然，解牛聲，較「砉」為大。騞 漢huō國ㄏㄨㄛ 粵wak⁹ 音或。

⑭ 中音：中，合乎。合乎音樂的節奏。中音眾。

⑮ 合於桑林之舞：桑林，傳說中殷商時代的樂曲名。桑林之舞，即用桑林樂曲伴奏的舞蹈。

⑯ 乃中經首之會：經首，傳說中堯帝時代的樂曲名。會，樂律、節奏。合於經首樂曲的節奏。

⑰ 譆：同嘻，讚歎聲。

⑱ 蓋：表示用推理揣測實在情況，猶言竟然。一說通盍，即如何、怎麼之意。

⑲ 釋刀：放下刀。

⑳ 道：規律。

㉑ 進：超過。

㉒ 以神遇：遇，接觸。用心神去接觸。

㉓ 官知止而神欲行：官，器官，指眼、耳之類。知，知覺。神，精神。欲，意念、欲念。

㉔ 天理：天然的紋理，此指牛體的自然結構。

㉕ 批大郤：批，擊。郤，通隙，此指牛體筋腱骨骼間的空隙。劈擊筋肉骨節間大的縫隙。

㉖ 導大窾：導，導向。窾，空，此指牛體骨節間的空處。意即引刀進入牛體骨節間大的空處。窾 漢kuǎn 國ㄎㄨㄢˇ 粵fun^{2} 音款。

㉗ 因其固然：因，依、順着。固然，原有的樣子或狀態，此指牛體的自然結構。

㉘ 技經肯綮：技為枝字之誤，指支脈。經，經脈。技經，指經絡結聚之處。肯，通肻，附在骨頭上的肉。綮，骨肉集結處。肯綮，骨肉緊接的地方。經絡結聚和骨肉緊密連接的部位。綮 漢qìng 國ㄑㄧㄥˋ 粵hiŋ^{3} 音慶。

㉙ 軱：大骨頭。軱 漢gū 國ㄍㄨ 粵gu^{1} 音孤。

㉚ 族庖：族，眾。指普通的廚師。

㉛ 折：斷，此指用刀砍斷骨頭。

㉜ 新發於硎：發，出。硎，磨刀石。剛剛從磨刀石上磨過。硎 漢xíng 國ㄒㄧㄥˊ 粵jiŋ^{4} 音仍。

㉝ 間：空隙。

㉞ 恢恢乎，其於遊刃，必有餘地：恢恢，寬廣的樣子。遊刃，運轉的刀刃。意即刀刃運轉和回旋很有餘地。

㉟ 族：指骨結、筋腱交錯聚結的部位。

㊱ 怵然：小心謹慎的樣子。怵 漢chù 國ㄔㄨˋ 粵dzœt^{7} 音卒。

㊲ 視為止，行為遲：止，停，視為止指目光集中一處。遲，緩慢。目光專注，行動放緩。

㊳ 謋然已解：謋然，牛體分解的聲音。謋 漢huò 國ㄏㄨㄛˋ 粵wak^{9} 音或。

㊴ 委地：委，落在。落在地上堆起來。

㊵ 躊躇滿志：躊躇，悠然自得的樣子。滿志，心滿意足。躊躇 漢chóu chú 國ㄔㄡˊ ㄔㄨˊ 粵tsɐu^{4} tsy^{4} 音酬廚。

㊶ 善刀：擦拭刀子。善或解愛惜。

㊷ 養生：養生之道。

荀子・勸學

君子①曰：學不可以已。青②、取之於藍③而青於藍；冰、水為之而寒於水。木直中繩④，輮⑤以為輪，其曲中規⑥，雖有槁暴，不復挺者⑦，輮使之然也。故木受繩⑧則直，金就礪則利⑨，君子博學而日參省乎己⑩，則智明而行無過矣。

故不登高山，不知天之高也；不臨深谿⑪，不知地之厚也；不聞先王之遺言，不知學問之大也。干、越、夷、貉之子⑫，生而同聲，長而異俗，教使之然也。《詩》⑬曰：「嗟爾君子，無恆安息⑭。靖共爾位⑮，好是正直。神之聽之，介爾景福⑯。」神莫大於化道，福莫長於無禍⑰。

吾嘗終日而思矣，不如須臾⑱之所學也，吾嘗跂⑲而望矣，不如登高之博見也。登高而招⑳，臂非加長也，而見者遠；順風而呼，聲非加疾㉑也，而聞者彰㉒。假輿馬㉓者，非利足㉔也，而致千里；假舟楫㉕者，非能水㉖也，而絕㉗江河。君子生非異也㉘，善假於物也㉙。

南方有鳥焉，名曰蒙鳩㉚，以羽為巢，而編之以髮㉛，繫之葦苕㉜，風至苕折，卵破子死。巢非不完也，所繫者然也。西方有木焉，名曰射干㉝，莖長四寸，生於高山之上而臨百仞㉞之淵，木莖非能長也，所立者然也。蓬生麻中，不扶而直㉟，白沙在涅，與之俱黑㊱。蘭槐之根是為芷㊲。其漸之滫㊳，君子不近，庶人不服㊴。其質非不美也，所漸者然也。故君子居必擇鄉，遊必就士㊵，所以防邪僻而近中正也㊶。

物類㊷之起，必有所始。榮辱之來，必象其德㊸。肉腐生蟲，魚枯生蠹㊹。怠慢忘身，禍災乃作㊺。強自取柱，柔自取束㊻。邪穢在身，怨之所構。施薪若「一」，火就燥也；平地若一，水就溼也㊼。草木疇生㊽，禽獸群居，物各從其類也。是故質的㊾張而弓矢至焉，林木茂而斧斤至焉，樹成蔭而眾鳥息焉，醯酸而蜹聚焉㊿。故言有召禍也，行有招辱也，君子慎其所立(51)乎！

積土成山，風雨興焉(52)；積水成淵，蛟龍生焉；積善成德，而神明(53)自得，聖心備焉(54)。故不積蹞步(55)，無以至千里；不積小流，無以成江海。騏驥(56)一躍，不能十步；駑馬十駕(57)，功在不舍。鍥而舍之，朽木不折；鍥而不舍，金石可鏤(58)。蚯螾(59)無爪牙之利、筋骨之強，上食埃土，下飲黃泉，用心一也。蟹六跪而二螯(60)，非蛇蟺(61)之穴無可寄託者，用心躁也。是故無冥冥之志(62)者，無昭昭(63)之明；無惛惛之事者，無赫赫之功(64)。行衢道(65)者不至，事兩君者不容。目不能兩視而明，耳不能兩聽而聰(66)。螣蛇(67)無足而飛，梧鼠(68)五技而窮。《詩》(69)曰：「尸鳩(70)在桑，其子七兮。淑(71)人君子，其儀(72)一兮。其儀一兮，心如結(73)兮。」故君子結於一也。

昔者，瓠巴鼓瑟而流魚出聽(74)，伯牙鼓琴而六馬仰秣(75)。故聲(76)無小而不聞，行無隱而不形；玉在山而木潤，淵生珠而崖不枯。為善不積邪？安有不聞者乎？

學惡乎(77)始？惡乎終？曰：其數(78)則始乎誦經，終乎讀禮；其義則始乎為士，終乎為聖人[79]。真積力久則入，學至乎沒[80]而後止也，故學數有終，若其義則不可須臾舍也。為之，人也；舍之，禽獸也。故《書》者、政事之紀也[81]，《詩》者、中聲之所止也[82]，《禮》者、法之大分[83]，類之綱紀[84]也，故學至乎《禮》而止矣。夫是之謂道德之極。《禮》之敬文[85]也，《樂》之中和[86]也，《詩》、《書》之博也，《春秋》之微[87]也，在天地之間者畢矣[88]。

君子之學也：入乎耳，箸乎心[89]，布乎四體[90]，形乎動靜。端而言，蝡[91]而動，一[92]可以為法則。小人[93]之學也：入乎耳，出乎口。口耳之間則[94]寸耳，曷足以美七尺之軀哉！

古之學者為己，今之學者為人。君子之學也，以美其身；小人之學也，以為禽犢[95]。故不問而告謂之傲[96]，問一而告二謂之囋[97]。傲、囋，非也；君子如嚮[98]矣。

學莫便乎近其人。《禮》、《樂》法而不說[99]，《詩》、《書》故而不切[100]，《春秋》約而不速[101]。方其人之習、君子之說[102]，則尊以徧矣，周於世矣[103]。

故曰：學莫便乎近其人。

學之經⑭莫速乎好其人，隆⑮禮次之。上不能好其人，下不能隆禮，安特將學雜識志⑯、順⑰《詩》、《書》而已爾，則沒世窮年，不免為陋儒⑱而已。將原⑲先王、本⑳仁義，則禮正其經緯蹊徑也⑪。若挈裘領⑫，詘五指而頓之⑬，順者不可勝數也。不道禮憲⑭，以《詩》、《書》為之，譬之猶以指測河也，以戈舂黍⑮也，以錐飡壺⑯也，不可以得之矣。故隆禮，雖未明，法士⑰也；不隆禮，雖察辯⑱，散儒⑲也。

問楛⑳者勿告也，告楛者勿問也，說楛者勿聽也，有爭氣者勿與辨也㉑。故必由其道㉒至，然後接之，非其道則避之。故禮恭而後可與言道之方㉓，辭順而後可與言道之理㉔，色從而後可與言道之致㉕。故未可與言而言謂之傲，可與言而不言謂之隱，不觀氣色而言謂之瞽㉖。故君子不傲、不隱、不瞽，謹慎其身㉗。《詩》㉘曰：「匪交匪舒㉙，天子所予。」此之謂也。

百發失一，不足謂善射；千里蹞步不至，不足謂善御；倫類不通㉚，仁義不一，不足謂善學。學也者，固學一之也。一出焉，一入焉[131]，涂巷之人也[132]。其善者少，不善者多，桀、紂、盜跖也[133]。全之盡之，然後學者也。

君子知夫不全不粹[134]之不足以為美也，故誦數[135]以貫之，思索以通之，為其人以處之[136]，除其害者以持養之[137]，使目非是[138]無欲見也，使耳非是無欲聞也，使口非是無欲言也，使心非是無欲慮也。及至其致[139]好之也，目好之五色[140]，耳好之五聲，口好之五味，心利之有天下。是故權利不能傾也，羣眾不能移也，天下不能蕩[141]也。生乎由是，死乎由是，夫是之謂德操[142]。德操然後能定，能定然後能應；能定能應[143]，夫是之謂成人。天見其明，地見其光，君子貴其全也[144]。

作者

荀子，姓荀，名況，戰國末期人，約生於周顯王二十八年（西元前三四〇？——前二四五），趙（今山西一帶）人。時人專稱荀卿，一說西漢時，因避宣帝劉詢諱，故稱孫卿，為戰國時代思想家，儒家學派大師。初仕齊，被讒，乃適楚，為蘭陵令。其後廢居蘭陵，著書終老。荀子是先秦諸子中一位集大成者。他主張「人定勝天」，認為人性本惡，主張以禮法治理社會，對後來法家思想的發展有重大影響。

《荀子》一書，現存三十二篇。除小部分出於門人之手外，大多為自著。荀子的文章，謹嚴綿密，析理透闢。如〈勸學〉、〈解蔽〉、〈正名〉、〈天論〉、〈非十二子〉諸篇，都是當中傑作。荀子又是後世辭賦的始祖，他擷取詩、騷菁華而製成的賦篇，開兩漢賦體的先河。《荀子》一書有唐楊倞注、清王先謙《荀子集解》及今人梁啟雄《荀子柬釋》等。

題解

本篇為《荀子》的第一篇，版本據《先秦兩漢古籍逐字索引》。文章旨在勸勉世人學習，並詳細論述為學的原則和方法，是荀子知識論和教育論的重要篇章。文中的論點，以今日的教學原理看，仍是十分正確的。

注釋

① 君子：指懂禮義、有才智及德高望重的人。

② 青：靛青，一種從藍草中提煉的染料。

③ 藍：蓼藍，草名。

④ 中繩：中，符合。繩，指墨線，木工用以衡量木材直度的標準。符合墨線的直度。

⑤ 輮：通揉。用火烤灼新砍伐的竹木，使之彎曲或挺直。輮(漢)róu(國)ㄖㄡˊ(粵)jau4 音柔。

⑥ 規：圓規。

⑦ 雖有槁暴，不復挺者：槁，枯。暴，曬乾。挺，直。即使枯乾，也不會回復挺直。槁(漢)gǎo(國)ㄍㄠˇ(粵)gou2 音稿。

⑧ 受繩：被墨線矯正。

⑨ 金就礪：金，金屬，此指金屬製的兵器。就，接近，這裏解接觸。礪，磨刀石。利，鋒利。刀劍接觸到磨刀石就會變得鋒利。礪(漢)lì(國)ㄌㄧˋ(粵)lɐi6 音厲。

⑩ 參省乎己：參，參驗，有審察之意。按全書文例，「省」字疑後人所增。參音蠶陰平聲。

⑪ 谿：溪的異體字。

⑫ 干、越、夷、貉：干，本字作邗。干、越，春秋時期南方的兩個小國，在今江蘇、浙江一帶。貉，貊的本字。夷、貉，中國古代東方及北方民族的泛稱。貉(漢)mò(國)ㄇㄛˋ(粵)mɐk9 音陌。

⑬ 《詩》：此指《詩經・小雅・小明》。

⑭ 無恆安息：恆，經常。安息，安逸。

⑮ 靖共爾位：靖，安、善。共，通供，供職。要安守你們的職位。

⑯ 神之聽之，介爾景福：神，神靈。介，助。景，大。神靈聽到這一切後，便會幫助你們得到大的福蔭。

⑰ 神莫大於化道，福莫長於無禍：神，這裏指最高的精神境界。道，指聖賢之道。化道，即為道所化。人生最高的精神境界，在於求學中受到聖賢之道的陶冶；而最長遠的幸福，則是修身以避免陷於禍患。

⑱ 須臾：一會兒、片刻。

⑲ 跂：踮起腳跟。跂 漢qì 國ㄑㄧˋ 粵kei^{5} 音企。

⑳ 招：招手。

㉑ 疾：急速、強烈。

㉒ 彰：明顯，此指聽得清楚。

㉓ 假輿馬：假，借用、利用。輿，車。

㉔ 利足：利，快。使得步伐加快。

㉕ 舟楫：楫，船槳。舟楫代指船隻。

㉖ 能水：能，通耐。能水，即耐水，指識水性，能夠長時期停留在水中。

㉗ 絕：渡過。

㉘ 生非異也：不是生出來便與眾不同。

㉙ 善假於物也：善於利用外物。

㉚ 蒙鳩：即鷦鷯，一種體長約三寸、毛色赤褐的小鳥。

㉛ 髮：毛髮。或指草。

㉜ 葦苕：蘆葦的嫩條。黃色，成長條狀。苕 漢tiáo 國ㄊㄧㄠˊ 粵tiu^{4} 音條。

㉝ 射干：草藥名。多年生草本植物，葉子劍形，互生，花黃褐色，帶紅色斑點，果實為蒴果，種子黑色。根莖入藥，有解熱、解毒的作用。射音夜。

㉞ 仞：古代計量長度的單位。據陶文琦的《說文仞字八尺考》謂周制為八尺，漢制為七尺，東漢末為五尺六寸。仞 漢rèn 國ㄖㄣˋ 粵jen^{6} 音刃。

㉟ 蓬生麻中，不扶而直：蓬，飛蓬，多年生草本植物，葉子像柳葉，邊緣有鋸齒。秋天開花，花外圍白色，中間白色。句意是蓬草高尺餘，枝條散亂，麻莖挺直，故蓬被麻叢所圍，不扶自直。

㊱ 白沙在涅，與之俱黑：涅，黑泥。白沙在黑泥中，亦會變黑。以上四句比喻說明近朱者赤，近墨者黑的道理。涅 ㊥niè ㊟ㄋㄧㄝˋ ㊣nip9 音聶。

㊲ 蘭槐：香草名，即白芷，多年生草本植物。

㊳ 其漸之滫：「其」接動詞的句式，可以表示假設。漸，浸漬。滫，人尿。如果將之浸入人尿中。漸音尖。滫 ㊥xiǔ ㊟ㄒㄧㄡˇ ㊣sau2 音手。

㊴ 服：配帶。

㊵ 居必擇鄉，遊必就士：鄉，鄉里。遊，交遊、交往。就，親近、接觸。定居就一定要選擇好地方，交往就一定要親近有道德有學問的人。

㊶ 所以防邪僻而近中正也：所以，用以。邪僻，偏邪不正。中正，中正之道。

㊷ 物類：萬物，各類的物。

㊸ 必象其德：象，象徵、應。德，品格。一定與人的品格相應。

㊹ 蠹：蛀蟲。蠹 ㊥dù ㊟ㄉㄨˋ ㊣dou3 音到。

㊺ 作：發生。

㊻ 強自取柱，柔自取束：「柱」，疑本作「拄」，謂被人用來支拄東西。束，捆紮東西。質地堅硬的東西自會被用來支拄東西，質地柔軟的東西自會被用來捆紮東西。

㊼ 施薪若一，火就燥也；平地若一，水就溼也：把柴鋪得像「一」字一樣平，火就往乾的柴燒；把地弄到像「一」字一樣平，水就向溼的地方流。

㊽ 草木疇生：疇，同儔，類。草木類聚而生。疇 ㊥chóu ㊟ㄔㄡˊ ㊣tsau4 音酬。

㊾ 質的：質，古代一種箭靶。的，箭靶中心的目標。質音侄陰入聲。

(50) 醯酸而蜹聚焉：醯，酸醋。蜹，一種小蚊蟲，幼蟲生活在水中。此句指醋發酸時，蜹蠓就會聚集在此。醯 (漢)xī (國)ㄒㄧ (粵)hei1 音希。蜹 (漢)ruì (國)ㄖㄨㄟˋ (粵)jœy6 音銳。

(51) 所立：為人處世所站的立場。

(52) 積土成山，風雨興焉：古人以為大山主風雨。風從谷生，雲自岫出。

(53) 神明：指最高智慧。

(54) 聖心備焉：聖心，聖人的思想。備，具備，一作循。

(55) 蹞步：蹞，同跬。半步。(漢)kuǐ (國)ㄎㄨㄟˇ (粵)kwai2 音規高上聲。

(56) 騏驥：好馬、駿馬。騏驥 (漢)qí jì (國)ㄑㄧˊ ㄐㄧˋ (粵)kei4 kei3 音其冀。

(57) 駑馬十駕：駑馬，劣馬。駕，早晨駕馬，傍晚卸駕，故以馬一日之行程為一駕。駑馬十駕，劣馬跑十天。駑音奴。

(58) 鏤：雕刻、雕琢。鏤 (漢)lòu (國)ㄌㄡˋ (粵)lɐu6 音漏。

(59) 螾：同蚓。螾 (漢)yǐn (國)ㄧㄣˇ (粵)jɐn5 音引。

(60) 蟹六跪而二螯：跪，足。螯，指蟹的兩隻鉗形爪子。螯 (漢)áo (國)ㄠˊ (粵)ŋou4 音遨。

(61) 蟺：借為鱔。蟺 (漢)shàn (國)ㄕㄢˋ (粵)sin6 音善。

(62) 冥冥之志：精誠專一之意。

(63) 昭昭：明顯、顯著。

(64) 無之惛惛事者，無赫赫之功：惛惛，即冥冥，解作專志、沈默而精誠之意。赫赫，顯著。

(65) 衢道：十字路，此指歧路。衢 (漢)qú (國)ㄑㄩˊ (粵)kœy4 音渠。

(66) 聰：聽得清楚。

(67) 螣蛇：古代傳說中一種能飛的蛇。螣 (漢)téng (國)ㄊㄥˊ (粵)tɐŋ4 音騰。

(68) 梧鼠：即鼫鼠。有五種技能，能飛，不能上屋；能爬，不能至樹頂；能游，過不了澗溪；能打洞，洞不能藏身；能走，走不過別的動物。二句說鼫鼠技藝雖多，而不能如螣蛇專一，故困窘。

(69)《詩》：此指《詩經‧曹風‧鳲鳩》。

(70) 尸鳩：即布穀鳥。

(71) 淑：美、善。

(72) 儀：儀表、舉止。

(73) 結：凝結，此為堅定的意思。

(74) 瓠巴鼓瑟而流魚出聽：瓠巴，傳說為古代善於彈瑟的人。流，據《大戴禮記》當沈。瓠 漢hù 或 hú 國ㄏㄨˋ或ㄏㄨˊ粵wu6 或 wu4 音戶或胡。

(75) 伯牙鼓琴而六馬仰秣：伯牙，傳說為古代善於彈琴的人。秣，草料。仰秣，抬頭停食草料。秣 漢mò 國ㄇㄛˋ粵mut8 音抹。

(76) 聲：名聲。

(77) 惡乎：猶「在何處」。疑問詞。惡 漢wū 國ㄨ粵wu1 音烏。

(78) 數：術，此指為學之法。

(79) 聖人：荀子理想中具有最高智慧與德行的人，其言行可以作天下準則。

(80) 沒：通歿，去世。

(81)《書》者、政事之紀也：《書》，《尚書》。紀，通記，記載。

(82)《詩》者、中聲之所止也：《詩》，《詩經》。《詩經》是中和之聲所能達到的最高峯。

(83) 大分：總綱。

(84) 類之綱紀：類，類例。各種條例的綱要。

(85) 敬文：敬，恭敬。文，禮儀。表示恭敬的禮儀。

(86) 中和：和諧、協調。

⑧⑦《春秋》之微：《春秋》，春秋時魯國官方編年體史書。《春秋》的微言大義。

⑧⑧ 在天地之間者畢矣：畢，盡。天地間的東西都包括盡了。

⑧⑨ 箸乎心：箸，通著，作附着、銘記解。

⑨⓪ 布乎四體：布，分佈，此為體現之意。四體，四肢、全身。

⑨① 蝡：緩慢行動的樣子。蝡 ㊮ruǎn ㊯ㄖㄨㄢˇ ㊰jyn^{5} 音軟。

⑨② 一：概、都。

⑨③ 小人：指道德低下的人，與君子相對。

⑨④ 則：疑當為財。財，通纔，僅僅。

⑨⑤ 禽犢：餽獻之物。

⑨⑥ 傲：躁的假借字。

⑨⑦ 囋：嘮叨，多嘴多舌。囋 ㊮zàn ㊯ㄗㄢˋ ㊰dzan^{3} 音贊。

⑨⑧ 嚮：同響，回聲。

⑨⑨ 法而不說：有法度，但只重類例，而不着重詳細解說。

⑩⓪ 故而不切：故，古。着重古代而不切近現代。

⑩① 約而不速：約，隱約、扼要。簡要而不能速成。

⑩② 方其人之習、君子之說：方，仿的假借字。仿效那個人之習慣，和君子的議論。

⑩③ 則尊以徧矣，周於世矣：以，猶而。徧，普遍。周，周全。世，世務。

⑩④ 經：通徑，途徑，與下文「蹊徑」同義。

⑩⑤ 隆：尊崇、推崇。

⑩⑥ 安特將學雜識志：安，則。特，只有。將，姑且，有退一言意思的設辭。識字疑衍，雜志，內容龐雜之書。全句說，如不能做到以上各點，那只好退而學百家之書。

⑩⑦ 順：通訓，解釋。

⑩⑧ 陋儒：指鄙陋的讀書人。

⑩⑨ 原：推原、找尋。

⑪⓪ 本：根本於、依據。

⑪① 則禮正其經緯蹊徑也：經緯，織物的縱線和橫線，猶言組織、體系。蹊徑，道路。

⑪② 若挈裘領：挈，提。裘，皮衣。像提起皮袍的領子。挈 (漢)qiè(國)ㄑㄧㄝˋ(粵)kit8 音揭。

⑪③ 詘五指而頓之：詘，同屈。頓借為扽，指抖動衣服。

⑪④ 不道禮憲：道，經由，此指遵循。禮憲，禮法。

⑪⑤ 以戈舂黍：戈，古時一種兵器。舂，搗米。黍，粘黃米。意為用戈搗米，純屬徒勞。舂 (漢)chōng(國)ㄔㄨㄥ(粵)dzuŋ1 音忠。

⑪⑥ 以錐飡壺：飡，同餐。壺，盛食器。意為用錐子代替筷子進餐。

⑪⑦ 法士：守禮遵法之士。

⑪⑧ 察辯：辯，通辨、辨別、區別。詳察而明辨。

⑪⑨ 散儒：散，不自檢束。不拘禮法的書生。

⑫⓪ 問楛：楛，同苦，惡之意。謂所問非禮義。

⑫① 爭氣：意氣用事，無理而爭。

⑫② 由其道：由，經過。意謂合乎禮義之道。

⑫③ 方：方向。或指方法。

⑫④ 理：此指道的內容。

⑫⑤ 致：極致。

⑫⑥ 瞽：盲目。瞽 (漢)gǔ(國)ㄍㄨˇ(粵)gu2 音古。

⑫⑦ 謹慎其身：謹慎地對待問者。

⑫⑧ 《詩》：指《詩經‧小雅‧采菽》。

⑫⑨ 匪交匪舒：匪，同非。交，同絞，急切。舒，迂緩、怠慢。不急切，也不迂緩。

⑬⓪ 倫類不通：不能觸類旁通。

⑬① 一出焉，一入焉：指有時不合規矩，有時合規矩。

⑬② 涂巷之人也：涂，同途。此指普通人。

⑬③ 桀、紂、盜跖也：桀，指夏朝末王桀。紂，指商朝末王紂。二者皆為昏暴之君。盜跖，是傳說中古代的大盜。跖音即中入聲。

⑬④ 不全不粹：不全面不精純。

⑬⑤ 誦數：就是上文「其數則始乎誦經」。數，指《詩》、《書》、《禮》、《樂》、《春秋》各經的數目。

⑬⑥ 為其人以處之：為，效法。處，置身。設身處地效法賢者。

⑬⑦ 除其害者以持養之：害，阻礙，指妨礙全、粹之事物。持養，培養、養護。

⑬⑧ 是：此，指全、粹之學。下同。

⑬⑨ 致：極。

⑭⓪ 目好之五色：就是說「目好之甚於五色」，下四句同。

⑭① 蕩：動蕩。

⑭② 德操：有德而能操持。

⑭③ 應：應對事物。

⑭④ 天見其明，地見其光，君子貴其全也：見，讀如字，不讀現。上文三「其」字皆指文內「成人」而言。此段論君子貴全，故天見其明，地見其光。意即君子的修養倘達到「全」的境界，則天自會見到他的明，地亦會見到他的光。

左傳 二篇

鄭伯克段于鄢

初①，鄭武公娶于申②，曰武姜③，生莊公及共叔段④。莊公寤生⑤，驚姜氏，故名曰寤生，遂惡之⑥。愛共叔段，欲立之。亟請於武公⑦，公弗許。及莊公即位⑧，為之請制⑨。公曰：「制，巖邑⑩也，虢叔死焉⑪。佗邑唯命⑫。」請京⑬，使居之，謂之京城大叔⑭。祭仲⑮曰：「都，城過百雉⑯，國之害也。先王⑰之制：大都，不過參國之一⑱；中，五之一；小，九之一。今京不度⑲，非制也，君將不堪⑳。」公曰：「姜氏欲之，焉辟害㉑？」對曰：「姜氏何厭㉒之有？不如早為之所㉓，無使滋蔓㉔！蔓，難圖㉕也。蔓草猶不可除，況君之寵弟乎？」公曰：「多行不義必自斃㉖，子姑㉗待之。」

既而大叔命西鄙、北鄙貳於己㉘。公子呂㉙曰：「國不堪貳，君將若之何？欲與大叔㉚，臣請事之㉛；若弗與，則請除之，無生民心㉜。」公曰：「無庸㉝，將自及㉞。」大叔又收貳以為己邑㉟，至于廩延㊱。子封曰：「可矣。厚㊲將得眾。」公曰：「不義，不暱㊳。厚將崩。」

大叔完、聚㊴，繕甲、兵㊵，具卒、乘㊶，將襲鄭，夫人將啟之㊷。公聞其期㊸，曰：「可矣。」命子封帥車二百乘㊹以伐京。京叛大叔段。段入于鄢。公伐諸鄢。五月辛丑㊺，大叔出奔共。

書曰：「鄭伯克段于鄢。」段不弟㊻，故不言弟；如二君，故曰克；稱鄭伯，譏失教也；謂之鄭志。不言出奔，難之也。

遂寘姜氏于城潁㊼，而誓之㊽曰：「不及黃泉㊾，無相見也！」既而悔之。

潁考叔為潁谷封人㊿，聞之[51]，有獻於公[52]。公賜之食。食舍肉[53]。公問之。對曰：「小人[54]有母，皆嘗小人之食矣[55]；未嘗君之羹[56]，請以遺[57]之。」公曰：「爾有母遺，緊[58]我獨無！」潁考叔曰：「敢問何謂也[59]？」公語之故[60]，且告之悔[61]。對曰：「君何患焉[62]？若闕[63]地及泉，隧而相見[64]，其誰曰不然？」公從之。公入而賦[65]：「大隧之中，其樂也融融[66]。」姜出而賦：「大隧之外，其樂也洩洩[67]。」遂為母子如初。君子曰：「潁考叔，純孝也，愛其母，施及莊公[68]。《詩》曰：『孝子不匱，永錫爾類』[69]，其是之謂乎！」

曹劌論戰

十年春[70]，齊師伐我[71]。公[72]將戰。曹劌[73]請見[74]。其鄉人曰：「肉食者[75]謀之，又何間[76]焉？」劌曰：「肉食者鄙[77]，未能遠謀。」乃入見，問何以戰[78]。公曰：「衣食所安[79]，弗敢專[80]也，必以分人。」對曰：「小惠未徧[81]，民弗從也。」公曰：「犧牲、玉帛[82]，弗敢加[83]也，必以信。」對曰：「小信未孚[84]，神弗福[85]也。」公曰：「小大之獄，雖不能察，必以情[86]。」對曰：「忠之屬也[87]，可以一戰。戰，則請從。」

公與之乘[88]。戰于長勺[89]。公將鼓之[90]。劌曰：「未可。」齊人三鼓。劌曰：「可矣！」齊師敗績。公將馳之[91]。劌曰：「未可。」下，視其轍[92]，登軾[93]而望之，曰：「可矣！」遂逐齊師。

既克[94]，公問其故。對曰：「夫戰，勇氣也。一鼓作氣[95]，再而衰[96]，三而竭[97]。彼竭我盈[98]，故克之。夫大國，難測也，懼有伏焉[99]。吾視其轍亂，望其旗靡[100]，故逐之。」

作者

《左傳》是一部記事詳實的編年體史書，原名《左氏春秋》，西漢以後稱《春秋左氏傳》，簡稱

《左傳》，相傳為春秋末期魯國史官左丘明所作。左丘明生平不詳。與《公羊傳》、《穀梁傳》列為《春秋》三傳。《左傳》一書，記述了春秋時代各國的政治、經濟和軍事情況，是研究中國古代社會的重要文獻。《左傳》既是史學名著，同時也是優秀的文學作品，無論記言或記事，都很精簡，文中善用簡約的語句去表達人物的辭令和行為。記敘大戰役和複雜的情節，亦層次分明，結構縝密，是敘事散文中的傑作。

題解

〈鄭伯克段于鄢〉選自《左傳・隱公元年》，版本據《先秦兩漢古籍逐字索引》，題目為後人所加。鄭，春秋時姬姓國名，初都棫林（今陝西華縣西北），鄭武父（莊公父）時始遷新鄭（今河南新鄭）。鄭伯，指鄭莊公。伯，爵位名稱，春秋時有五等爵：公、侯、伯、子、男。鄭是一級的諸侯國。段，即公叔段，鄭莊公之弟。鄭莊公在鄢地打敗了共段。本文記述鄭莊公母子、兄弟之間的勾心鬬角、爭權奪利與骨肉相殘的悲劇。作者憑具體事例去描寫人物性格：如姜氏的偏私狹隘，莊公的老謀深算和共叔段的恃寵生驕，俱刻畫入微、生動傳神，比空言褒貶，更能説服讀者。

〈曹劌論戰〉選自《左傳・莊公十年》，版本據《先秦兩漢古籍逐字索引》，題目為編者所加。

文中敘述春秋時代齊魯兩國於魯莊公十年（西元前六八四）在長勺的一次戰爭。當時齊強魯弱，齊違背盟約，侵犯魯國。魯國人曹劌為了保衛國家，遂挺身而出，求見魯莊公，提出抗敵方案。並隨莊公出兵，擊走齊軍。

注釋

① 初：當初。《左傳》追述以前的事情常用這個詞。這裏是指「鄭伯克段于鄢」一事醞釀的初期。

② 申：春秋時姜姓侯爵之國，在今河南南陽。

③ 曰武姜：武姜，鄭武公妻姜氏，姜是父姓，武是她丈夫武公的謚號。謚號是君主時代帝王、貴族、大臣死後，根據他生前的功過給予的稱號。

④ 共叔段：共，國名，在今河南輝縣。叔，排行在末的、年少的。段是莊公的弟弟，故用叔來表示。段後來出奔共，所以又稱為共叔段。共 (漢) gōng (國) ㄍㄨㄥ (粵) guŋ^{1} 音工。

⑤ 寤生：寤，通牾，牾逆之意。寤生，產兒足先出。寤 (漢) wù (國) ㄨˋ (粵) ŋ^{6} 音悟。

⑥ 遂惡之：因而厭惡他。

⑦ 亟請於武公：亟，屢。屢次向武公請求。亟 (漢) qì (國) ㄑㄧˋ (粵) kei^{3} 音冀。

⑧ 及莊公即位：及，到。即位，君主就職，登上君位。

⑨ 制：地名，又名虎牢，在今河南汜水西。

⑩ 巖邑：巖，山峯，此指地勢險要。邑，人聚居的地方。

⑪ 虢叔死焉：虢，諸侯國名。焉，於此。虢 (漢) guó (國) ㄍㄨㄛˊ (粵) gwik^{7} 音隙。

⑫ 佗邑唯命：佗同他。唯命，唯命是聽。

⑬ 京：地名，今河南滎陽東南，距鄭都新鄭很近。

⑭ 大叔：對段的尊稱。大 (漢)tài(國)ㄊㄞˋ(粵)tai^{3} 音太。

⑮ 祭仲：鄭國大夫，字足，也稱祭足或祭仲足。祭 (漢)zhài(國)ㄓㄞˋ(粵)dzai^{3} 音債。

⑯ 雉：古代城牆長三丈、高一丈為一雉。按當時制度規定，侯、伯的城方五里，每面城牆為三百雉；侯、伯下面所屬的都城，大的不能超過國都的三分之一，中等的不能超過它的五分之一，小的不能超過它的九分之一。下文即言此事。雉 (漢)zhì(國)ㄓˋ(粵)dzi^{6} 音自。

⑰ 先王：指諸侯國始封之君。

⑱ 參國之一：參，同三。國，這裏指國都。國都的三分之一。

⑲ 不度：不合乎法度規定。

⑳ 不堪：受不了。

㉑ 焉辟害：焉，哪裏、怎麼。辟，通避。焉音煙。

㉒ 厭：通饜，滿足。饜字作「滿足」解，有平去二讀，此文陸德明《經典釋文》讀平聲。

㉓ 早為之所：及早為他安排處所。

㉔ 滋蔓：滋長蔓延，這裏指發展勢力。下文「蔓」指蔓草。

㉕ 圖：設法對付。

㉖ 自斃：斃，跌跤，代指失敗。自取滅亡。

㉗ 子姑：子，你，對祭仲的尊稱。姑，姑且。

㉘ 既而大叔命西鄙、北鄙貳於己：既而，不久。鄙，邊邑，邊界的地方。貳，有貳，屬二主。不久，段命令西部和北部的邊邑，一方面聽命於莊公，一方面也聽命於自己。

㉙ 公子呂：字子封，鄭國大夫。

㉚ 欲與大叔：與，給予。打算把鄭國送給大叔。

㉛ 事：事奉。

㉜ 無生民心：不要使民眾生二心。

㉝ 無庸：庸，用。不用這樣做。

㉞ 將自及：及，連累、關連。謂將會自作自受，自遭其禍。

㉟ 收貳以為己邑：收取兩屬的西鄙和北鄙作為自己的領土。

㊱ 廩延：鄭國北部邊邑名，在今河南延津北。廩 (漢)lǐn(國)ㄌㄧㄣˇ(粵)lɐm^{5} 音凜。

㊲ 厚：指所佔的土地擴大了。

㊳ 不義，不暱：暱，親近。不行仁義，眾民就不會親近他。暱 (漢)nì(國)ㄋㄧˋ(粵)nik^{7} 音匿。

㊴ 完、聚：完，修葺、修治。修治城郭，積聚糧食。

㊵ 繕甲、兵：繕，修整。修整鎧甲和兵器。繕 (漢)shàn(國)ㄕㄢˋ(粵)sin^{6} 音善。

㊶ 具卒、乘：具，完備。卒，步兵。乘，車乘，四匹馬拉的戰車。步兵和兵車都準備齊全。乘 (漢)shèng(國)ㄕㄥˋ(粵)siŋ^{6} 音盛。

㊷ 夫人將啟之：姜氏將打開城門，為段作內應。

㊸ 期：段襲擊鄭國的日期。

㊹ 帥車二百乘：率領二百輛戰車。古時一車四馬謂一乘，上站三人，車後跟着步卒七十二人。

㊺ 五月辛丑：五月二十三日。古時用天干地支記日。魯隱公元年五月辛丑，即西元前七二二年是五月二十三日。

㊻ 段不弟：弟，通悌，順從和敬愛兄長。段不自以為弟，不順從兄長。

㊼ 寘姜氏于城潁：寘，與置同義，這裏有放逐的意思。城潁，地名，在今河南襄城東北。寘 (漢)zhì(國)ㄓˋ(粵)dzi^{3} 音至。潁 (漢)yǐng(國)ㄧㄥˇ(粵)wiŋ^{6} 音泳。

㊽ 誓之：之，第三身代詞。向她發誓。

(49) 黃泉：地下的泉水，黃色。這裏指墓穴。

(50) 潁考叔為潁谷封人：潁考叔，人名，鄭國大夫。為，擔任。潁谷，鄭國邊境地名，約在今河南登封西南。封，邊疆。封人，管理邊界的官。潁考叔擔任潁谷管理疆界的官吏。

(51) 聞之：言考叔過去已聞知鄭伯母子不和之事。

(52) 有獻於公：對莊公曾有貢獻。

(53) 食舍肉：舍，通捨。吃的時候把肉放在一旁。

(54) 小人：自我謙稱。

(55) 皆嘗小人之食矣：潁考叔謂自己的食物，母親全都嘗過。

(56) 羹：有汁的肉。羹 (漢)gēng(國)ㄍㄥ(粵)gɐŋ^{1} 音庚。

(57) 遺：贈、送給。遺 (漢)wèi(國)ㄨㄟˋ(粵)wai^{6} 音位。

(58) 繄：惟，語助詞，用在句首。繄 (漢)yī(國)ㄧ(粵)ji^{1} 音衣。

(59) 敢問何謂也：故作不知莊公話裏之意，而追問他這話究有何指。

(60) 語之故：語，告訴。之，指潁考叔。把原因告訴他。語 (漢)yù(國)ㄩˋ(粵)jy^{6} 音預。

(61) 告之悔：把心裏後悔的事告訴他。

(62) 君何患焉：患，為難。那有甚麼是使你為難的地方？

(63) 闕：掘。

(64) 隧而相見：挖個地道，在那裏相見。

(65) 入而賦：走進隧道，口中吟詠。

(66) 融融：和樂自得的樣子。

(67) 洩洩：舒暢的樣子。洩 (漢)yì(國)ㄧˋ(粵)jei^{6} 音曳。

(68) 施及莊公：擴展到莊公。施 (漢)yì(國)ㄧˋ(粵)ji^{6} 音義。

(69)《詩》曰：『孝子不匱，永錫爾類』：《詩》，即《詩經・大雅・既醉》。匱，竭盡。錫，賜予。爾類，你的同類。詩句說的是孝子的孝心是不會竭盡的，永遠會對同他一樣有孝心的人帶來好處。匱音跪。

(70) 十年春：魯莊公十年春（西元前六八四）。

(71) 齊師伐我：齊國，在今山東中部和北部。齊師，齊國軍隊。我，指魯國，在今山東西南部。相傳《左傳》為魯國史官左丘明所作，所以稱魯為我。

(72) 公：魯莊公。

(73) 曹劌：魯國人，生平不詳。可能是一個沒有當權的貴族。劌（漢）guì（國）ㄍㄨㄟˋ（粵）gwai^{3} 音貴。

(74) 見：拜見，下同。見音現。

(75) 肉食者：吃肉的人，指高位厚祿的大官。

(76) 間：參與。間（漢）jiàn（國）ㄐㄧㄢˋ（粵）gan^{3} 音諫。

(77) 鄙：鄙陋、目光短淺。

(78) 何以戰：憑甚麼與齊人戰。

(79) 安：喜愛。

(80) 專：獨自享用。

(81) 小惠未徧：小恩小惠未能徧及百姓。

(82) 犧牲、玉帛：祭神用的牛羊、玉石、絲綢之類的祭品。

(83) 加：私自增加。古代祭祀用犧牲、玉帛之禮，各有定數，不能私自增加。

(84) 信：誠實。

(85) 小信未孚：小信，指祭神時不虛報之事。孚，取信、為人所信服。

(86) 福：賜福，作動詞用。

(87) 必以情：一定要據實情處理。

88. 忠之屬也：這是盡心辦事的一種表現。
89. 公與之乘：魯莊公與曹劌同乘一輛戰車。
90. 長勺：魯國地名，今山東曲阜東。
91. 鼓之：擊鼓進兵。
92. 馳之：驅車追趕敵人。
93. 轍：車輪碾出的痕跡。轍 (漢)zhé (國)ㄓㄜˊ (粵)tsit^{8} 音撤。
94. 登軾：登上車前的橫木。軾 (漢)shì (國)ㄕˋ (粵)sik^{7} 音式。
95. 既克：已經戰勝敵人。
96. 一鼓作氣：第一次擊鼓時，戰士們奮發勇氣。
97. 竭：消竭。
98. 盈：充沛。
99. 懼有伏焉：怕有伏兵。
100. 靡：倒下。靡 (漢)mǐ (國)ㄇㄟˇ (粵)mei^{5} 音美。

戰國策　鄒忌諷齊王納諫

鄒忌脩八尺有餘①，身體昳麗②。朝服衣冠窺鏡③，謂其妻曰：「我孰與城北徐公美④？」其妻曰：「君美甚，徐公何能及公也！」城北徐公，齊國之美麗者也。忌不自信，而復問其妾曰：「吾孰與徐公美？」妾曰：「徐公何能及君也！」旦日⑤，客從外來，與坐談，問之客曰：「吾與徐公孰美？」客曰：「徐公不若君之美也！」

明日⑥，徐公來。孰⑦視之，自以為不如；窺鏡而自視，又弗如遠甚。暮，寢而思之曰：「吾妻之美我⑧者，私⑨我也；妾之美我者，畏我也；客之美我者，欲有求於我也。」

於是入朝見威王曰：「臣誠知不如徐公美，臣之妻私臣，臣之妾畏臣，臣之客欲有求於臣，皆以美於徐公⑩。今齊地方千里⑪，百二十城，宮婦⑫左右，莫不私王；朝廷之臣，莫不畏王；四境之內⑬，莫不有求於王。由此觀之，王之蔽⑭甚矣！」王曰：「善。」乃下令：「羣臣吏民，能面刺⑮寡人之過者，受上賞；上書諫寡人者，受中賞；能謗議於市朝⑯，聞⑰寡人之耳者，受下賞。」

令初下，羣臣進諫，門庭若市。數月之後，時時而間進⑱。期年⑲之後，雖欲言，無可進者。燕、趙、韓、魏聞之，皆朝於齊⑳。此所謂戰勝於朝廷㉑。

作者

《戰國策》又名《國策》、《短長》，傳為漢初蒯通所作。蒯通原名蒯徹，作「通」，蓋避武帝諱改。通長於時論。西漢劉向將原書編訂後定名《戰國策》。此書是戰國時代的史料彙編，其中記載縱橫策士論辯游説之辭尤多。

《戰國策》三十三篇，以國分類，各自成策，計有西周、東周、秦、齊、楚、趙、魏、韓、燕、宋、衛、中山十二國。所記自周貞定王十六年（西元前四五三）三家分晉時起，迄於秦二世皇帝元年（西元前二〇九）楚漢起事止，凡二百四十五年，所記列國政治、軍事和外交大事均可補正史之不足。

題解

本文選自《戰國策・齊策》，版本據《先秦兩漢古籍逐字索引》，題目為後人所加。鄒忌，生卒年不詳。戰國時齊國人，善鼓琴，有辯才，曾為齊相。諷，用含蓄的話勸告或譏刺。齊王，即齊威王，在位年為周顯王十三年至周慎靚王元年（西元前三五六——前三二〇）。納，採納、接受。諫，對君王、尊長進行勸告。本文記敘了鄒忌以自己的切身感受為喻，規勸齊王採納臣民忠諫，以遷善改過。齊王聽從他的意見，廣開言路，修明政治，使齊國強盛起來。文章不但表現了鄒忌敢於進諫，而且他以生活小事與國家大事相提並論，更顯其善於進諫。

注釋

① 脩八尺有餘：脩，長，這裏指身長。按，戰國時期一尺即今二十三點一釐米。

② 昳麗：昳，通逸。昳麗，光艷美麗。昳音秩。

③ 朝服衣冠窺鏡：身着上朝的禮服，戴了帽子去照鏡。

④ 我孰與城北徐公美：孰，誰。我與城北徐公比起來誰美？

⑤ 旦日：天亮，或指明晨。
⑥ 明日：即上文「旦日」的後一天，或指晝日。
⑦ 孰：通熟。
⑧ 美我：以我為美。
⑨ 私：偏愛。
⑩ 皆以美於徐公：都認為我比徐公美。
⑪ 方千里：縱橫各千里。
⑫ 宮婦：宮裏的妃子。
⑬ 四境之內：四境，四方疆界。全國範圍內的人。
⑭ 蔽：受人蒙蔽。
⑮ 面刺：當面指責。
⑯ 謗議於市朝：謗，說壞話。議，非議。謗議，在這裏沒有貶義，作議論、指責解。市朝，公共場所。在公眾場所議論君王的缺點。
⑰ 聞：這裏是「使……聽到」的意思。
⑱ 間進：間，機會。意指趁有機會便進諫。
⑲ 期年：周年、滿一年。
⑳ 朝：臣見君，這裏是尊敬地進見的意思。
㉑ 戰勝於朝廷：在朝廷上戰勝別國。意思是內政修明，不需用兵，就能戰勝別國。

史記・項羽本紀 節錄

司馬遷

沛公軍霸上①，未得與項羽相見。沛公左司馬②曹無傷使人言於項羽曰：「沛公欲王關中③，使子嬰④為相，珍寶盡有之。」項羽大怒，曰：「旦日饗士卒，為擊破沛公軍⑤！」當是時，項羽兵四十萬，在新豐鴻門⑥，沛公兵十萬，在霸上。范增⑦說項羽曰：「沛公居山東⑧時，貪於財貨，好美姬⑨。今入關，財物無所取，婦女無所幸⑩，此其志不在小。吾令人望其氣⑪，皆為龍虎，成五采，此天子氣也。急擊勿失⑫。」

楚左尹⑬項伯者，項羽季父⑭也，素善留侯張良⑮。張良是時從沛公，項伯乃夜馳之沛公軍⑯，私見張良，具告以事⑰，欲呼張良與俱去。曰：「毋從俱死也。」張良曰：「臣為韓王送沛公⑱，沛公今事有急，亡去不義，不可不語。」良乃入，具告沛公。沛公大驚，曰：「為之柰何⑲？」張良曰：「誰為大王為此計⑳者？」曰：「鯫生㉑說我曰『距㉒關，毋內諸侯㉓，秦地可盡王也。』故聽之。」良曰：「料大王士卒足以當項王乎？」沛公默然，曰：「固不如也，且為之柰何？」張良曰：「請往謂項伯，言沛公不敢背項王也。」沛公曰：「君安與項伯有故㉔？」張良曰：「秦時與臣游，項伯殺人，臣活之㉕。今事有急，故幸來告良。」沛公曰：「孰與君少長㉖？」良曰：「長於臣。」沛公曰：「君為我呼入，吾得兄事之㉗。」張良出，要㉘項伯。項伯即入見沛公。沛公奉卮酒為壽㉙，約為婚姻，曰：「吾入關，秋毫不敢有所近㉚，籍吏民㉛，封府庫，而待將軍㉜。所以遣將守關者，備他盜之出入與非常也㉝。日夜望將軍至，豈敢反乎！願伯具言臣之不敢倍德㉞也。」項伯許諾。謂沛公曰：「旦日不可不蚤自來謝項王㉟。」沛公曰：「諾。」於是項伯復夜去，至軍中，具以沛公言報項王。因㊱言曰：「沛公不先破關中，公豈敢入乎？今人有大功而擊之，不義也，不如因善遇之。」項王許諾。

沛公旦日從百餘騎㊲來見項王，至鴻門，謝曰：「臣與將軍戮力㊳而攻秦，將軍戰河北㊴，臣戰河南，然不自意㊵能先入關破秦，得復見將軍於此。今者有小人之言，令將軍與臣有郤㊶。」項王曰：「此沛公左司馬曹無傷言之；不然，籍何以至此。」項王即日因留沛公與飲。項王、項伯東嚮坐，亞父南嚮坐。亞父㊷者，范增也。沛公北嚮坐，張良西嚮侍㊸。范增數目項王，舉所佩玉玦以示之者三㊹，項王默然不應。范增起，出召項莊㊺，謂曰：「君王為人不忍，若入前為壽，壽畢，請以劍舞，因擊沛公於坐，殺之。不者㊻，若屬㊼皆且為所虜。」莊則入為壽。壽畢，曰：「君王與沛公飲，軍中無以為樂，請以劍舞。」項王曰：「諾。」項莊拔劍起舞，項伯亦拔劍起舞，常以身翼蔽㊽沛公，莊不得擊。於是張良至軍門，見樊噲㊾。樊噲曰：「今日之事何如？」良曰：「甚急。今者項莊拔劍舞，其意常在沛公也。」噲曰：「此迫矣，臣請入，與之同命㊿。」噲即帶劍擁盾入軍門。交戟之衞士欲止不內[51]，樊噲側其盾以撞，衞士仆地，噲遂入，披帷[52]西嚮立，瞋目[53]視項王，頭髮上指，目眥盡裂[54]。項王按劍而跽[55]曰：「客何為者？」張良曰：「沛公之參乘[56]

樊噲者也。」項王曰：「壯士，賜之卮酒。」則與斗(57)卮酒。噲拜謝，起，立而飲之。項王曰：「賜之彘肩(58)。」則與一生彘肩。樊噲覆其盾於地，加彘肩上(59)，拔劍切而啗(60)之。項王曰：「壯士，能復飲乎？」樊噲曰：「臣死且不避，卮酒安足辭！夫秦王有虎狼之心，殺人如不能舉，刑人如恐不勝(61)，天下皆叛之。懷王(62)與諸將約曰『先破秦入咸陽者王之』。今沛公先破秦入咸陽，毫毛不敢有所近，封閉宮室，還軍霸上，以待大王來。故遣將守關者，備他盜出入與非常也。勞苦而功高如此，未有封侯之賞，而聽細說(63)，欲誅有功之人。此亡秦之續(64)耳，竊為大王不取也(65)。」項王未有以應，曰：「坐。」樊噲從良坐。坐須臾(66)，沛公起如廁，因招樊噲出。

沛公已出，項王使都尉陳平(67)召沛公。沛公曰：「今者出，未辭也，為之柰何？」樊噲曰：「大行不顧細謹，大禮不辭小讓(68)。如今人方為刀俎(69)，我為魚肉，何辭為(70)。」於是遂去。乃令張良留謝。良問曰：「大王來何操(71)？」曰：「我持白璧一雙，欲獻項王，玉斗一雙，欲與亞父，會其怒，不敢獻。公為我獻之。」張良曰：「謹諾㉒。」當是時，項王軍在鴻門下，沛公軍在霸上，相去四十里。沛公則置車騎㉓，脫身獨騎，與樊噲、夏侯嬰、靳彊、紀信㉔等四人持劍盾步走，從酈山㉕下，道芷陽閒行㉖。沛公謂張良曰：「從此道至吾軍，不過二十里耳。度㉗我至軍中，公乃入。」沛公已去，閒至軍中，張良入謝，曰：「沛公不勝桮杓㉘，不能辭。謹使臣良奉白璧一雙，再拜獻大王足下；玉斗一雙，再拜奉大將軍㉙足下。」項王曰：「沛公安在？」良曰：「聞大王有意督過之㉚，脫身獨去，已至軍矣。」項王則受璧，置之坐上。亞父受玉斗，置之地，拔劍撞而破之，曰：「唉！豎子㉛不足與謀。奪項王天下者，必沛公也，吾屬今為之虜矣。」沛公至軍，立誅殺曹無傷。

作者

司馬遷見初冊第七課《史記・刺客列傳》

題解

本篇節選自《史記・項羽本紀》，版本據中華書局排印本。描寫的是歷史上著名的「鴻門宴」。項羽，名籍，字羽，生於秦王政十五年，卒於漢高祖五年（西元前二三二——前二〇二），下相（今江蘇宿遷西北）人。項羽雖未成帝業，但他在秦亡漢興之間所擁有的權威，與帝王一樣，所以司馬遷也把他列入「本紀」。秦二世皇帝三年（西元前二〇七），項羽在河北消滅了秦軍主力後，率兵進駐鴻門，得知劉邦欲在關中稱王，便厲兵秣馬，揚言要與劉邦一決雌雄。劉邦自知軍力薄弱，遂納張良計，自霸上前往鴻門，卑辭言好。項羽設宴款待，宴會上，謀士范增屢次示意項羽殺掉劉邦，免除後患，項羽猶豫不決。最後劉邦在樊噲的保護下乘機逃脫，項羽失卻消滅強敵的良機，種下日後敗亡的禍根。

注釋

① 沛公軍霸上：沛公，即劉邦，起兵於沛（今江蘇沛縣），故號稱「沛公」。軍，動詞，駐軍。霸上，地名，在今陝西西安東。

② 左司馬：官名，掌管軍政和軍賦。

③ 王關中：王，動詞，稱王。關中，函谷關（今河南靈寶西南）以西，今陝西一帶。王 (漢)wàng (國)ㄨㄤˋ (粵)wɔŋ6 音旺。

④ 子嬰：趙高弒秦二世胡亥，立子嬰為秦王，在位四十六天，當時已投降劉邦。

⑤ 旦日饗士卒，為擊破沛公軍：明日清早要犒勞士卒，慶祝擊破沛公的軍隊。饗 漢xiǎng 國ㄒㄧㄤˇ 粵hœŋ[2] 音享。

⑥ 新豐鴻門：新豐，地名，在今陝西臨潼東。鴻門，地名，在新豐東十七里，今名項王營。

⑦ 范增：生於周赧王四十年，卒於漢高祖三年（西元前二七五——前二〇四）。居鄛人，號亞父，項羽的主要謀士。

⑧ 山東：指崤山以東，也就是函谷關以東地區。

⑨ 美姬：美女。

⑩ 幸：寵愛。

⑪ 氣：古人以為「真命天子」所在之處，天空中有一種祥瑞的雲氣，會望氣的人能看出來。

⑫ 急擊勿失：趕緊攻打他，勿失機會。

⑬ 左尹：楚國官名。又有右尹。位次於令尹，為楚國之卿。

⑭ 季父：叔父。

⑮ 素善留侯張良：素，素來、向來。善，與友善。意思是向來與張良友善。張良，生年不詳，卒於漢惠帝六年（？——西元前一八九），字子房，劉邦的主要謀士。劉邦得天下後，封他為「留侯」。留，地名，在今江蘇沛縣東南。

⑯ 之沛公軍：之，作動詞用，前往的意思。前往沛公的駐軍地。

⑰ 具告以事：具，完全。把事情原原本本告訴他。

⑱ 臣為韓王送沛公：張良曾游說項梁立韓公子成為韓王，自任司徒（相當於相國）。沛公從洛陽南行，張良率兵隨之。沛公讓韓王成留守，自與張良西入武關。這裏張良託辭說「為韓王送沛公」，是向項伯表示他和沛公的關係。

⑲ 此計：指下文「距關，毋內諸侯」的計策。

⑳ 鯫生：鯫，短小、淺陋。罵人的話，意思是淺陋無知的小人。鯫 漢zōu 國ㄗㄡ 粵dzɐu[1] 音周。

㉑ 距：通拒，把守的意思。

㉒ 毋內諸侯：內，通納，接納。諸侯，指其他率兵攻秦的人。此句指不要讓諸侯進來。

㉓ 當：同擋，抵擋。

㉔ 有故：有老交情。

㉕ 臣活之：活，救活，作動詞用。臣，張良自稱。全句的意思是我救了他。

㉖ 孰與君少長：就是「與君孰少孰長」，即和你相比，年歲誰大誰小？

㉗ 兄事之：對兄長那麼樣侍奉他。

㉘ 要：通邀。

㉙ 奉卮酒為壽：卮，酒器。奉上一杯酒來祝壽。卮（漢）zhī（國）ㄓ（粵）dzi^{1} 音支。

㉚ 秋毫不敢有所近：秋毫，鳥獸在秋天初生的細毛，比喻細小的東西。近，接近、接觸。意思是財物絲毫不敢據為己有。

㉛ 籍吏民：籍，作動詞用，即記入冊籍，此處指登記吏民的戶籍，即造官吏名冊和戶籍冊。

㉜ 將軍：此處指項羽。

㉝ 備他盜之出入與非常也：備，防備。他盜，別的強盜。非常，指意外的變故。

㉞ 倍德：倍，通背。忘恩。

㉟ 旦日不可不蚤自來謝項王：蚤，通早。謝，謝罪、道歉。

㊱ 因：趁這機會。

㊲ 從百餘騎：從，使跟從。騎，作名詞用，一人一馬。帶領一百多人馬。騎（漢）jì（國）ㄐㄧˋ（粵）kei^{3} 音冀。

㊳ 戮力：合力、盡力。戮（漢）lù（國）ㄌㄨˋ（粵）luk^{9} 音錄。

㊴ 河北：黃河以北。

㊵ 意：料想。

㊶ 有郤：郤，同隙。有郤指有嫌隙。郤（漢）xì（國）ㄒㄧˋ（粵）gwik^{7} 音隙。

㊷ 亞父：亞，次。項羽對范增的尊稱，意思是尊敬他僅次於尊敬父親。

㊸ 侍：這裏是陪坐的意思。

㊹ 舉所佩玉玦以示之者三：范增舉起所佩帶的玉玦，向項王示意多次，暗示要他殺劉邦。玦(漢)jué(國)ㄐㄩㄝˊ(粵)kyt8 音決。

㊺ 項莊：項羽堂弟。

㊻ 不者：不，同否。不然的話。

㊼ 若屬：你們。此指項羽及其部眾。

㊽ 翼蔽：像鳥用翅膀掩護。

㊾ 樊噲：劉邦部下的勇士。噲(漢)kuài(國)ㄎㄨㄞˋ(粵)fai3 音快。

㊿ 與之同命：與沛公同生死。

(51) 軍門交戟之衛士欲止不內：戟，一種長柄兵器。內，同納，讓進去。戟(漢)jǐ(國)ㄐㄧˇ(粵)gik7 音擊。

(52) 披帷：揭開帷幕。

(53) 瞋目：瞪着眼。瞋(漢)chēn(國)ㄔㄣ(粵)tsɐn1 音親。

(54) 目眥盡裂：目眥，眼眶。眼眶都要裂開了，形容憤怒之極。眥(漢)zì(國)ㄗˋ(粵)dzi6 音字。

(55) 按劍而跽：跽，跪在地上而上身挺直。全句是指握着劍，跪直身子。這是一種戒備的姿勢。古人席地跪坐，要起來就需要採取這種跽的動作。跽(漢)jì(國)ㄐㄧˋ(粵)gei6 音忌。

(56) 沛公之參乘：乘，四匹馬拉的車。參乘，亦作驂乘，古時乘車，坐在車右擔任警衛的人。乘(漢)shèng(國)ㄕㄥˋ(粵)siŋ6 音盛。

(57) 斗：大的酒器。

(58) 彘肩：豬的前腿。彘(漢)zhì(國)ㄓˋ(粵)dzi6 音自。

(59) 加彘肩上：把豬腿放在盾上。

(60) 啗：同啖，吃。啗 (漢)dàn (國)ㄉㄢˋ (粵)dam6 音淡。

(61) 殺人如不能舉，刑人如恐不勝：刑，指施加肉刑。舉、勝，都有「盡」的意思。殺人罰人唯恐不盡，兩句形容秦王的殘暴。勝 (漢)shēng (國)ㄕㄥ (粵)siŋ1 音升。

(62) 懷王：戰國楚懷王之孫，名心。秦末起兵，范增說項梁立楚後，乃求得心於民間。後項羽令人擊殺之於江中。

(63) 細說：小人之言、讒言。

(64) 亡秦之續：延續已亡秦朝的暴政。

(65) 竊為大王不取也：私意認為大王這樣做不足取。為音謂。

(66) 須臾：一會兒。

(67) 陳平：陽武人。先事項羽為信武君，後因魏無知歸高祖。屢出奇策，縱反間，以功封曲逆侯。惠帝時為左丞相。

(68) 大行不顧細謹，大禮不辭小讓：行，行為、作為。細謹，細微末節。辭，推辭。讓，責備。意思是行大事不必顧慮細微的末節，講大禮不必避免小小的責備（而不為）。行音幸。

(69) 刀俎：切肉用的刀和砧板。俎 (漢)zǔ (國)ㄗㄨˇ (粵)dzɔ2 音左。

(70) 何辭為：告辭甚麼呢？

(71) 操：拿，這裏是攜帶的意思。

(72) 謹諾：謹，表恭敬的語氣副詞。遵命。

(73) 置車騎：置，捨棄。放棄了隨從的車騎。

(74) 夏侯嬰、靳彊、紀信：都是劉邦的部下。

(75) 酈山：即驪山，在今陝西臨潼東南。

(76) 道芷陽閒行：道，取道。芷陽，秦代縣名，在今陝西西安東。閒，同間。閒行，從偏僻的小道走。閒音諫。

(77) 度：估量、揣測。度音鐸。

⑱ 不勝桮杓：桮，同杯。桮、杓都是酒器，這裏作為酒的代稱。禁不起多喝酒，意思是喝醉了。桮音杯。杓音削或雀。

⑲ 大將軍：這裏指范增。

⑳ 督過之：責備他。

㉑ 豎子：本作童子之謂，此則為對人的鄙稱。極言項羽之幼稚如小兒也。

後漢書・張衡傳

節錄　范曄

張衡字平子，南陽西鄂①人也。世為著姓。祖父堪，蜀郡太守。衡少善屬文②，游於三輔③，因入京師④，觀太學⑤，遂通《五經》⑥，貫六蓺⑦。雖才高於世，而無驕尚⑧之情。常從容淡靜，不好交接俗人。永元⑨中，舉孝廉不行⑩，連辟公府⑪不就。時天下承平日久，自王侯以下，莫不踰侈⑫。衡乃擬班固〈兩都〉⑬，作〈二京賦〉，因以諷諫。精思傅會⑭，十年乃成。文多故不載。大將軍鄧騭奇其才⑮，累召不應。

衡善機巧⑯，尤致思⑰於天文、陰陽、歷筭⑱。常耽好《玄經》⑲，謂崔瑗曰：「吾觀《太玄》，方知子雲妙極道數⑳，乃與《五經》相擬㉑，非徒傳記之屬，使人難論陰陽之事，漢家得天下二百歲之書也。復二百歲，殆將終乎？所以作者之數，必顯一世，常然之符㉒也。漢四百歲，玄其興矣。」安帝雅聞衡善術學㉓，公車特徵拜郎中㉔，再遷為太史令㉕。遂乃研覈㉖陰陽，妙盡琁機之正㉗，作渾天儀㉘，著〈靈憲〉、〈筭罔論〉㉙，言甚詳明。

順帝㉚初，再轉，復為太史令。衡不慕當世㉛，所居之官，輒積年不徙。自去史職，五載復還，〔下略〕

陽嘉元年㉜，復造候風地動儀㉝。以精銅鑄成，員徑㉞八尺，合蓋隆起，形似酒尊㉟，飾以篆文山龜鳥獸之形。中有都柱㊱，傍行八道㊲，施關發機㊳。外有八龍，首銜銅丸，下有蟾蜍，張口承之。其牙機巧制㊴，皆隱在尊中，覆蓋周密無際㊵。如有地動，尊則振龍機發吐丸，而蟾蜍銜之。振聲激揚，伺者㊶因此覺知。雖一龍發機，而七首不動，尋其方面，乃知震之所在。驗之以事，合契若神㊷。自書典所記，未之有也。嘗一龍機發而地不覺動，京師學者咸怪其無徵，後數日驛㊸至，果地震隴西㊹，於是皆服其妙。自此以後，乃令史官記地動所從方起㊺。

時政事漸損，權移於下，衡因上疏陳事〔下略〕

後遷侍中㊻，帝引在帷幄㊼，諷議左右。嘗問衡天下所疾惡者。宦官懼其毀己㊽，皆共目之㊾，衡乃詭對㊿而出。閹豎51恐終為其患，遂共讒之。

衡常思圖身之事52，以為吉凶倚伏53，幽微難明54，乃作〈思玄賦〉55，以宣寄情志。〔下略〕

永和56初，出為河間相57。時國王驕奢，不遵典憲58；又多豪右59，共為不軌。衡下車60，治威嚴，整法度，陰知61姦黨名姓，一時收禽62，上下肅然，稱為政理63。視事64三年，上書乞骸骨65，徵拜尚書66。年六十二，永和四年卒。〔下略〕

作者

范曄，生於晉安帝隆安二年，卒於宋文帝元嘉二十二年（三九八——四四五）。字蔚宗，順陽（今河南內鄉）人。東晉末年，曾為彭城王劉義康參軍，易代以後，為劉宋重臣，官至吏部侍郎，後左遷為宣城太守。旋又遷任左宪將軍，太子詹事，掌管軍旅，參與機要。元嘉二十二年

（四四五），以謀反罪處死。范曄一生好學，博通經史，善為文章。世稱所撰《後漢書》堪與《漢書》相匹。

題解

本課節選錄自《後漢書》卷五十九〈張衡傳〉，版本據中華書局排印本。張衡，生於東漢章帝建初三年，卒於東漢順帝永和四年（七八——一三九），是中國古代著名文學家和科學家。作為文學家，他的〈西京賦〉、〈東京賦〉、〈南都賦〉都寫得很出色。作為科學家，他製作的渾天儀和候風地動儀都是當時最具智慧的發明。他的地動儀，比德國科學家發明的地震儀要早一千七百多年。像張衡這樣在文學、科學兩方面皆取得出色成就的人，在中外歷史上都很少見。

本課節選其中四段，當中記述了張衡的品格、行為以及各方面的成就。此外，還特別記述張衡候風地動儀，對這件古代科學儀器的形狀、結構、作用及徵驗，都有詳細的說明。

注釋

① 南陽西鄂：南陽郡的西鄂縣，即今河南南陽北部。鄂 (漢)è (國)ㄜˋ (粵)ŋɔk^{9} 音岳。

② 屬文：屬，連綴。寫文章。屬(漢)zhǔ(國)ㄓㄨˇ(粵)dzuk7音粥。

③ 游於三輔：游，游學。三輔，漢代以京兆尹、左馮翊郡、右扶風郡為三輔，在今陝西西安一帶。

④ 京師：京城，指東漢的國都洛陽。

⑤ 太學：朝廷所辦的學校稱太學，隋以後稱國子監。

⑥ 五經：即《易》、《書》、《詩》、《禮》、《春秋》五部書，漢代始稱此五書為五經。

⑦ 貫六蓺：貫，貫通、熟悉掌握。蓺，同藝。六藝，即禮、樂、射、御、書、數。

⑧ 驕尚：矜誇、驕傲自大。

⑨ 永元：東漢和帝劉肇年號（八九——一〇五）。

⑩ 舉孝廉不行：舉孝廉，漢代選拔官吏的方式之一，以能否遵守倫理綱常為標準，由各郡國從所屬吏民中推薦，為求仕必經之路。不行，沒有去應薦。

⑪ 連辟公府：辟，徵召。連辟，屢次被徵召。公府，三公的公署。東漢時以太尉、司徒、司空為三公，是國家負責軍政的最高長官。

⑫ 踰侈：踰，逾的異體字，過分、過度。過度奢侈。

⑬ 班固〈兩都〉：班固，生於東漢光武帝建武八年，卒於東漢和帝永元四年（三二——九二），字孟堅，東漢著名的史學家和文學家。兩都，即班固所作的〈兩都賦〉，即西漢的國都長安和東漢的國都洛陽，下文的二京，也指長安和洛陽。

⑭ 傅會：傅，同附，謂緝接羣言。會，綜合，謂統合文義。意即有博采、綜合文理。

⑮ 大將軍鄧騭奇其才：鄧騭，生年不詳，卒於東漢安帝建光元年（？——一二一），東漢開國功臣鄧禹之孫，安帝永初元年（一〇七）位至大將軍。騭(漢)zhì(國)ㄓˋ(粵)dzat7音質。

⑯ 巧：巧，技藝。

⑰ 致思：極力鑽研。

⑱ 歷筭：筭，同算。歷筭，即曆算，有關曆法的運算。

⑲ 耽好〈玄經〉：即揚雄所著〈太玄經〉。

⑳ 子雲妙極道數：子雲，即揚雄，生於漢宣帝甘露元年，卒於新莽天鳳五年（西元前五三——十八），字子雲，西漢文學家。妙，精妙。極，窮盡。道數，探求自然之道的方法。

㉑ 五經相擬：五經，此代指《周易》。擬，比擬。相擬，相彷彿、相類。

㉒ 符：徵驗。

㉓ 安帝雅聞衡善術學：安帝，東漢孝安帝劉祜（一〇七——一二五年在位）。雅，也曾。術學，指天文、陰陽、曆算等學問。

㉔ 公車特徵拜郎中：公車，漢官署名，掌管上書及應徵方面的事。在應徵時，該官署用官車出送應徵的人。特徵，特意徵召。郎中，漢代官名，屬郎中令，管理車騎、門戶，並充宮中侍衛等職。

㉕ 太史令：官名，記載史事，兼管天文、曆法等。

㉖ 覈：核實、檢驗。覈（漢）hé（國）ㄏㄜˊ（粵）hat^{9} 音瞎。

㉗ 琁機之正：琁機，測天儀中的一種機械部件。正，原理、道理。琁（漢）xuán（國）ㄒㄩㄢˊ（粵）syn^{4} 音船。

㉘ 渾天儀：一種表示天象的儀器。中國古代天文學家對宇宙結構的學說主要有蓋天說和渾天說兩派。張衡是渾天說者，故所製天體儀稱渾天儀。

㉙ 著〈靈憲〉、〈筭罔論〉：〈靈憲〉，一部敘述天體現象的書籍。〈筭罔論〉，一部推算天體生滅及發展變化的書籍。

㉚ 順帝：東漢孝順帝劉保（一二六——一四四年在位）。

㉛ 當世：當權得勢，即用世。

㉜ 陽嘉元年：陽嘉，漢順帝年號（一三二——一三五）。元年，指西元一三二年。

㉝ 候風地動儀：一種測量地震的方位跟強度儀器。候風地動儀周邊有八條龍，候八方之風，故名。

㉞ 員徑：員，同圓。圓的直徑。

㉟ 酒尊：尊，同樽，古代盛酒器具。

㊱ 都柱：地動儀中央的中樞機械，是一根上粗下細的銅柱。

㊲ 傍行八道：靠近都柱橫伸出八根橫杆，連着東、南、西、北、東南、西南、東北、西北八個方向的器械，跟外面八個龍首銜接起來。

㊳ 施關發機：施，設置。關，樞紐。設置樞紐用以發動機器。

㊴ 牙機：發動機械的樞紐。

㊵ 際：接縫。

㊶ 伺者：觀察機器的人。伺 漢sì 國ㄙˋ 粵dzi6 音自。

㊷ 合契若神：合契，互相吻合。若神，靈驗如神。

㊸ 驛：古代傳遞信息的驛站，這裏指驛站的信使。驛 漢yì 國ㄧˋ 粵jik9 音亦。

㊹ 隴西：漢代郡名。現在甘肅蘭州、隴西、臨洮一帶。

㊺ 所從方起：起自何方。

㊻ 侍中：官名。侍從皇帝左右，出入宮廷，與聞朝政。是皇帝的親信。秦始皇置，兩漢沿之，初為丞相屬官，後權力漸大，魏晉後，地位更顯，往往成為實際上的宰相。

㊼ 帝引在帷幄：引，召致。帷幄，帳幕，此指宮中。幄音握。

㊽ 毀己：詆責自己，此指宦官懼張衡正義直言，不利於己。

㊾ 目之：怒目瞪着。

㊿ 詭對：詭，欺詐。用假話應答。此言避開正題的對答。

(51) 閹豎：對宦官的鄙稱。閹音淹。

(52) 圖身：圖，謀劃。身，自身安全。

(53) 吉凶倚伏：吉凶相互倚存，猶言禍福相因。指為皇帝親信而被宦豎厭惡一事。語出《老子》第五十八章：「禍兮福所倚，福兮禍所伏。」

⑭ 幽微難明：幽隱微妙之處，很難盡知。

⑮ 思玄賦：全文載於〈張衡傳〉中，此略。此賦表達了張衡想遠遊避世而不可得的矛盾心情。

⑯ 永和：漢順帝劉保年號（一三六——一四一）。

⑰ 河閒相：閒，同間。河間，劉政封地，今河北獻縣東。相，職類似太守，掌民政。即河間王劉政的相。

⑱ 典憲：法令。

⑲ 豪右：權貴。

⑳ 下車：指剛到某地任職。

㉑ 知：暗中。

㉒ 收禽：禽，同擒。逮捕、收捕。

㉓ 政理：理，同治。政得其理。

㉔ 視事：任職。

㉕ 乞骸骨：請求退職。古時人臣事君，身體非己所有，一切當從國君處置，所以稱退職為乞骸骨，意思是請求皇帝賜還自己身體。

㉖ 徵拜尚書：任命為尚書。漢制，尚書為宮中官名，是協助皇帝掌管文書奏章的官職。

南史 祖沖之傳

李延壽

祖沖之字文遠，范陽遒①人也。曾祖台之，晉侍中。祖昌，宋大匠卿②。父朔之，奉朝請③。

沖之稽古④，有機思⑤，宋孝武使直華林學省⑥，賜宅宇車服。解褐南徐州從事、公府參軍⑦。

始元嘉⑧中，用何承天⑨所製歷，比古十一家為密。沖之以為尚疏，乃更造新法，上表言之。孝武令朝士善歷者難之，不能屈。會帝⑩崩不施行。

歷位為婁縣⑪令，謁者僕射⑫。初，宋武平關中，得姚興指南車，有外形而無機杼⑬，每行，使人於內轉之。昇明⑭中，齊高帝⑮輔政，使沖之追修古法。沖之改造銅機，圓轉不窮，而司方⑯如一，馬鈞⑰以來未之有也。時有北人索馭驎者⑱亦云能造指南車，高帝使與沖之各造，使於樂游苑對共校試，而頗有差僻⑲，乃毀而焚之。晉時杜預⑳有巧思，造欹器㉑，三改不成。永明㉒中，竟陵王子良㉓好古，沖之造欹器獻之，與周廟㉔不異。文惠太子㉕在東宮，見沖之曆法，啟㉖武帝㉗施行。文惠尋薨又寢。

轉長水校尉㉘，領本職。沖之造〈安邊論〉，欲開屯田，廣農殖。建武㉙中，明帝欲使沖之巡行四方，興造大業，可以利百姓者，會連有軍事，事竟不行。

沖之解鍾律博塞㉚，當時獨絕，莫能對者。以諸葛亮有木牛流馬，乃造一器，不因風水，施機自運，不勞人力。又造千里船，於新亭江㉛試之，日行百餘里。於樂游苑造水碓磨，武帝親自臨視。又特善算。永元㉜二年卒，年七十二。著《易老莊義》，釋《論語》、《孝經》，注《九章》，造〈綴述〉數十篇。

作者

李延壽，約生於隋文帝開皇年間（五八一——六〇〇），卒於唐高宗儀鳳年間（六七六——

六七九）。字遐齡，祖籍隴西狄道（今甘肅臨洮），後移居相州（今河北臨漳西南）。歷任御史台主簿、符璽郎等職。延壽生於書香世家，祖父仲舉及父親大師皆博覽經史。有感於南北朝諸史褒貶失實，乃繼承父志，用了十六年時間，撰寫《南史》、《北史》。

《南史》八十卷，始自宋武帝永初元年，終於陳後主禎明三年（四二〇——五八九），記南宋、齊、梁、陳四朝史事。《北史》一百卷，上自北魏道武帝登國元年，下訖隋恭帝義寧二年（三八六——六一八），記魏、北齊（包括東魏）、北周（包括西魏）及隋四朝史事。延壽以司馬遷《史記》的紀傳體通史為楷模，揉合陳壽《三國志》的國別史體裁，將正史中的南北朝八史連綴成書。刪其冗長，取其菁華，補其遺逸。敘事簡潔明確，詳實有據，是二十四史中上乘之作。

題解

〈祖沖之傳〉節選自《南史》卷七十二〈文學傳〉，版本據中華書局排印本。祖沖之生於南朝宋文帝元嘉六年，卒於南朝齊東昏侯永元二年（四二九——五〇〇），是南朝宋、齊間的著名科學家。他在數學研究方面有超卓的成就，推算出圓周率的數值在三·一四一五九二六和三·一四一五九二七之間，千年以後，西方數學家才推演出同樣的數據。在天文學方面，他創製了《大明曆》，算出一回歸年為三百六十五·二四二八日，是最早把歲差引入曆法的人。他還推算出相當精確的閏年率，符合天象的實際。此外，在機械方面，祖沖之製造了指南車、水力驅動的水碓磨和千里船。總之，他在數理和科技上的貢獻，都是劃時代的。

本文主要介紹祖沖之的成就、才華和抱負。

注釋

① 范陽遒：范陽，唐方鎮名，今河北一帶。遒，縣名，今河北容城。遒 漢 qiú 國 ㄑㄧㄡˊ 粵 tsɐu4 音囚。

② 大匠卿：官名。秦時稱將作少府，西漢景帝時改稱將作大匠。職掌宮室、宗廟、陵寢及其它土木營建。南朝宋時稱大匠卿。

③ 奉朝請：官名。本為諸侯、官僚定期朝見皇帝的稱謂。古代以春季的朝見為朝，秋季的朝見為請。漢代重臣貴戚退職後，常以奉朝請名義參加朝會。晉代始把皇帝侍從和駙馬都尉命名為奉朝請。南朝亦常把閒散官員封為奉朝請。

④ 稽古：稽，考察、考究。

⑤ 機思：機巧的心思。

⑥ 宋孝武使直華林學省：宋孝武，即南朝宋孝武帝劉駿（四五四——四六四年在位）。直，當值、擔任。華林學省，當時研究學術的機構。

⑦ 解褐南徐州從事、公府參軍：褐，粗布衣服。解褐，謂脫去布衣換上官服出仕。南徐州，原為東晉初在京口（今江蘇鎮江）所置僑州（用北方州名在南方所設的州），南朝宋在僑置州郡前一律加南字，故有此稱。公府參軍，州刺史的佐史。

⑧ 元嘉：南朝宋文帝劉義隆的年號（四二四——四五四年在位）。

⑨ 何承天：生於晉廢帝太和五年，卒於宋文帝元嘉二十四年（三七〇——四四七），東海郯（今山東郯城西南）人。南朝著名天文學家和思想家，博通經史，精於曆算。於元嘉二十年（四四三），創製元嘉曆，訂正舊曆之誤，進一步提高了曆法的精密度。

⑩ 帝：指宋孝武帝劉義隆。

⑪ 婁縣：古縣名，在今江蘇昆山東北。

⑫ 謁者僕射：官名。漢時掌賓贊受事，南北朝時掌引見臣下，傳達使命。謁音咽。射 ㊕yè㊖ㄧㄝˊ㊗jit^{8} 音咽。射 ㊕yè㊖ㄧㄝˊ㊗jɛ^{6} 音夜。

⑬ 機杼：《南齊書》作機巧。

⑭ 昇明：宋順帝劉準的年號（四七七——四七九）。

⑮ 齊高帝：即蕭道成（四七九——四八二年在位），南朝齊的建立者。字紹伯，南蘭陵（今江蘇常州西北）人。

⑯ 司方：指示方向。

⑰ 馬鈞：生卒年不詳。字德衡，扶風（今陝西興平東南）人。三國時魏國的機械製造家。

⑱ 時有北人索馭驎者：索，素的通假字，素，素來。馭驎者，駕馭，驎，斑紋似魚鱗的馬，能駕馭魚鱗馬的人。全句謂有個素來駕馭魚鱗馬的北方人。

⑲ 差僻：誤差。

⑳ 杜預：生於魏文帝黃初三年，卒於晉武帝太康五年（二二二——二八四）。字元凱，京兆杜陵（今陝西西安東南）人。西晉大將、經學家。

㉑ 欹器：一種傾斜易覆的盛水器。水少時會傾，水量中度時則正，水滿時就會覆。人君可置於座右以為戒。欹 ㊕qī㊖ㄑㄧ ㊗kei^{1} 音崎。

㉒ 永明：齊武帝蕭賾年號（四八三——四九三在位）。

㉓ 竟陵王子良：即齊武帝次子蕭子良（四六〇——四九四），竟陵王為其封號。

㉔ 周廟：周朝（約西元前一一世紀——前二五六）的宗廟，代指周朝宗廟的祭器。

㉕ 文惠太子：齊武帝之子蕭長懋。

㉖ 啟：啟奏。

㉗ 武帝：即齊武帝蕭賾。

㉘ 長水校尉：官名。漢武帝置，掌屯於長水與宣曲。魏、晉、南朝及北朝魏、齊均置。為駐屯京師的統兵軍官。

㉙ 建武：齊明帝蕭鸞的年號（四九四——四九八年在位）。

㉚ 鍾律博塞：鍾律，音律之學。博塞，古代一種博戲。《南齊書·祖沖之傳》：「沖之解鍾律，博塞獨絕。」

㉛ 新亭江：河流名。在今江蘇境內。

㉜ 永元：齊東昏侯蕭寶卷的年號（四九九——五〇〇）。

水經注 二則

酈道元

龍門

河水南逕北屈縣故城西①。西四十里有風山②，

〔注〕上有穴如輪，風氣蕭瑟，習常不止。當其衝飄也，略無生草，蓋常不定，眾風之門故也。

風山西四十里，河南孟門山③。《山海經》④曰：「孟門之山，其上多金玉，其下多黃堊、涅石⑤。」《淮南子》⑥曰：「龍門未闢，呂梁⑦未鑿。」河出孟門之上，大溢逆流，無有邱陵，高阜滅之，名曰洪水。大禹疏通，謂之孟門。故《穆天子傳》⑧曰：「北登孟門，九河之隥⑨。」孟門即龍門之上口

也。實為河之巨阸⑩，兼孟門津⑪之名矣。此石經始⑫禹鑿，河中漱廣⑬，夾岸崇深⑭，傾崖返捍⑮，巨石臨危⑯，若墜復倚⑰。古之人有言：「水非石鑿而能入石⑱。」信哉！其中水流交衝⑲，素氣雲浮⑳，往來遙觀者，常若霧露沾人，窺深悸魄㉑。其水尚崩浪萬尋㉒，懸流㉓千丈，渾洪贔怒㉔，鼓㉕若山騰，濬波頹疊㉖，迄㉗于下口。方知慎子下龍門，流浮竹，非駟馬之追也㉘。

三峽

江水又東逕廣溪峽㉙，斯乃三峽之首也。

〔注〕其間三十里，頹巖倚木，厥勢殆交㉚。北岸山上有神淵，淵北有白鹽崖㉛，高可千餘丈，俯臨㉜神淵。土人㉝見其高白，故因名之。天旱，燃木岸上，推其灰燼，下穢㉞淵中，尋㉟即降雨。常

璩[36]曰：「縣[37]有山澤水神，旱時鳴鼓請雨，則必應嘉澤[38]。」〈蜀都賦〉[39]所謂「應鳴鼓而興雨」也。

峽中有瞿塘、黃龕二灘[40]，

〔注〕夏水迴復[41]，沿泝所忌[42]。瞿塘灘上有神廟，尤至靈驗。刺史二千石[43]徑過，皆不得鳴角伐鼓[44]。商旅上水[45]，恐觸石有聲，乃以布裹篙足[46]。今則不能爾[47]，猶饗薦不輟[48]。此峽多猨[49]，猨不生北岸，非惟一處，或有取之放著[50]北山中，初不聞聲，將同狢獸渡汶[51]而不生矣。

其峽蓋自昔禹[52]鑿以通江，郭景純所謂巴東之峽[53]，夏后疏鑿者……

江水又東逕巫峽[54]，杜宇[55]所鑿以通江水也。

〔注〕郭仲產[56]云：「按《地理志》，巫山在縣西南[57]，而今縣東有巫山，將郡、縣居治無恆故也[58]。」江水歷峽東，逕新崩灘，〔注〕此山漢和帝永元十二年[59]崩，晉太元二年[60]又崩。當崩之日，水逆流百

餘里，湧起數十丈。今灘上有石，或圓如簞[61]，或方似屋，若此者甚眾，皆崩崖所隕[62]，致怒湍流[63]，故謂之新崩灘。其頹巖[64]所餘，比之諸嶺，尚為竦桀[65]。其下十餘里，有大巫山，非惟三峽所無，乃當抗峯岷峨[66]，偕嶺衡疑[67]。其翼附羣山[68]，竝概青雲[69]，更就霄漢，辨其優劣耳[70]。神孟涂[71]所處。《山海經》曰：「夏后啟[72]之臣孟涂，是司神于巴[73]。巴人訟于孟涂之所，其衣有血者執之。是請[74]生居山上，在丹山西。」郭景純云：「丹山在丹陽[75]，屬巴。丹山西即巫山者也。」又帝女居焉，宋玉所謂天帝之季女[76]，名曰瑤姬[77]，未行而亡[78]，封于巫山之陽[79]。精魂為草，實為靈芝，所謂巫山之女，高唐之阻[80]。旦為行雲，暮為行雨，朝朝暮暮，陽臺之下。旦早視之，果如其言，故為立廟，號朝雲焉。

其間首尾百六十里，謂之巫峽，蓋因山為名也。

自三峽七百里中，兩岸連山，略無闕處[81]，重巖疊嶂，隱天蔽日，自非停午夜分(82)，不見曦月(83)。至于夏水襄陵(84)，沿泝阻絕(85)，或王命急宣(86)，有時朝發白帝(87)，暮到江陵(88)，其間千二百里，雖乘奔御風(89)，不以疾也(90)。春冬之時，則素湍(91)綠潭，迴清(92)倒影，絕巘多生怪柏(93)。懸泉瀑布，飛漱(94)其間，清榮峻茂(95)，良(96)多趣味。每至晴初霜旦，林寒澗肅(97)常有高猿長嘯(98)，屬引淒異(99)。空谷傳響，哀轉久絕，故漁者歌曰：「巴東三峽巫峽長，猿鳴三聲淚沾裳。」……

江水又東逕狼尾灘(100)，而歷人灘(101)。

〔注〕袁山松(102)曰：「二灘相去二里。人灘水至峻峭(103)，南岸有青石，夏沒冬出，其石嶔崟(104)，數十步中，悉作人面形，或大或小，其分明者，鬚髮皆具，因名曰人灘也。

江水又東逕黃牛山，下有灘名曰黃牛灘，

〔注〕南岸重嶺疊起，最外高崖間有石色，如人負刀牽牛，人黑牛黃，成就⑤分明，既人跡所絕，莫得究焉。此巖既高，加以江湍紆迴(106)，

雖途逕信宿[107]，猶望見此物，故行者謠曰：「朝發黃牛，暮宿黃牛，三朝三暮，黃牛如故。」言水路紆深，迴望如一矣。

江水又東逕西陵峽[108]。《宜都記》[109]曰：「自黃牛灘東入西陵界，至峽口百許里，山水紆曲，而兩岸高山重障，非日中夜半，不見日月。絕壁或千許丈，其石彩色形容，多所像類[110]。林木高茂，略盡冬春[111]。猿鳴至清，山谷傳響，泠[112]不絕。所謂三峽，此其一也。」山松言：「常聞峽中水疾[113]，書記及口傳，悉以臨懼相戒[114]，曾[115]無稱有山水之美也。及余來踐躋[116]此境，既至欣然，始信耳聞之不如親見矣。其疊崿[117]秀峯，奇構異形，固難以辭敘[118]。林木蕭森，離離蔚蔚[119]，乃在霞氣之表[120]。仰矚俯映[121]，彌習彌佳[122]，流連信宿，不覺忘返，目所履歷[123]，未嘗有也。既自欣得此奇觀，山水有靈，亦當驚知己于千古矣[124]！

作者

酈道元，生年不詳，卒於北魏孝明帝孝昌三年（？——五二七）。字善長，范陽涿縣（今河北涿縣）人。孝文帝時，任尚書主客郎。累遷至東荊州刺史，以嚴酷免官。後起用為河南尹，不久除安南將軍、御史中尉。孝昌元年（五二五），奉命節度諸軍征揚州，因功遷御史中丞。後以忤汝南王元悅，貶任關右大使，不久，為雍州刺史蕭寶夤所殺。所撰《水經注》四十卷，可稱為古典地理文學第一部巨著。書中列舉全國大小河流一千二百五十二條，文字幽麗峻爽，描述歷歷如繪。凡河流所經之處，皆詳敘其人物故事、歷史古蹟、神話傳說，對後世山水文學有深遠影響。另著《本志》十三篇、《七聘》等文，皆佚。

題解

〈龍門〉和〈三峽〉分別選自《水經注．河水》及《水經注．江水》，題目為編者所加，版本據王先謙《王氏合校水經注》。《水經》是一部記述全國河流水道的專書，舊傳漢人桑欽作，經清人考證，大概為三國時人之作。酈道元《水經注》四十卷，雖以注釋為名，實為一部文學及史學巨著。

龍門，山名，在今山西河津西北，陝西韓城東北，分跨黃河兩岸。

三峽即長江上游的瞿塘峽、巫峽和西陵峽，西起四川奉節白帝城，東至湖北宜昌南津關，全長一百九十三公里。文中描寫了三峽山高、水險、峽長的地理特點，以及不同季節的壯觀景色。表現了三峽峯巒疊嶂、雄偉峻拔的磅礴氣勢。文章既能縱覽乾坤，又能洞察幽微，緩急相間，動靜相生。集史、地、文三者之美於一篇。

注釋

① 河水南逕北屈縣故城西：河水，指黃河。逕，經過、取道。北屈縣故城，在今山西鄉寧東北。

② 風山：在今山西鄉寧北。

③ 孟門山：在今山西鄉寧北，陝西宜川東北，龍門山之北，延伸於黃河兩岸。

④《山海經》：相傳為先秦地理志，記述各地山川、道里、部族、物產等，當中保留了不少神話傳說。

⑤ 黃堊、涅石：黃堊，黃沙土。涅石，礬石，一種古代用作黑色染料的礦石。堊 (漢)è (國)ㄜˋ (粵)ɔk8 音惡。涅 (漢)niè (國)ㄋㄧㄝˋ (粵)nip9 音聶。

⑥《淮南子》：西漢淮南王劉安及其門客集體撰寫的一部著作。旨在闡明哲理，旁涉奇物異類，亦保存了一部分神話材料。

⑦ 呂梁：山名。主峯在今山西離石東北，北接管涔山，南接龍門山。

⑧《穆天子傳》：先秦神話故事。記周穆王西征至崑崙會見西王母的傳說。

⑨ 隥：斜坡。隥 ㊇dèng㊋ㄉㄥˋ㊊dɐŋ³ 音凳。

⑩ 阸：阻塞。阸 ㊇è㊋ㄜˋ㊊ɐk⁷ 音握。

⑪ 孟門津：津，水陸沖要之地。孟門津，在今陝西宜川東南，與孟門山參差相接，即河中之石檀山。

⑫ 經始：開始。

⑬ 瀬廣：因水流沖激而變得寬闊。

⑭ 夾岸崇深：夾岸，兩岸。崇深，既高且深。

⑮ 傾崖返捍：高傾的山崖好像保衛着河道。

⑯ 臨危：在高危之處。

⑰ 若墜復倚：墜，掉下。倚，依靠。

⑱ 水非石鑿而能入石：鑿，鑿子。指水雖不是鑿石的工具，但卻能鑽入石頭裏去。

⑲ 交衝：互相衝擊。

⑳ 素氣雲浮：素氣，白色的水氣。雲浮，像雲一樣浮在水面上。

㉑ 窺深悸魄：悸魄，驚動人的心神。意為往深處看，則使人心驚膽顫。悸 ㊇jì㊋ㄐㄧˋ㊊gwɐi³ 音季。

㉒ 崩浪萬尋：崩浪，水中激起浪花。尋，古代以八尺為尋。

㉓ 懸流：自上而下的流水，形容瀑布。

㉔ 渾洪贔怒：渾，深大貌。渾洪，水勢巨大。贔，作力貌。贔怒，水勢洶猛。贔 ㊇bì㊋ㄅㄧˋ㊊bɐi³ 音閉。

㉕ 鼓：鼓起。

㉖ 濬波頹疊：濬，深。濬波，大的波浪。頹疊，時伏時起。指巨浪一個接一個翻滾而下。濬 ㊇jùn㊋ㄐㄩㄣˋ㊊dzœn³ 音俊。

㉗ 迄：至。

㉘ 方知慎子下龍門，流浮竹，非駟馬之追也：慎子，即慎到，生卒年不詳，戰國時人，著有《慎子》。下龍門、流

浮竹，載於《慎子》：「河之下龍門，其流駛如竹箭，駟馬追弗能及。」

㉙ 江水又東逕廣溪峽：江水，即長江。廣溪峽，即瞿塘峽，在今四川奉節東之十里。

㉚ 頹巖倚木，厥勢殆交：頹巖，久經風雨的破巖。倚木，枝榦畸斜，若偏若倚的樹木。厥，猶其。殆，差不多。交，交接。意為兩岸奇險的山巖和山上的樹木，其勢好像兩相交接起來。

㉛ 白鹽崖：即白鹽山。

㉜ 俯臨：俯，低首往下望，即下臨之意。

㉝ 土人：當地人民。

㉞ 穢：用作動詞，弄污。

㉟ 尋：不久。

㊱ 常璩：生卒年不詳，字道將，東晉蜀郡江原（今四川崇慶）人。著有《華陽國志》、《漢書義》、《南中志》。引文見《華陽國志》卷一。璩 漢qú 國ㄑㄩˊ 粵kœy4 音渠。

㊲ 縣：指永安縣，今四川奉節。

㊳ 必應嘉澤：應，回報。嘉澤，好雨。

㊴ 〈蜀都賦〉：晉左思〈三都賦〉之一。

㊵ 峽中有瞿塘、黃龕二灘：瞿塘、黃龕二灘皆今四川奉節東。龕 漢kān 國ㄎㄢ 粵hem1 音堪。

㊶ 夏水迴復：夏季潮水繞灘迂迴奔流。

㊷ 沿泝所忌：沿，順流而下。泝，同溯，逆流而上。所忌，謂行船所畏忌。

㊸ 刺史二千石：刺史，官名。漢武帝時，分全國為十三部（州），部置刺史，為監察官性質，官階在郡守之下，東漢以後，權力漸大，地位在郡守之上。二千石，漢代對郡守之通稱，因其俸祿為二千石。這裏泛指長官大臣。

㊹ 鳴角伐鼓：角，號角。伐，擂。

㊺ 上水：一作上下。

㊻ 篙足：撐船所用竹竿或木杆的下端。篙 (漢)gāo (國)ㄍㄠ (粵)gou1 音高。

㊼ 爾：指示代詞，即如此、這樣。

㊽ 饗薦不輟：饗，通享。饗薦，祭祀。輟，停止。

㊾ 猨：同猿。

㊿ 著：放置。

(51) 狢獸渡汶：狢，同貉，野獸名，形似狸子，皮毛珍貴。汶，即汶水，在今山東境內。狢 (漢)hé (國)ㄏㄜˊ (粵)hɔk9 音學。

(52) 禹：即夏禹，亦稱大禹、戎禹。相傳原為夏后氏部落領袖，奉舜命治理洪水，舜死後受禪而建立了夏朝。

(53) 郭景純所謂巴東之峽：郭景純，即郭璞，生於晉武帝咸寧二年，卒於晉明帝太寧二年（二七六——三二四），字景純，河東聞喜（今屬山西）人。曾注釋《爾雅》、《方言》、《山海經》及《穆天子傳》。巴東，郡名，在今四川奉節東，地控三峽之險。

(54) 巫峽：長江三峽之一。西起四川巫山大寧河口，東至湖北巴東官渡口，約長四十公里。

(55) 杜宇：相傳是古代蜀國國王。周代末年，開始稱帝，號曰望帝。

(56) 郭仲產：晉人，生卒不詳，曾任荊州從事。著有《荊州記》一卷。

(57) 按《地理志》，巫山在縣西南：《地理志》，指《漢書．地理志》。縣，指巫山縣，戰國時為楚巫郡，秦置巫縣，隋改為巫山縣。

(58) 將郡、縣居治無恆故也：將，乃。恆，固定。乃郡縣治所不固定的原故。

(59) 漢和帝永元十二年：漢和帝，名劉肇，生於東漢章帝建初四年，卒於和帝元興元年（七九——一〇五），在位十六年（八九——一〇五）。永元，為漢和帝年號。永元十二年，即西元一〇〇。

(60) 晉太元二年：即西元三七七。太元，東晉孝武帝司馬曜年號（三七六——三九七）。

(61) 簞：古時盛飯用的圓形竹器。簞 (漢)dān (國)ㄉㄢ (粵)dan1 音丹。

⑥② 隕：掉、落。

⑥③ 致怒湍流：致，招來。怒，發怒。湍流，急流。言石積江中，使得急流受阻，波濤洶湧澎湃。

⑥④ 頹巖：倒塌的巖石。

⑥⑤ 竦桀：竦，通聳，高聳。桀，特出、突出。聳立高峻而顯得突出。意謂崩後餘下來的山岩比其他山還高。

⑥⑥ 乃當抗峯岷峨：抗，對抗、匹敵。岷，即岷山，在今四川松潘北。峨，即峨眉山，在今四川峨眉西南。

⑥⑦ 偕嶺衡疑：偕，同，引伸為相比。衡，即衡山，五嶽之南嶽，在今湖南衡山西北。疑，亦作嶷，即九嶷山，在今湖南寧遠南。指可與衡山、九嶷山相比。

⑥⑧ 其翼附羣山：翼，輔助。附，依傍。指大巫山山脈與羣山相連接。

⑥⑨ 竝概青雲：竝，同並。概，量穀麥時刮平斗斛的器具，這裏指齊平。此言大巫山高峻，可與青雲齊平。

⑦⓪ 更就霄漢，辨其優劣耳：霄漢，雲霄、天漢之連稱。要比較大巫山與相連山脈的高低優劣，只有到雲霄之上去。

⑦① 孟涂：孟，一作血。孟涂，相傳為夏朝帝王啟的大臣。事見《山海經．海內南經》、《竹書紀年》上卷。涂 ㊥tú ㊎ㄊㄨˊ ㊄tou^{4} 音徒。

⑦② 夏后啟：啟，傳說中的夏朝國王，姓姒，禹之子。

⑦③ 是司神于巴：司神，掌管神靈。巴，古國名，主要分布在今四川東部、湖北西部一帶。

⑦④ 請：意義不詳，文字疑有脱誤。

⑦⑤ 丹陽：古地名，在今湖北秭歸東南。

⑦⑥ 宋玉所謂天帝之季女：宋玉，戰國時楚國辭賦家，曾任楚頃襄王大夫。其作品流傳至今有〈九辯〉、〈招魂〉、〈高唐賦〉、〈神女賦〉、〈風賦〉、〈登徒子好色賦〉六篇，或以為只〈九辯〉一篇為宋玉所作。季女，即小女兒。

⑦⑦ 瑤姬：一作姚姬。

⑦⑧ 未行而亡：即未出嫁便死了。

(79) 巫山之陽：陽，一作臺。巫山山南。

(80) 高唐之阻：阻，一作姬。高唐，戰國時楚國臺館名，在雲夢澤中。

(81) 略無闕處：略，副詞，幾乎。闕，同缺，中斷、間斷之意。

(82) 自非停午夜分：自，假如。停午，中午。夜分，半夜。

(83) 曦月：曦，日光。指日月。

(84) 至于夏水襄陵：襄，升。陵，大土丘。意謂到了夏天，潮水便漲到山崗上。

(85) 沿泝阻絕：沿，順水而下。泝，同溯，逆流而上。指水路交通受阻以至往還斷絕。

(86) 宣：宣達、傳召。

(87) 朝發白帝：白帝，即白帝城，在今四川奉節東。早上在白帝城出發。

(88) 江陵：即今湖北江陵。

(89) 乘奔御風：乘奔，騎飛奔的快馬。御風，乘風而行。

(90) 不以疾也：以，益、更。疾，快。

(91) 素湍：湍急的流水激起白色的浪花，故稱素湍。

(92) 迴清：迴，同回。回映清光。

(93) 絕巘多生怪柏：絕巘，陡峭的山峯。怪柏，奇形怪狀的柏樹。巘(漢)yǎn(國)ㄧㄢˇ(粵)jin^{2}音演。

(94) 漱：沖刷。

(95) 清榮峻茂：指水清、樹榮、山峻、草茂。

(96) 良：實在。

(97) 肅：寂靜。

(98) 高猿長嘯：高猿，高山上的猿猴。嘯，獸類叫號。

(99) 屬引淒異：屬，連續。引，延長。屬引，連續不斷。淒異，淒愴異常。

(100) 狼尾灘：在今湖北宜昌西北長江中。

(101) 人灘：在狼尾灘東二里。

(102) 袁山松：即袁崧，生卒年不詳，東晉陽夏（今河南太康）人，字山松。曾任秘書監、吳郡太守，博學善文，著《後漢書》百卷，已佚。傳見《晉書》卷八十三。

(103) 水至峻峭：峻峭，本形容山，這裏借以描寫水勢之急，浪濤之高。

(104) 嶔崟：山高峻的樣子。嶔 (漢)qīn(國)ㄑㄧㄣ(粵)jɐm^1 音音。崟 (漢)yín(國)ㄧㄣˊ(粵)jɐm^4 音吟。

(105) 成就：造就。此指山石自然形成的形狀和顏色。

(106) 江湍紆迴：湍，急。紆，屈曲縈繞。紆 (漢)yū(國)ㄩ(粵)jy^1 音于。

(107) 信宿：信，再宿。連宿兩夜。

(108) 西陵峽：又名巴峽，長江三峽之一。西起巴東官渡口，東至湖北宜昌南津關，長約七十五公里。

(109) 《宜都記》：即晉人袁崧所著《宜都山川記》，記宜都雄偉險峻的地理形勢。宜都，三國時郡名，在夷道，即今湖北宜都。

(110) 其石彩色形容，多所像類：像類，與物相似。指山巖的顏色和形狀，跟很多東西相像。

(111) 林木高茂，略盡冬春：意謂林木高大茂密，歷盡冬春而不凋謝。

(112) 泠泠：形容水聲。泠 (漢)líng(國)ㄌㄧㄥˊ(粵)liŋ^4 音零。

(113) 疾：急速。

(114) 悉以臨懼相戒：悉，盡、都。臨，登臨。戒，告誡。

(115) 曾：乃。

(116) 踐躋：躋，登、升。踐躋，登臨。躋 (漢)jī(國)ㄐㄧ(粵)dzɐi^1 音擠。

(117) 崿：山崖。(漢)è(國)ㄜˋ(粵)ŋɔk^9 音岳。

(118) 固難以辭敘：固，實在。辭敘，用言詞表述。

⑪⑨ 離離蔚蔚：繁茂的樣子。

⑫⓪ 乃在霞氣之表：表，表面。在雲霞霧氣之上。

⑫① 仰矚俯映：矚，注視。仰觀俯視。

⑫② 彌習彌佳：彌，更加、愈。習，熟習。此處有玩味之意。

⑫③ 目所履歷：平生親眼看到的。

⑫④ 山水有靈，亦當驚知己于千古矣：山水若有神靈，也應驚喜其千年之後終於有了知己啊！

世說新語 四則

劉義慶

管寧割席

管寧、華歆①共園中鋤菜，見地有片金，管揮鋤與瓦石不異，華捉②而擲去之。又嘗同席③讀書，有乘軒冕④過門者，寧讀如故，歆廢⑤書出看。寧割席⑥分坐曰：「子非吾友也。」

華王優劣

華歆、王朗⑦俱乘船避難，有一人欲依附⑧，歆輒難⑨之。朗曰：「幸尚寬⑩，何為不可？」後賊追至，王欲舍⑪所攜人。歆曰：「本所以疑，正為此耳。既已納其自託⑫，寧可以急相棄邪⑬？」遂攜拯如初。世以此定華、王之優劣。

王子猷雪夜訪戴

王子猷居山陰⑭，夜大雪，眠覺⑮，開室⑯，命酌酒，四望皎然⑰。因起仿偟⑱，詠左思〈招隱詩〉⑲。忽憶戴安道⑳。時戴在剡㉑，即便夜乘小船就㉒之。經宿㉓方至，造㉔門不前而返。人問其故，王曰：「吾本乘興而行，興盡而返，何必見戴？」

王藍田性急

王藍田㉕性急。嘗食雞子㉖，以筯刺之㉗，不得，便大怒，舉以擲地。雞子於地圓轉未止，仍下地以屐齒蹍㉘之，又不得，瞋㉙甚，復於地取內㉚口中，齧㉛破即吐之。王右軍㉜聞而大笑曰：「使安期㉝有此性，猶當無一豪可論㉞，況藍田邪？」

作者

劉義慶，生於晉安帝元興二年，卒於宋文帝元嘉二十一年（四〇三——四四四）。彭城（今江蘇徐州）人，南朝宋武帝劉裕侄兒，長沙景王劉道憐次子，後立為臨川王劉道規嗣子。宋武帝永初元年（四二〇），襲封為臨川王。曾隨武帝北伐，歷任丹陽尹、荊州、江州刺史、開府儀同三司等職。年四十二，卒於建安（今南京）。

劉義慶為人好學，招聚文士，廣蒐資料，編成《世說新語》三十八篇。《世說新語》是我國最早的一部筆記小說，採錄後漢至東晉的高士言談和名流軼事，是研究魏、晉時期士族階層生活及社會一般狀況的重要文獻。《世說新語》文字清雋生動，對後世小說和戲劇影響深遠。

題解

本課各則選自余嘉錫《世說新語箋疏》，現題為編者所加。

〈管寧割席〉選自《世說新語・德行篇》。管寧居遼東三十七年。他離開遼東時，把過去地方官所贈的財物全部封存完好，如數奉還。其後魏文帝、明帝徵召為官，堅持不仕，以布衣終生，史稱管寧為高士。華歆在江東時，也退還賓客所贈禮品。在曹魏為官，亦甚清貧。並曾舉管寧自代。二人的品行，似乎不相上下。但華歆在官場周旋，先後在何進、孫策、曹操等權貴手下任職，曹丕時更拜相封侯。他與管寧各有抱負，顯然不是同道中人。本文記載管、華早年的故事，正是從細微處描寫二人志趣相異之處。

〈華王優劣〉選自《世說新語・德行篇》。文中的王朗，樂於行善，但不能貫徹始終。華歆不肯輕言助人，但於危急之際卻不棄承諾。二人之間，自有識見與修養之不同。文章雖寥寥數語，但言簡意賅，頗堪玩味。

〈王子猷雪夜訪戴〉選自《世說新語・任誕篇》。〈任誕篇〉多寫怪誕之行，不受拘束之事。

這在當時稱之為曠達、任達。本文反映出王子猷率性放達的性格。文中以事寫人，以言寫人，精簡傳神。

〈王藍田性急〉選自《世說新語・忿狷篇》。這則故事通過對動作和神情的細緻描寫，勾勒出一個性急易怒的人物，全文僅八十字，甚簡潔又極有趣味。

注釋

① 管寧、華歆：管寧，生於東漢桓帝延熹元年，卒於蜀漢後主延熙四年（一五八——二四一）。字幼安，北海朱虛（今山東臨朐東）人，以文才和志節高尚名於世。華歆，生於東漢桓帝永壽三年，卒於魏明帝太和五年（一五七——二三一），字子魚，高唐（今山東禹城西南）人。漢桓帝時為尚書令，入魏後，官至太尉，曾與管寧為同學。

② 捉：拾取、檢拾。

③ 席：蘆葦竹篾等編成的鋪墊用具。

④ 軒冕：軒，車。冕，冕冠。古制大夫以上的官，乘軒服冕，故軒冕為尊貴之代稱。

⑤ 廢：放下、置放。

⑥ 割蓆：把席割開。後常以割蓆形容絕交。

⑦ 王朗：生卒年不詳，字景興，漢末東海郯（今山東郯城）人，漢獻帝時為會稽太守。孫策攻會稽，王朗兵敗降孫策。後歸曹操，歷仕文帝、明帝，位至三公，封蘭陵侯。

⑧ 依附：歸屬、投靠。

⑨ 輒難：輒，立即。難，拒斥。

⑩ 寬：指船中尚有坐位。

⑪ 舍：捨棄、離棄。

⑫ 其自託：他把自己付託。

⑬ 寧可以急相棄邪：寧可，怎可以。以急，因為情勢危急。相棄，拋棄。

⑭ 王子猷居山陰：王子猷，即王徽之，生卒年不詳。字子猷，王羲之子，祖籍山東臨沂。曾為東晉大司馬桓溫參軍，黃門侍郎，後棄官居山陰（今浙江紹興）。猷 (漢)yóu(國)ㄧㄡˊ(粵)jau^{4} 音由。

⑮ 眠覺：睡醒。

⑯ 開室：指打開內室的門。

⑰ 皎然：雪白茫茫。

⑱ 仿偟：同彷徨。

⑲ 詠左思〈招隱詩〉：左思，生卒年不詳，字太沖，臨淄（今山東淄博）人，西晉文學家。〈招隱〉共二首，寫入山招尋隱士，見山中景色而起歸隱之心。

⑳ 戴安道：即戴逵，生年不詳，卒於東晉孝武帝太元二十年（?——三九五）。字安道，著名畫家、雕塑家，終生不仕。

㉑ 剡：故城在今浙江嵊縣西南，有剡溪，一名戴溪，即王子猷雪夜訪戴安道處。剡 (漢)shàn(國)ㄕㄢˋ(粵)sim^{6} 音閃陽去聲。

㉒ 就：往。

㉓ 經宿：過了一夜。

㉔ 造：到。造 (漢)zào(國)ㄗㄠˋ(粵)tsou^{3} 音燥。

㉕ 王藍田：即王述，生於晉惠帝太安二年，卒於晉廢帝太和三年（三〇三——三六八），字懷祖，太原晉陽（今山西

太原）人，後遷會稽山陰（今浙江紹興）。因襲爵藍田侯，所以稱王藍田。

㉖ 雞子：雞蛋。

㉗ 以筯刺之：筯，同箸。

㉘ 以屐齒蹍：屐，木屐。蹍，踐、踩。蹍 ㊋zhǎn ㊍ㄓㄢˇ ㊌dzin^{2} 音展。

㉙ 瞋：瞪眼怒視。瞋 ㊋chēn ㊍ㄔㄣ ㊌tsɐn^{1} 音親。

㉚ 內：同納。

㉛ 齧：咬。齧 ㊋niè ㊍ㄋㄧㄝˋ ㊌jit^{9} 音熱。

㉜ 王右軍：即東晉書法家王羲之，生於晉惠帝太安二年，卒於晉孝武帝太元四年（三〇三——三七九），字逸少。曾任右軍將軍，故稱王右軍。

㉝ 安期：即王承，字安期，王藍田之父，曾官東海內史。

㉞ 無一豪可論：豪，同毫。論，衡量、評定。

顏氏家訓 四則

顏之推

兄弟

二親既歿，兄弟相顧，當如形之與影，聲之與響；愛先人之遺體①，惜己身之分氣②，非兄弟何念③哉？兄弟之際，異於他人，望深則易怨④，地親則易弭⑤。譬猶居室，一穴則塞之，一隙則塗之，則無頹毀之慮；如雀鼠之不卹⑥，風雨之不防⑦，壁陷楹淪⑧，無可救矣。僕妾之為雀鼠，妻子⑨之為風雨，甚哉！

兄弟 又

人之事兄，不可不同於事父，何為愛弟不及愛子乎⑩？是反照而不明也。沛國劉璡⑪，嘗與兄瓛連棟隔壁，瓛呼之數聲不應，良久方答；瓛怪問之，乃曰：「向來未着衣帽故也⑫。」以此事兄，可以免矣⑬。

風操

別易會難，古人所重；江南餞送，下泣言離。有王子侯⑭，梁武帝⑮弟，出為東郡⑯，與武帝別，帝曰：「我年已老，與汝分張⑰，甚以惻愴⑱。」數行淚下。侯遂密雲⑲，赧然⑳而出。坐此被責，飄颻舟渚㉑，一百許日，卒不得去。北間風俗，不屑此事，歧路言離，歡笑分首㉒。然人性自有少涕淚者，腸雖欲絕，目猶爛然㉓；如此之人，不可強責。

風操 又

偏傍㉔之書，死有歸殺㉕。子孫逃竄，莫肯在家；畫瓦書符㉖，作諸厭勝㉗；喪出㉘之日，門前然㉙火，戶外列灰㉚，祓㉛送家鬼，章斷注連㉜：凡如此比，不近有情㉝，乃儒雅㉞之罪人，彈議㉟所當加也。

作者

顏之推見初冊第十一課《顏氏家訓》

題解

本課各節選自王利器《顏氏家訓集解》。東晉以來，名門望族，各以其獨特的習尚或家風，造成禮俗，流風餘韻，為他人所仿慕。顏之推詳察歷朝南北時人行事，選擇典型的事例，予以褒貶，留下作為子孫楷則，寫成《顏氏家訓》傳世。

第一及二則選自〈兄弟〉篇，此篇多言兄弟之情。第一則「二親既歿」，作者同意父母死後，兄弟應當如「形之與影」、「聲之與響」，相親相愛，彼此扶持。但他也憂慮兄弟之間會因僕妾的介入而造成隔閡，這是當時家庭中常見的現象，故特為論述，以為子孫及後人的警惕和鑑戒。

第二則「人之事兄」，顏氏講的是兄弟相處的道理。傳統認為，兄要愛弟如愛子，弟應事兄如事父。但像劉璡那像要整齊衣帽才敢應其兄，顏氏則認為拘禮過甚，大可不必。

第三及第四則選自〈風操〉篇。所謂風操就是指當時士大夫所崇尚的禮儀和習慣。習尚相沿衍成風氣，互為標榜。顏氏對這種矯揉造作、不合自然本性的行為，施以筆伐。而對一些因各人氣性不同而反應各異之事例，則加以客觀的評論。如第三則「別易會難」中，認為人於離別時，每有傷心而流淚者；但亦有「腸雖欲絕，目猶爛然」者。對於這些不同的反應，顏氏認為「不可強責」。

第四則「偏傍之書」，是作者對於旁門左道之書，倡言「死有歸殺」，以致家人「畫瓦書符」，作出種種迷信的厭勝之法，予以嚴厲批評。

注釋

① 先人之遺體：先人，指已死亡的父母。遺體，古人稱自己的身子為父母的遺體。《禮・祭義》：「曾子曰：『身

也者，父母之遺體也』。」遺體一詞有時也用指兄弟。

② 分氣：指兄弟各分得父母血氣之一部分，憑之以生。

③ 念：愛憐。

④ 望深則易怨：望，期望。怨，怨懟。

⑤ 地親則易弭：地親，居住地近便。弭，消除。指消除隔閡。弭 漢 mǐ 國 ㄇㄧˇ 粵 mei^{5} 音美。

⑥ 雀鼠之不卹：卹，憂慮、擔憂。此句引自《詩經・召南・行路》：「誰謂雀無角，何以穿我屋？誰謂鼠無牙，何以穿我墉？」。意謂麻雀老鼠的危害若不顧及。卹 漢 xù 國 ㄒㄩˋ 粵 $sœt^{7}$ 音恤。

⑦ 風雨之不防：此句引自《詩經・豳風・鴟鴞》：「予室翹翹，風雨所漂搖。」意謂對風雨的侵襲不加提防。

⑧ 壁陷楹淪：陷，潰敗、陷落，此指倒榻。楹，柱子。淪，沒落，此為摧折的意思。楹 漢 yíng 國 ㄧㄥˊ 粵 $jiŋ^{4}$ 音盈。

⑨ 妻子：妻子和子女。

⑩ 人之事兄，不可同於事父，何怨愛弟不及愛子乎：可，能。一般人不能以對待父親的態度敬事兄長，怎能怨兄愛弟不如愛兒子呢？

⑪ 劉璡：生卒年不詳。字子璥，南朝沛國（今江蘇蕭縣西北）人。方軌正直，卓有文采。有兄劉瓛，字子圭。兩人本傳見於《南史》。瓛 漢 huán 國 ㄏㄨㄢˊ 粵 wun^{4} 音桓。

⑫ 向來未着衣帽故也：向來，剛才的意思。意謂弟敬事兄，應聲時須衣帽整齊。

⑬ 可以免矣：這樣事兄就可以不必。

⑭ 王子侯：皇室所封列侯。《漢書》有王子侯表。

⑮ 梁武帝：即蕭衍，生於南朝宋孝武帝大明八年，卒於梁武帝太清三年（四六四——五四九）。字叔（淑）達，小字練兒，南蘭陵（今江蘇常州西北）人。南朝梁的建立者，五〇二——五四九在位。

⑯ 東郡：梁都建康（今南京）以東之郡。

⑰ 分張：分別的意思，為六朝人習用語。

⑱ 惻愴：悲痛、悲傷。惻(漢)cè(國)ㄘㄜˋ(粵)tsɐk^{7}音測。愴(漢)chuàng(國)ㄔㄨㄤˋ(粵)tsɔŋ^{3}音創。

⑲ 密雲：無淚，其意取自《易・小畜彖》：「密雲無雨」，指心中悲悽而目不落淚。

⑳ 赧然：因羞愧而臉紅的樣子。赧(漢)nǎn(國)ㄋㄢˇ(粵)nan^{5}音戁。

㉑ 飄颻舟渚：飄颻，飄蕩。渚，水中小塊陸地、小洲。舟船在岸渚間飄蕩。颻(漢)yáo(國)ㄧㄠˊ(粵)jiu^{4}音搖。渚(漢)zhǔ(國)ㄓㄨˇ(粵)dzy^{2}音主。

㉒ 分首：即分手。

㉓ 爛然：明亮的樣子。

㉔ 偏傍：不正。

㉕ 歸殺：又作歸煞、回煞。舊時迷信謂人死後若干天，靈魂回家一次叫歸殺。

㉖ 畫瓦書符：在瓦片上畫圖像以鎮邪，稱畫瓦。於紙上寫字或畫以驅邪，稱書符。舊時用以驅邪的方法。

㉗ 厭勝：古時一種巫術，謂能以詛咒的法術來壓服人或物。

㉘ 喪出：出殯。

㉙ 然：燃的本字。

㉚ 戶外列灰：在門外鋪灰，以觀死人魂魄之跡。

㉛ 祓：古代禳除災禍，祈求福祉的儀式。祓(漢)fú(國)ㄈㄨˊ(粵)fɐt^{7}音弗。

㉜ 章斷注連：章，上章。注連，牽連。意謂上章上天以求斷絕死人之殃牽連。

㉝ 凡如此比，不近有情：一說「比」應作「者」，「有」字應作「人」字。梵語「有情」指眾生。

㉞ 儒雅：儒學正道。

㉟ 彈議：彈劾、批評。

陳情表

李密

臣密言：臣以險釁①，夙遭閔凶②。生孩六月，慈父見背③。行年四歲，舅奪母志④。祖母劉，愍⑤臣孤弱，躬親撫養。臣少多疾病，九歲不行，零丁孤苦，至于成立。既無叔伯，終鮮兄弟。門衰祚薄⑥，晚有兒息⑦。外無朞功強近之親⑧，內無應門五尺之僮⑨。煢煢孑立⑩，形影相弔⑪。而劉夙嬰疾病⑫，常在牀蓐⑬，臣侍湯藥，未曾廢離。

逮奉聖朝⑭，沐浴清化⑮。前太守臣逵⑯察臣孝廉⑰。後刺史臣榮⑱舉臣秀才⑲。臣以供養無主，辭不赴命。詔書特下，拜臣郎中⑳，尋㉑蒙國恩，除臣洗馬㉒。猥㉓以微賤，當侍東宮㉔，非臣隕首㉕所能上報，臣具以表聞，辭不就職。詔書切峻㉖，責臣逋慢㉗，郡縣逼迫，催臣上道，州司㉘臨門，急於星火。臣欲奉詔奔馳，則劉病日篤㉙；欲苟順私情㉚，則告訴不許。臣之進退，實為狼狽㉛。

伏惟㉜聖朝以孝治天下，凡在故老㉝，猶蒙矜育㉞，況臣孤苦，特為尤甚。且臣少仕偽朝㉟，歷職郎署㊱。本圖宦達，不矜名節。今臣亡國賤俘，至微至陋。過蒙拔擢，寵命優渥，豈敢盤桓，有所希冀！但以劉日薄西山，氣息奄奄，人命危淺，朝不慮夕。臣無祖母，無以至今日；祖母無臣，無以終餘年。母孫二人，更相為命，是以區區㊲不能廢遠。

臣密今年四十有四，祖母劉今年九十有六，是臣盡節於陛下之日長，報劉之日短也。烏鳥私情㊳，願乞終養。臣之辛苦，非獨蜀之人士及二州㊴牧伯所見明知。皇天后土㊵，實所共鑒。願陛下矜愍愚誠㊶，聽臣微志。庶劉僥倖，保卒餘年。臣生當隕首，死當結草㊷。臣不勝犬馬㊸怖懼之情，謹拜表以聞。

作者

李密，生於魏文帝黃初五年，卒於晉武帝太康八年（二二四——二八七）。一名虔，字令伯，武陽（今四川彭山縣東）人。為人正直，有才幹，仕蜀漢，官至尚書郎。蜀亡，入晉，官至漢中太守。後被讒免官，卒於家中。李密曾師事蜀漢名儒譙周，有辯才。今存作品雖不多，但〈陳情表〉一篇已使他名垂千古。

題解

〈陳情表〉選自《文選》卷三十七。陳是陳述、報告的意思。表是古代公文的一種，是臣下稟告君上之辭。〈陳情表〉寫於公元二六七年，當時蜀漢已亡，西晉亦已建立。司馬氏為了鞏固統治，故徵召有名望的人出仕。李密這篇〈陳情表〉，便婉謝了晉武帝的徵召，極言自己與祖母相依為命，不能離家出仕。情詞懇切，孝義感人。

注釋

① 險釁：災難禍患。此指命運坎坷。釁 ㊥xìn ㊟ㄒㄧㄣˋ ㊖jan^{6} 音刃。

② 夙遭閔凶：夙，早，此指幼年時。閔凶，憂患。夙 ㊥sù ㊟ㄙㄨˋ ㊖suk^{7} 音叔。

③ 見背：背，背棄。此指死亡。

④ 舅奪母志：奪，改易。言舅父逞肆己意，強使母親改易守節的志向，迫使母親改嫁。

⑤ 愍：憐憫、哀憐。愍（漢）mǐn（國）ㄇㄧㄣˇ（粵）men^{5}音敏。

⑥ 門衰祚薄：門，家族門弟。祚，福澤、福祉。祚（漢）zuò（國）ㄗㄨㄛˋ（粵）dzou^{6}音造。

⑦ 兒息：兒子。

⑧ 外無朞功強近之親：朞，期的異體字。古代喪禮制度以親屬的親疏來規定服喪時間的長短，服喪一年為「期」，九個月稱「大功」，五個月為「小功」。功，近親。強近，勉強接近。意謂在外無關係較密的親戚。

⑨ 內無應門五尺之童：在內則無照管客來開門的童僕。

⑩ 煢煢孑立：煢煢，孤單的樣子。孑，孤單無依之態。煢（漢）qióng（國）ㄑㄩㄥˊ（粵）kiŋ^{4}音瓊。孑（漢）jié（國）ㄐㄧㄝˊ（粵）kit^{8}音揭。

⑪ 形影相弔：弔，安慰。形容孤單無依之狀。

⑫ 嬰疾病：嬰，同攖，遭受。句謂患病。

⑬ 蓐：通褥，褥子。蓐（漢）rù（國）ㄖㄨˋ（粵）juk^{9}音肉。

⑭ 聖朝：即晉朝，此為李密對朝廷的敬稱。

⑮ 清化：清明的政治和教化。

⑯ 太守臣逵：太守，郡的長官。逵，太守之名，姓不詳。逵（漢）kuí（國）ㄎㄨㄟˊ（粵）kwai^{4}音葵。

⑰ 察臣孝廉：察，考察，在此為推舉的意思。孝廉，當時選拔人才的一種貢舉。孝，指孝順父母。廉，指品行廉潔。

⑱ 刺史臣榮：刺史，州的長官。榮，刺史之名，姓不詳。

⑲ 秀才：漢、晉時地方推選優秀人才的一種貢舉，由州推舉，與後來科舉制度的秀才不同。

⑳ 拜臣郎中：拜，授官。郎中，官名。晉時各部有郎中。

㉑ 尋：不久。

㉒ 除臣洗馬：除，任命官職。洗馬，官名，太子屬官，在宮中任事，掌管圖書。洗（漢）xiǎn（國）ㄒㄧㄢˇ（粵）sin^{2}音癬。

㉓ 猥：辱。自謙之詞。猥(漢)wěi(國)ㄨㄟˇ(粵)wai^{2} 音毀。

㉔ 東宮：太子居住的地方，此指太子。

㉕ 隕首：捨身、喪命。

㉖ 詔書切峻：詔書，皇帝所下的文書，即聖旨。切峻，急切而嚴厲。

㉗ 逋慢：回避、怠慢。逋(漢)bū(國)ㄅㄨ(粵)bou^{1} 音褒。

㉘ 州司：州官。

㉙ 篤：沈重。

㉚ 苟順私情：一作苟徇私情。

㉛ 狼狽：比喻為進退兩難。

㉜ 伏惟：舊時奏疏、書信中，下級對上級的敬語。

㉝ 故老：遺老。

㉞ 矜育：一作矜卹。憐憫撫卹。

㉟ 偽朝：指三國時劉備建立的蜀漢。

㊱ 歷職郎署：指曾在蜀漢時擔任過郎官職務。

㊲ 區區：猶方寸，形容人的心。引申為真情摯意。

㊳ 烏鳥私情：相傳烏鴉有反哺之義，所以常用來比喻子女對父母的孝養之情。

㊴ 二州：指益州和梁州。益州，在今四川成都。梁州，在今陝西勉縣東。

㊵ 皇天后土：猶言天地神明。

㊶ 愚誠：愚，愚拙。或自謙之詞。

㊷ 死當結草：死後亦要結草報恩。《左傳・宣公十五年》。

㊸ 犬馬：作者自比，古時臣子對君上自稱，以示歉意和謙卑之態。

哀江南賦序

庾信

粵以戊辰之年①，建亥之月②，大盜移國③，金陵④瓦解。余乃竄身荒谷⑤，公私塗炭⑥。華陽奔命，有去無歸⑦，中興道消，窮於甲戌⑧。三日哭於都亭⑨，三年囚於別館⑩。天道周星⑪，物極不反⑫。傅燮之但悲身世，無所求生⑬；袁安之每念王室，自然流涕⑭。昔桓君山⑮之志事，杜元凱⑯之生平，竝有著書，咸能自序⑰。潘岳之文彩，始述家風⑱；陸機之詞賦，多陳世德⑲。信年始二毛⑳，即逢喪亂，藐是流離㉑，至于暮齒㉒。〈燕謌〉遠別，悲不自勝㉓；楚老相逢㉔，泣將何及㉕。畏南山之雨，忽踐秦庭㉖；讓東海之濱，遂湌周粟㉗。下亭漂泊，皐橋羈旅㉘，楚歌㉙非取樂之方，魯酒㉚無忘憂之用。追為此賦，聊以記言㉛，不無危苦之辭，唯以悲哀為主㉜。

日暮途遠，人間何世[33]。將軍一去，大樹飄零[34]；壯士不還，寒風蕭瑟[35]。荊璧睨柱，受連城而見欺[36]；載書橫階，捧珠盤而不定[37]。鍾儀君子，入就南冠之囚[38]；季孫行人，留守西河之館[39]。申包胥之頓地，碎之以首[40]；蔡威公之淚盡，加之以血[41]。釣臺移柳，非玉關之可望[42]；華亭唳鶴，豈河橋之可聞[43]。

孫策以天下為三分[44]，眾裁一旅[45]；項羽用江東之子弟，人唯八千[46]。遂乃分裂山河，宰割天下[47]。豈有百萬義師，一朝卷甲，芟夷斬伐，如草木焉[48]。江、淮無涯岸之阻，亭壁無藩籬之固[49]。頭會箕斂[50]者，合從締交[51]；鉏耰棘矜者，因利乘便[52]。將非江表王氣[53]，應終三百年[54]乎？是知并吞六合[55]，不免軹道之災[56]；混一車書[57]，無救平陽之禍[58]。嗚呼！山嶽崩頹，既履危亡之運[59]；春秋迭代[60]，必有去故[61]之悲。天意人事，可以悽愴傷心[62]者矣。況復舟檝[63]路窮，星漢非乘槎可上[64]；風飇[65]道阻，蓬萊無可到之期[66]。窮者欲達其言[67]，勞者須歌其事[68]。陸士衡聞而撫掌，是所甘心⑥⑨；張平子見而陋之，固其宜矣⑦⓪。

作者

庾信見初冊第三十一課〈魏晉南北朝詩〉

題解

本課是〈哀江南賦〉的序文，節選自《周書》卷四十一〈庾信傳〉，版本據中華書局排印本。這是庾信晚年的作品，他當時身仕北周，但卻眷戀故國南朝梁，故作〈哀江南賦〉抒懷。本序說明作賦的原因，概述全賦的主旨。文中痛陳家國之滅亡，悲歎身世之遭遇。內容統攝賦文的要點，寫來淋漓盡致，典實豐贍，與賦文相較，竟有喧賓奪主之勢。

注釋

① 粵以戊辰之年：粵，發語詞。戊辰之年，南朝梁武帝太清二年（五四八）。

② 建亥之月：古人有「月建」之說，以十二地支配十二月，漢以後以建寅月為正月歲首，建亥之月即夏曆十月。

③ 大盜移國：《後漢書・光武帝紀》云：「炎漢中微，大盜移國。」大盜，指竊國者，移國，篡位，原指王莽篡漢，此指侯景之亂，梁朝分裂。侯景，字萬景，生年不詳，卒於梁元帝承聖元年（？——五五二），北魏懷朔鎮人，與高歡要好，東魏時累官至司徒。梁武帝太清元年（五四七），侯景因與繼父親即位為東魏丞相的高澄不睦，率河南十三州降梁，受封為大將軍河南王，都督河南諸軍事。太清二年（五四八），東魏以歸還武帝侄與梁議和，侯景將成犧牲品，遂於八月起兵壽陽，十月陷金陵，武帝餓死。其後殺簡文帝蕭綱，另立蕭統孫蕭棟，兩月後篡位自立，國號漢。

④ 金陵：梁之國都，即今南京。

⑤ 竄身荒谷：竄，逃匿。荒谷，《左傳》杜預注：「荒谷，楚地」，此指江陵（今湖北江陵）。侯景陷金陵時，梁武帝七子湘東王蕭繹為荊州刺史，起兵江陵。

⑥ 公私塗炭：公私，公室和私門，即統治階層和社會大眾，指全國上下。塗炭，謂陷於泥塗炭火般的窘困中。《尚書・仲虺之誥》：「有憂昏德，民墜塗炭。」

⑦ 華陽奔命，有去無歸：陽，山南謂之陽，此指江陵。華陽，華山之南。奔命，為奉命而奔走，指梁元帝承聖三年（五五四）四月，時任右衛將軍封武康縣侯的庾信奉命出使西魏，同年十一月，西魏將軍于謹陷江陵，殺元帝，另立梁宣帝蕭　於江陵，被羈留而不得歸。

⑧ 中興道消，窮於甲戌：中興，指梁元帝於承聖元年（五五二）平侯景之亂，即位江陵事。道消，指江陵陷落，中興之道消失。甲戌，梁元帝承聖三年（五五四）。

⑨ 三日哭於都亭：都亭，都城的亭閣。三國蜀亡時，蜀將羅憲守永安城，聽到後主劉禪降魏，便和他的士兵在都

亭一連哭了三日。庾信借此自喻國破家亡之悲。

⑩ 三年囚於別館：三年，眾數，指庾信被羈留西魏。別館，使館之外的館舍。

⑪ 天道周星：天道，即天理。周星，歲星，又稱木星，因其十二年繞天一周，故名為周星。

⑫ 物極不反：反，通返。本來天道運行，物極必返。此處言不反，意指蕭梁政權雖已走到盡頭，卻未能復興重振。

⑬ 傅燮之但悲身世，無所求生：傅燮，生年不詳，卒於漢靈帝中平四年（?——一八七）。字南容，任漢陽太守，被敵圍困，糧盡戰死，死前說：「世亂不能養浩然之志，食祿又欲避其難乎？吾行何之，必死於此。」庾信以傅燮的身世自喻。燮 ㊕xiè ㊖ㄒㄧㄝˋ ㊗sit^{8} 音洩。

⑭ 袁安之每念王室，自然流涕：袁安，生年不詳，卒於漢和帝永元四年（?——九二），字邵公。《後漢書・袁安傳》：「安為司徒，以天子幼弱，外戚擅權，每朝會進見及與公卿言國家事，未嘗不噎嗚流涕。」

⑮ 桓君山：桓譚，生於漢成帝陽朔元年，卒於漢光武帝建武元年（西元前二四——五六）。字君山。著有《新論》二十九篇。

⑯ 杜元凱：杜預，生於魏文帝黃初三年，卒於晉武帝太康五年（二二二——二八四）。字元凱，晉大將，有平吳之功。著有《春秋經傳集解》。其序云：「少而好學，在官則觀於吏治，在家則滋味典籍。」

⑰ 自序：古人著書往往有自序，以記述寫作旨意。庾信以桓、杜二人自況，以示作賦之動機。

⑱ 潘岳之文彩，始述家風：潘岳，生於蜀漢後主延熙十年，卒於晉惠帝永康元年（二四七——三〇〇），字安仁，西晉文學家。始述家風，潘岳有〈家風詩〉，自述家族風尚。

⑲ 陸機之詞賦，先陳世德：陸機，生於吳景帝永安四年，卒於晉惠帝太安二年（二六一——三〇三），字士衡。先陳世德，陸機有〈祖德賦〉、〈述先賦〉，又〈文賦〉：「詠世德之駿烈」。

⑳ 年始二毛：二毛，頭髮黑白二色相間，意謂年紀大了，剛踏入頭髮斑白之年，侯景亂時，庾信卅六歲。

㉑ 藐是流離：一作狼狽。藐，通邈，遠。藐 ㊕miǎo ㊖ㄇㄧㄠˇ ㊗miu^{5} 音秒。指流離至偏遠的西魏。

㉒ 暮齒：暮年。

㉓ 燕謌遠別，悲不自勝：謌，同歌。燕，梁代王褒作〈燕歌行〉，妙盡塞北寒苦之狀，元帝及諸文士和之，而競為淒切。疑為送庾信北使而作，故有「悲不自勝」之慨。

㉔ 楚老相逢：楚老，代指故國父老。《漢書・龔舍傳》，謂楚人龔勝於王莽時不願「一身事二姓」，「遂不復開口飲食，積十四日死」。庾信世居楚地，故引此事深慚自己身事二姓。

㉕ 泣將何及：意謂自己不能像龔勝死節，竟屈身事魏，即使悲哀哭泣，又於事何補？

㉖ 畏南山之雨，忽踐秦庭：用《列女傳・賢明傳》：「南山有玄豹，霧雨七日而不下食者，何也。欲以澤其毛而成文章・故藏而遠害者。」庾信用此典，喻己畏梁朝之風雨，本欲藏身遠禍。忽踐秦庭，用申包胥哭師秦庭，求援楚事典故，喻自己於梁元帝承聖三年（五五四），奉命出使西魏，東到長安事。長安為古秦地，故云秦庭。

㉗ 讓東海之濱，遂飡周粟：飡，同餐。讓東海之濱，用《史記・齊太公世家》載田和遷康公於海上的故事，喻宇文氏篡西魏。西元五五六年，西魏恭帝禪位於宇文覺，是為北周孝愍帝。遂飡周粟，武王伐紂，孤竹國伯夷、叔齊恥食周粟。庾信反其義用之，指自己失節任周，累官至驃騎大將軍、開府儀同三司。

㉘ 下亭飄泊，皐橋羈旅：下亭，《後漢書・范式傳》載孔嵩應召入京，道宿下亭，馬匹被盜。橋，一作高橋。《後漢書・梁鴻傳》載梁鴻：「至吳，依大家伯通，居廡下。」家傍橋，在今江蘇蘇州閶門裏。前句言旅途之勞頓，後句則喻自己客居北方，寄人籬下。皐 (漢)gāo (國)ㄍㄠ (粵)gou1 音高。

㉙ 楚歌：楚地民歌。《史記・留侯世家》：「帝謂戚夫人曰：『為我楚舞，吾為若楚歌』。」此處的「楚歌」指故鄉之歌。

㉚ 魯酒：魯地之酒。許慎《淮南子注》：「楚會諸侯，魯、趙俱獻酒於楚王，魯酒薄而趙酒厚。楚之主酒吏求酒於趙，趙弗與。吏怒，乃以趙厚酒易魯薄酒。奏之楚王，以趙酒薄，故圍邯鄲也。」此言魯酒味薄，故不能解愁。

㉛ 記言：《漢書・藝文志》有「古之王者，世有史官，左史記言，右史記事」之語，此處泛指記載史事。庾信作此賦，非惟慨嘆身世，亦記梁朝之興亡治亂。

㉜ 不無危苦之辭，唯以悲哀為主：危苦之辭，泛指有危難困苦的記載，悲哀為主，以哀悼為主旨。出自嵇康〈琴賦〉序：「稱其材幹，則以危苦為上；賦其聲音，則以悲哀為主。」

㉝ 日暮途遠，人間何世：日暮途遠，伍子胥語，引自《史記·伍子胥傳》。比喻年老力衰，壯志難酬。人間何世，見《莊子·人間世》篇。此處慨嘆興衰無常，人世多變。

㉞ 將軍一去，大樹飄零：將軍，指東漢馮異，生年不詳，卒於漢光武帝建武十年（?——三四），字公孫。光武中興，平定天下後，當諸將爭論戰功時，他便退而獨倚大樹下，未嘗爭功，人稱大樹將軍。這裏以軍自喻。大樹喻梁朝。梁武帝太清二年（五四八）十二月，侯景軍抵建康，庾信受簡文帝太子命，率宮中文武千餘人營於朱雀航，及景軍至，梁軍棄軍敗走。

㉟ 壯士不還，寒風蕭瑟：壯士，指荊軻，燕國刺客。《戰國策·燕策》，燕太子丹送荊軻易水上云：「高漸離擊筑，荊軻和而歌，曰：『風蕭蕭兮易水寒，壯士一去兮不復還。』」二句言己出使西魏，一去不歸。

㊱ 荊璧睨柱，受連城而見欺：荊璧，即和氏璧，因楚人和氏得之荊山而得名。睨，斜視。連城，相連之城。此典出自《史記·廉頗藺相如列傳》，趙惠文王時，得和氏璧。秦昭王聞知，寫信給趙國，願以十五城易之。趙惠文王遣藺相如赴秦，秦昭王卻只欲得璧而不與城，藺相如欲與璧俱碎於柱，震懾秦昭王，且令從者懷璧歸趙。此二句言自己出使西魏，見欺而不得歸。給藺相如比下去。睨 ㊉nì ㊀ㄋㄧˋ ㊌ngai6 音偽。

㊲ 載書橫階，捧珠盤而不定：載書，盟書。珠盤，諸侯盟誓所用器皿。此典出自《史記·平原君虞卿列傳》載：「平原君與楚合縱，言其利害，日出而言之，日中不決……毛遂按劍歷階而上，……謂楚王之左右曰：『取雞狗馬之血來！』毛遂奉銅槃而進之，……於是定縱。」此言己出使西魏而辱命，未能締約保梁朝平安，給毛遂比下去。

㊳ 鍾儀君子，入就南冠之囚：此典出自《左傳·成公七年》：「楚子重伐鄭。……囚鄖公鍾儀，獻諸晉。……晉人以鍾儀歸，囚諸軍府。」九年，「晉侯觀於軍府，見鍾儀問之曰：『南冠而縶者誰也？』有司對曰：『鄭人所獻楚囚也。』……使與之琴，操南音，……公語范文子曰：『楚囚，君子也。』」此以鍾儀自比，謂自己本是楚人而羈留魏、周，有似南冠之囚。

㊴ 季孫行人，留守西河之館：季孫，春秋時魯國大夫。行人，掌朝覲聘問之官。西河，今陝西東部。此二句典出《左傳．昭公十三年》，當時，諸侯盟於平丘，邾、莒告魯朝夕伐之，因無力向晉進貢，晉遂執季孫。後欲釋之，季孫不肯歸。叔魚遂威脅說：「鮒也聞諸吏，將為子除館於西河，其若之何？」季孫懼，乃歸魯。二句自比季孫而稍變其意，言己被留難歸。

㊵ 申包胥之頓地，碎之以首：申包胥，春秋時楚國大夫。頓地，叩頭觸地。事見《左傳．定公四年》：「吳伐楚，申包胥至秦求兵，立依於庭牆而哭，日夜不絕聲，勺飲不入口。七日，秦哀公為之賦〈無衣〉，九頓首而坐。秦師乃出。」二句言己曾為救梁竭盡心力。胥 漢xū 國ㄒㄩ 粵sœy^1 音須。

㊶ 蔡威公之淚盡，加之以血：劉向《說苑》：「蔡威公閉門而泣，三日三夜，泣盡而繼之以血，曰：『吾國且亡』。」二句言己對梁亡深感悲痛。

㊷ 釣臺移柳，非玉關之可望：釣臺，今屬湖北武昌，此代指南方故土。移柳，據《晉書．陶侃傳》，東晉陶侃鎮武昌時，曾令諸營種植柳樹，有都尉夏施盜官柳植於門前，為陶侃斥責。玉關，即玉門關，在今甘肅敦煌西，此代指北地。二句意謂滯留北地的人再也看不到南方故土的柳樹了。

㊸ 華亭唳鶴，豈河橋之可聞：華亭，在今上海松江，晉陸機兄弟曾共遊於此十幾年。河橋，在今河南孟縣，陸機在此兵敗被誅。《世說新語．尤悔》：「陸平原河橋敗，為盧志所讒，被誅。臨刑嘆曰：『欲聞華亭鶴唳，可復得乎！』」二句謂故鄉鳥鳴已非身處異地者所能聞。

㊹ 孫策以天下為三分：孫策，生於漢靈帝熹平四年，卒於漢獻帝建安五年（一七五——二〇〇），字伯符，三國時吳郡富春（今浙江富陽）人，吳大帝孫權兄，三國時吳國的奠基者，被追謚曰「長沙桓王」。三分，指魏、蜀、吳三分天下。

㊺ 一旅：五百人曰一旅。《三國志．吳書．陸遜傳》：「遜上疏曰：『昔桓王（孫策）創基，兵不一旅，而開大業。』」

㊻ 項羽用江東之子弟，人唯八千：項羽，名籍，生於秦始皇十五年，卒於漢高祖五年（西元前二三二——前二〇二），字羽，下相（今江蘇宿遷西南）人。江東，長江南岸南京一帶地區。《史記．項羽本紀》載項羽兵敗烏江，

笑謂亭長曰：「籍與江東子弟八千人渡江而西，今無一人還。」

㊼ 遂乃分裂山河，宰割天下：語出賈誼〈過秦論〉：「宰割天下，分裂山河。」指六國並起，秦朝分裂，項羽主宰天下，分封十八王。

㊽ 豈有百萬義師，一朝卷甲，芟夷斬伐，如草木焉：百萬義師，指梁朝太子家令王質等率領的大軍。卷甲，卷斂衣甲而逃。侯景大軍至，王質無故自退，歷陽太守莊鐵降，西豐公大椿棄石頭城走，謝禧棄白下城走。芟夷，刪削消滅。《南史・侯景傳》載，侯景軍所至，殺人如草芥，誅戮無餘。芟 漢shān 國ㄕㄢ 粵sam^{1} 音衫。

㊾ 江、淮無涯岸之阻，亭壁無藩籬之固：江淮，指長江、淮河。涯岸，水邊河岸。亭壁，指軍中壁壘。藩籬，竹木所編屏障。二句言所處境地無險可守。

㊿ 頭會箕斂者：頭會，隨民之頭數以取稅。箕斂，以箕收取所稅之穀。謂賦稅繁苛。《漢書・張耳陳餘傳》載：「頭會箕斂，以供軍費，財匱力盡。」這裏泛指一般平民。箕 漢jī 國ㄐㄧ 粵gei^{1} 音基。

(51) 合從締交：賈誼〈過秦論〉：「合從締交，相與為一。」原為戰國時六國聯合抗秦的一種策略。此指起事者彼此串聯，相互勾結。締 漢dì 國ㄉㄧˋ 粵dai^{3} 音帝。

(52) 鉏耰棘矜者，因利乘便：賈誼〈過秦論〉之語。鉏，同鋤，即鋤頭。耰，鋤之柄。棘，戟。矜，戟之把。此言農民貧士以田具為武器，乘亂而起，糾合起來取代梁朝。以上四句隱指出身寒微的江州刺史陳霸先藉平侯景之亂有功，卒代梁而有天下。鉏 漢chú 國ㄔㄨˊ 粵$tsɔ^{4}$ 音鋤。耰 漢yōu 國ㄧㄡ 粵jau^{1} 音丘。

(53) 江表王氣：江表，指長江以南。王氣，古以為天子所在地必有祥瑞之氣。

(54) 三百年：指從孫權稱帝江南，歷東晉、宋、齊、梁四代，前後約共三百年。

(55) 吞六合：六合，指上下四方。指秦始皇統一中國一事。賈誼〈過秦論〉：「吞二周而亡諸侯，履至尊而制六合。」

(56) 軹道之災：軹道，在今陝西咸陽西北。指秦王子嬰向軍抵咸陽的劉邦投降、秦朝終告滅亡一事。據《史記・高祖本紀》載高祖劉邦入關，「秦王子嬰素車白馬，……降軹道旁。」軹 漢zhǐ 國ㄓˇ 粵dzi^{2} 音只。

(57) 混一車書：指統一天下，此謂晉朝建國以來天下一統的典章文獻。《禮記・中庸》：「今天下車同軌，書同文，行同倫。」

(58) 平陽之禍：平陽，在今山西臨汾。指匈奴劉氏入洛陽，晉懷、愍二帝遇害一事。《晉書・孝懷帝本紀》載永嘉五年（三一一），劉聰陷長安，遷懷帝於平陽，七年，懷帝遇害。又〈孝愍帝本紀〉，建興四年（三一六），劉曜陷長安，遷愍帝於平陽，五年，愍帝被害。西晉、南梁接亡於北方胡族，故庾信以平陽之禍比作侯景之亂、臺城之禍。

(59) 山嶽崩頹，既履危亡之運：語出《國語・周語》：「山崩川竭，亡之徵也。」比喻梁朝之滅亡。

(60) 春秋迭代：喻梁、陳更替。

(61) 去故：離別故國。

(62) 悽愴傷心：悽，同凄。語出阮籍〈詠懷〉詩其九：「素質遊商聲，凄愴傷我心。」

(63) 舟楫：船槳。代指船舟一類水上交通工具。楫(漢)jí(國)ㄐㄧˊ(粵)dzip^{8}音接。

(64) 星漢非乘槎可上：星漢，銀河。槎，竹筏木排。喻江南如在天上，無路可通。槎(漢)chá(國)ㄔㄚˊ(粵)tsa^{4}音查。

(65) 飈：回風。飈(漢)biāo(國)ㄅㄧㄠ(粵)biu^{1}音標。

(66) 蓬萊無可到之期：蓬萊，傳說中三座神山之一。《漢書・郊祀志》：「自威宣、燕昭使人入海求蓬萊、方丈、瀛洲。此三神山者，其傳在渤海中，患且至，則船風引而去。蓋嘗有至者，未至，望之如雲，及到，三神山反居水下。臨之，患且至，則風輒引船而去，終莫能至云云。」

(67) 窮者欲達其言：窮者，指仕途困躓之人。達，表達。《晉書・王隱傳》載：「蓋古人遭時則以功達其道，不遇則以言達其才。」

(68) 勞者須歌其事：語出何休《公羊傳解詁》：「飢者歌其食，勞者歌其事。」

(69) 陸士衡聞而撫掌，是所甘心：陸士衡，即陸機，生於吳景帝永安四年，卒於晉惠帝太安二年（二六一——三〇三），西晉文學家。撫掌，拍手。據《晉書・左思傳》載左思作〈三都賦〉事，云：「初陸機入洛，欲為此賦。聞思作之，撫掌而笑，與弟雲書曰：『此間有傖父作〈三都賦〉。須其成，當以覆酒甕耳。』及思賦出，機絕歎伏，以為不能加也，遂輟筆焉。」二句謂此賦即使受人嘲笑，也心甘情願。

(70) 張平子見而陋之，固其宜矣：張平子，即張衡，生於東漢章帝建初三年，卒於漢順帝永和四年（七八——一三九），曾輕視班固之〈兩都賦〉，而作〈二京賦〉。陋，輕視、看不起。《藝文類聚》卷六十一：「昔班固觀世祖遷都於洛邑，懼將必踰溢制度，不能遵先王之正法也。故假西都賓盛稱長安舊制，有陋洛邑之議，而為東都主人折禮衷以答之。張平子薄而陋之，故更造焉。」二句意謂此賦即使為張衡所輕視，也是理所當然。

滕王閣餞別序①

王勃

南昌②故郡，洪都新府③，星分翼軫④，地接衡廬⑤。襟三江而帶五湖⑥，控蠻荊而引甌越⑦。物華天寶，龍光射牛斗之墟⑧；人傑地靈，徐孺下陳蕃之榻⑨。雄州霧列，俊彩星馳⑩。臺隍枕夷夏之交⑪，賓主盡東南之美⑫。都督閻公之雅望，棨戟遙臨⑬；宇文新州之懿範，襜帷暫駐⑭。十旬休暇⑮，勝友如雲；千里逢迎，高朋滿座。騰蛟起鳳，孟學士之詞宗⑯；紫電清霜，王將軍之武庫⑰。家君作宰，路出名區⑱；童子何知，躬逢勝餞⑲。

時維⑳九日，序屬三秋㉑；潦水盡而寒潭清，煙光凝而暮山紫㉒。儼驂騑於上路，訪風景於崇阿㉓。臨帝子之長洲，得仙人之舊館㉔。層臺聳翠，上出重霄；飛閣流丹，下臨無地㉕。鶴汀鳧渚，窮島嶼之縈迴㉖；桂殿蘭宮，即岡巒之體勢㉗。披繡闥，俯雕甍㉘。山原曠其盈視，川澤盱其駭矚㉙。閭閭撲地，鐘鳴鼎食之家㉚；舸艦彌津，青雀黃龍之軸㉛。虹銷雨霽，彩徹雲衢㉜。落霞與孤鶩齊飛，秋水共長天一色㉝。漁舟唱晚，響窮彭蠡之濱㉞；雁陣驚寒，聲斷衡陽之浦㉟。

遙襟俯暢，逸興遄飛㊱。爽籟發而清風生，纖歌凝而白雲遏㊲。睢園綠竹，氣凌彭澤之樽㊳；鄴水朱華，光照臨川之筆㊴。四美具㊵，二難并㊶。窮睇眄於中天，極娛遊於暇日㊷。天高地迥，覺宇宙之無窮㊸；興盡悲來，識盈虛之有數㊹。望長安於日下，指吳會於雲間㊺。地勢極而南溟深，天柱高而北辰遠㊻。關山難越，誰悲失路之人㊼；萍水相逢㊽，盡是他鄉之客。懷帝閽而不見，奉宣室以何年㊾。嗟乎！時運不齊，命途多舛㊿；馮唐易老，李廣難封(51)。屈賈誼於長沙，非無聖主(52)；竄梁鴻於海曲，豈乏明時(53)。所賴君子見機，達人知命(54)。老當益壯，寧移白首之心(55)；窮且益堅，不墜青雲之志(56)。酌貪泉而覺爽(57)，處涸轍以相懽(58)。北海雖賒，扶搖可接(59)；東隅已逝，桑榆非晚(60)。孟嘗高潔，空餘報國之情(61)；阮籍猖狂，豈效窮途之哭(62)。

勃三尺微命[63]，一介書生[64]。無路請纓，等終軍之弱冠[65]；有懷投筆，慕宗慤之長風[66]。舍簪笏於百齡，奉晨昏於萬里[67]。非謝家之寶樹，接孟氏之芳鄰[68]。他日趨庭，叨陪鯉對[69]；今茲捧袂，喜託龍門[70]。楊意不逢，撫凌雲而自惜[71]；鍾期既遇，奏流水以何慚[72]。嗚呼！勝地不常，盛筵難再[73]；蘭亭已矣，梓澤邱墟[74]。臨別贈言，幸承恩於偉餞[75]；登高作賦，是所望於羣公。敢竭鄙誠，恭疏短引[77]；一言均賦，四韻俱成[78]。請灑潘江，各傾陸海云爾[79]。

作者

王勃，生於唐太宗貞觀二十二年，卒於唐高宗上元二年（六四八——六七五）。字子安，絳州龍門（今山西河津）人。王通之孫，六歲能文，九歲讀《漢書》，著《指瑕》十卷。十四歲獲右丞相劉祥道舉薦對策，授朝散郎，並為沛王府修撰。以〈鬥雞文〉觸怒高宗，外放虢州參軍。於訪父途中路經南昌作〈滕王閣餞別序〉，名聲更顯於朝野。其後十五年，又往交趾郡省親，不慎溺水而死，卒年才二十九歲。

王勃與楊炯、盧照鄰、駱賓王並稱於時，而才氣名聲均膺首選。四人詩文雖深受齊、梁餘風的影響，然於流麗婉暢之中，自有其宏放渾厚的氣象，開創唐代文學的新風格。王勃的五言詩和駢文最為世人所傳誦。有《王子安集》二十卷。

題解

〈滕王閣餞別序〉選自《王子安集》卷五，又稱〈秋日登洪府滕王閣餞別序〉、〈滕王閣序〉。序是古代文體之一，有書序、贈序和宴集序等。本篇屬於多寫盛會場面和宴飲之樂的宴集詩序。滕王，傳統認為是唐高祖第二十二子李元嬰。唐高宗顯慶四年（六五九），元嬰任洪州都督，建閣於南昌章江門和廣潤門之間，前臨贛江，瑰奇雄偉，稱滕王閣。本序的寫作年代，舊有二說，一說是高宗上元二年（六七五），一說是寫於作者十四歲時。而據《新唐書》，當時王勃往交趾（今越南）省父，九月九日路經洪州，正值當時的洪州都督閻公在閣上宴客，邀王勃參加盛會，即席寫成此序及七言詩一首，舉座讚歎。

注釋

① 滕王閣餞別序：本作〈秋日登洪府滕王閣餞別序〉。滕王閣故址在今江西南昌章江門和廣潤門之間，前臨贛江，為遊覽勝地。

② 南昌：一作豫章。南昌郡唐朝屬江南道洪州，即今江西南昌，滕王閣建於此。

③ 洪都新府：漢豫章郡，唐時改為洪州，設都督府，故謂之新府。

④ 星分翼軫：分，分野。古代天文家把地理區域的劃分按照方位跟天上星宿聯繫起來，地面每一區域都劃在某一星空的範圍之內，叫做分野。翼、軫，二十八宿中的兩個星宿。翼、軫兩宿是楚的分野，洪州古屬楚地，按星宿分野，屬於翼、軫兩星宿的範圍，所以是星分翼軫。

⑤ 衡廬：即衡州和江州。衡，衡山，此代指衡州（今湖南衡陽）。廬，廬山，此代指江州（今江西九江）。

⑥ 襟三江而帶五湖：三江，泛指長江中下游江河的總稱。五湖，南方大湖的總稱。計有：洞庭、青草、鄱陽、彭蠡、太湖，見楊慎（一四八八——一五五九）《丹鉛總錄・地理》。

⑦ 控蠻荊而引甌越：蠻荊，亦作蠻楚，即荊州，泛指今湖北、湖南一帶。甌越，亦甌粵，百越族之一支，這裏代指其分布地，在浙江溫州一帶。句意為控扼荊州而遠接浙溫。甌 ㊥ōu ㊍ㄡ ㊠ou¹ 音歐。

⑧ 物華天寶，龍光射牛斗之墟：物華天寶，人間物產的精華，上天也視為珍寶。龍光，是寶劍的精光。牛、斗，是星宿。意指寶劍的精光直射到牛斗之間。兩句意謂洪州產有奇物。

⑨ 人傑地靈，徐孺下陳蕃之榻：人傑地靈，由於地之靈秀，故洪州多俊傑。徐孺，即徐稚，生於漢和帝永元九年，卒於漢靈帝建寧元年（九七——一六八）。字孺子，東漢豫章南昌人，家貧，躬耕而食，不應徵辟，時稱南州高士。陳蕃，生於漢和帝永元初年，卒於漢靈帝建寧元年（八九——一六六），東漢名士，字仲舉，汝南平輿人，時為豫章太守，不接待賓客，惟有徐稚來訪時，才設一睡榻，徐稚去後又懸置起來。兩句說明洪州有傑出的人才。

⑩ 雄州霧列，俊彩星馳：雄州，雄壯的洪州。霧列，形容城池宅第如雲霧般羅列。俊彩，人才。彩，通寀，指官。星馳，流星飛馳，形容人才之多。兩句形容洪州的富庶與才士之眾多。

⑪ 臺隍枕夷夏之交：臺，亭臺。隍，未注入水的護城壕，此代指城池。枕，臨近、靠近。亭臺和城池處於蠻夷和中原的交界。隍 ㊥huáng㊖ㄏㄨㄤˊ㊕wɔŋ4 音皇。

⑫ 賓主盡東南之美：此句上承「俊彩星馳」，謂今日閣中人物皆江南之俊秀。

⑬ 都督閻公之雅望，棨戟遙臨：都督，掌督察諸州軍事的官員，唐代分上、中、下三等。閻公，名未詳。雅望，美好的聲望。棨戟，外有赤黑色繒作套的木戟，古代高官出行時用為儀仗。此言閻都督遠道親臨，儀仗雍容。棨 ㊥qǐ㊖ㄑㄧˇ㊕kɐi2 音啟。戟 ㊥jǐ㊖ㄐㄧˇ㊕gik7 音擊。

⑭ 宇文新州之懿範，襜帷暫駐：宇文新州，複姓宇文的新州（今廣東境內）刺史，名未詳。時人稱宇文新州。懿範，美好的風範。襜帷，車上的帷幕，此代指車駕。此言宇文新州路經洪州，也暫時留下參加這次盛會。懿 ㊥yì㊖ㄧˋ㊕ji3 音意。襜 ㊥chān㊖ㄔㄢ㊕tsim1 音簽。

⑮ 十旬休暇：唐制，十日為一旬，遇旬日則官員休沐，稱為旬休。暇，空閒。

⑯ 騰蛟起鳳，孟學士之詞宗：騰蛟起鳳，形容文才如蛟龍騰空，鳳凰起舞。孟學士，參加宴會的賓客，一說為都督閻公之婿，一說為孟泉。學士，掌著述的官。詞宗，詞章宗師。

⑰ 紫電清霜，王將軍之武庫：紫電，吳國孫權有寶劍六，其二名紫電。清霜，也指寶劍。王將軍，當時座上客，一說指平侯景之亂的梁朝大將王僧辯。武庫，收藏武器的倉庫。兩句形容王將軍之武略才具。

⑱ 家君作宰，路出名區：家君，家父，指王勃父親王福時。作宰，作縣官，王福時曾任交趾令。名區，名勝之地，指洪州。

⑲ 童子何知，躬逢勝餞：童子，王勃謙稱。躬，親身。勝餞，盛大的餞別宴會。

⑳ 維：是。

㉑ 序屬三秋：時序屬秋季第三個月。古人稱七 八 九月分別為孟秋、仲秋、季秋，三秋即季秋，時值九月。

㉒ 潦水盡而寒潭清，煙光凝而暮山紫：潦水，地上的積水。寒潭，冰冷的潭水。清，清澈。煙光，指水氣在陽光的照射下如煙似霧。凝，凝結，凝聚不動。

㉓ 儼驂騑於上路，訪風景於崇阿：儼，整齊。驂騑，駕車的馬。古時駕車馬匹，當中的叫服馬，兩邊的叫騑馬，也叫驂馬。上路，地勢高的路。崇，高。阿，丘陵。此指前來參加盛會時路上的情況。儼(漢)yǎn(國)ㄧㄢˇ(粵)jim^{5}音染。阿(漢)ē(國)ㄜ(粵)ɔ^{1}音柯。

㉔ 臨帝子之長洲，得仙人之舊館：帝子，指滕王李元嬰。長洲，指滕王閣前的沙洲。仙人，一作天人，指滕王。仙人之舊館，指滕王閣。

㉕ 層臺聳翠，上出重霄；飛閣流丹，下臨無地：層，重疊。聳，高起。翠，綠色。重霄，天空高處。流丹，流着紅光（因閣用紅色裝飾）。流，一作翔。下臨無地，言閣之高峻，往下看時，不見地面。聳(漢)sǒng(國)ㄙㄨㄥˇ(粵)sung^{2}音慫。

㉖ 鶴汀鳧渚，窮島嶼之縈迴：汀，水邊平地。鶴汀，鶴棲身的汀。渚，水中小洲。鳧渚，野鴨聚集的小洲。窮，極。縈迴，縈繞。鳧(漢)fú(國)ㄈㄨˊ(粵)fu^{4}音符。縈(漢)yíng(國)ㄧㄥˊ(粵)jiŋ^{4}音營。

㉗ 桂殿蘭宮，即岡巒之體勢：桂殿蘭宮，桂、蘭，香木名，此形容滕王閣的華美。即岡巒之體勢，指宮殿高低起伏，與岡巒的體勢相稱。

㉘ 披繡闥，俯雕甍：披，開。繡闥，雕飾華美的門。俯，下視。雕甍，經雕飾的屋脊。闥(漢)tà(國)ㄊㄚˋ(粵)tat^{8}音撻。甍(漢)wéng(國)ㄇㄥˊ(粵)mɐŋ^{4}音盟。

㉙ 山原曠其盈視，川澤紆其駭矚：其，助詞。盈視，盡收視野之中。駭矚，對所看到的感到吃驚。駭(漢)hài(國)ㄏㄞˋ(粵)hai^{5}音蟹。

㉚ 閭閻撲地，鐘鳴鼎食之家：閭閻，里巷的門，借指住宅。撲地，遍地。鐘鳴鼎食之家，鳴鐘列鼎而食的富貴人家，見張衡〈西京賦〉。閭(漢)lǘ(國)ㄌㄩˊ(粵)lœy^{4}音雷。閻(漢)yán(國)ㄧㄢˊ(粵)jim^{4}音嚴。

㉛ 舸艦彌津，青雀黃龍之舳：舸，大船。艦，戰船。彌，滿。津，渡口，這是指河流。舳，是舟尾施舵處，一說

指船。舸漢gě國ㄍㄜˇ粵gɔ^{2}音哿。

㉜ 虹消雨霽，彩徹雲衢：霽，雨停。雲衢，天空明亮。二句描寫雨後天空景象，是說天空彩霞照射，地面景物分明。霽漢jì國ㄐㄧˋ粵dzɐi^{3}音祭。衢漢qú國ㄑㄩˊ粵kɵy^{4}音渠。

㉝ 落霞與孤鶩齊飛，秋水共長天一色：鶩，野鴨。共，同。長天，遼闊的天空。一色，同樣顏色。彩霞與孤鶩就像一齊在飛翔，碧綠的秋水連接天空，遠望像是同一顏色。鶩漢wù國ㄨˋ粵mou^{6}音務。

㉞ 漁舟唱晚，響窮彭蠡之濱：唱晚，晚唱。響，指歌聲。窮，直達。彭蠡，在洪州東北，今鄱陽湖。濱，水邊。蠡漢lǐ國ㄌㄧˇ粵lɐi^{5}音禮。

㉟ 雁陣驚寒，聲斷衡陽之浦：衡陽，在洪州西南，今湖南衡陽。傳說衡陽有回雁烽，雁至此不再南飛。浦，水邊，鴻雁棲息之處。

㊱ 遙吟俯暢，逸興遄飛：俯暢，因登高俯視而胸襟舒暢，一作遙襟甫暢。逸興，飄逸的興致。遄，急速。遄漢chuán國ㄔㄨㄢˊ粵tsyn^{4}音全。

㊲ 爽籟發而清風生，纖歌凝而白雲遏：爽，參差不齊，指簫聲。籟，簫管。發，發出聲響。纖歌，輕柔的歌聲。凝，停滯，指歌聲慢慢拉長。遏，阻止。遏漢è國ㄜˋ粵at^{8}音壓。

㊳ 睢園綠竹，氣淩彭澤之樽：睢園，西漢梁孝王在睢陽（今河南商丘南）聚集文士的菟園。綠竹，枚乘〈梁王菟園賦〉曾詠菟園的修竹。淩，淩駕、壓倒。彭澤，指曾當過彭澤令之陶淵明。彭澤之樽指陶氏之愛飲酒。二句以梁孝王菟園之盛會，與陶淵明之善飲，形容滕王閣之宴會盛況。

㊴ 鄴水朱華，光照臨川之筆：鄴，魏都城，在今河南臨漳西，曹操父子集中了許多文士在這。朱華，芙蓉。曹植曾在這寫過〈公讌〉詩，其中有「朱華冒綠池」的句子。臨川，指謝靈運，他曾經做過臨川（今江西臨川）內史。

㊵ 四美具：四美，指良辰、美景、賞心、樂事。一說指音樂、酒食、文章、語言。具，具備。

㊶ 二難：二，指賢主、嘉賓。難，難得。，兼。

㊷ 窮睇眄於中天，極娛遊於暇日：窮，極、盡。眄，一作盼。睇眄，觀賞。中天，半空、長天。娛遊，娛樂嬉

遊。暇日，閒暇的日子。眄 漢miǎn 國ㄇㄧㄢˇ 粵min^5 音免。

㊸ 天高地迥，覺宇宙之無窮：迥，遠。宇宙，四方上下曰宇，往古來今曰宙。迥 漢jiǒng 國ㄐㄩㄥˇ 粵gwiŋ^2 音炯。

㊹ 識盈虛之有數：盈虛，月滿曰盈，月虧曰虛。這指遭遇之好壞、事業之成敗。數，運數，即命運。

㊺ 望長安於日下，目吳會於雲間：長安，唐代都城，在今陝西西安。吳會，即吳縣（今江蘇蘇州），西漢會稽郡的治所在吳縣，當時郡縣連稱，故稱吳縣為吳會。指長安日遠，可望而不可即。這寓有自己遭遇困厄而向南行之意。

㊻ 地勢極而南溟深，天柱高而北辰遠：南溟，即南海。天柱，《山海經‧神異經》說，昆侖山上有銅柱，其高入天，是為天柱。北辰，即北極星。天柱與北辰，都暗指朝廷。這兩句是感歎自己離開帝都越來越遠。

㊼ 關山難越，誰悲失路之人：失路，比喻不得志。自己被黜南行，嘗盡關山跋涉之苦，誰又會寄與同情？

㊽ 萍水相逢：一作溝水相逢，萍浮水面，飄泊無定，喻人偶然相逢，時聚時散。

㊾ 懷帝閽而不見，奉宣室以何年：帝，指天帝。閽，看門的人。帝閽，帝王宮門，代指國君。宣室，西漢未央宮前正殿。賈誼本受漢文帝賞識，後被人讒害，貶為長沙王太傅。後來文帝想起他，在宣室召見他。這兩句說：思念國君而不可見，不知何時能像賈誼一樣奉召再見呢？閽 漢hūn 國ㄏㄨㄣ 粵fɐn^1 音分。

㊿ 嗟乎！時運不齊，命途多舛：嗟乎，感歎詞。時運不齊，命運不好。舛，不順。舛 漢chuǎn 國ㄔㄨㄢˇ 粵tsyn^2 音喘。

(51) 馮唐易老，李廣難封：馮唐，漢文帝時為中郎署長、東騎都尉，景帝時任楚相。武帝時求賢，有人要推薦他，其時他已九十多歲，不能再作官了。李廣，生年不詳，卒於漢武帝元狩四年（？——西元前一一九）。武帝時名將，多次出擊匈奴，建立殊功。他的部下有的封了侯，他雖然有軍功，卻沒有封賞。作者用二人來比喻自己早年的不幸遭遇，深悲年歲易老，有如馮、李二人。

(52) 屈賈誼於長沙，非無聖主：屈，委屈、貶謫。聖主，指漢文帝。漢文帝本想重用賈誼，但因聽信讒言，便疏遠了他，任他為長沙王太傅。

(53) 竄梁鴻於海曲，豈乏明時：竄，逃隱。海曲，泛指海濱之地、偏僻之地。梁鴻，生卒年不詳，字伯鸞，東漢扶風平陵人，娶妻孟光，隱居霸陵山中。他在過洛陽時，作〈五噫之歌〉，悲歎帝京奢靡，民生愁苦。漢章帝聽了很不高興，他便改名易姓，與妻子逃居齊、魯濱海之地。這兩句的意思是章帝時並非昏暗的年代，為甚麼以梁鴻之賢，竟須受流亡之苦呢？竄 (漢)cuàn(國)ㄘㄨㄢˋ(粵)tsyn^{3} 音寸。

(54) 所賴君子見機，達人知命：君子、達人，指明達世情者。見機，一作安貧。二句指賈誼與梁鴻的遭遇是無奈的，自己只有見機而行，不去強求。

(55) 老當益壯，寧移白首之心：老當益壯，語出《後漢書・馬援傳》：「丈夫為志，窮當益堅，老當益壯。」寧，豈。白首，年老。

(56) 窮且益堅，不墜青雲之志：墜，失去。青雲之志，喻高潔的志向。兩句指遭遇越窮困而意志越堅定，不會失去高尚節操。

(57) 酌貪泉而覺爽：酌，飲。貪泉，據《晉書・吳隱之傳》載，廣州北二十里的石門有貪泉，凡飲泉水者，必變得貪得無厭。爽，神志清醒，這指廉潔不貪。此句指志節高尚的人，處於混濁的境遇而猶能保持操守，出於污泥而不染。

(58) 處涸轍以相懽：涸轍，喻窮困的境遇。轍，車輪所輾的跡印。鮒魚在涸轍中，事見《莊子・外物》。句意為處在窮困的環境，仍可歡然面對。涸 (漢)hé(國)ㄏㄜˊ(粵)kɔk^{8} 音確。

(59) 北海雖賒，扶搖可接：北海，同《莊子・逍遙遊》中的北冥。賒，遠。扶搖，上行的風。意指世間雖然有很難到達的地方，時機來了還是能到達的。賒 (漢)shē(國)ㄕㄜ(粵)sɛ^{1} 音些。

(60) 東隅已逝，桑榆非晚：東隅，日出處，喻青年。桑榆，日落處，喻晚年。《後漢書・馮異傳》：「失之東隅，收之桑榆。」這兩句的意思是說：年華雖已逝，然而及時努力，猶未為晚。

(61) 孟嘗高潔，空餘報國之情：孟嘗，後漢順帝時人，曾任合浦太守。由於志趣高尚，潔身自好，長期不見升遷，後來退隱。桓帝時，有人上書推薦他，也未被錄用。年七十，卒於家。意指空有像品行高潔的孟嘗那樣的報國之情。有的本子寫作「空懷報國之心」。

⑥② 阮籍猖狂，豈效窮途之哭：阮籍，生於漢獻帝建安十五年，卒於魏常道鄉公景元四年（二一〇——二六三）。字嗣宗。有時駕車出遊，遇到路不通時痛哭而返。猖狂，狂妄，用來形容行為類似瘋狂。阮籍行為瘋狂，我決仿效，這表現作者擇善固執之志。

⑥③ 勃三尺微命：三尺，指衣帶結餘下垂的部分，即紳的長度。《禮記・玉藻》：「紳長制，士三尺。」微命，指卑賤的官階。《周禮・春官・典命》鄭注：「王之下士，一命。」王勃曾為虢州參軍，所以自比於一命之士，而說三尺微命。

⑥④ 一介書生：指一個微不足道的書生。

⑥⑤ 無路請纓，等終軍之弱冠：纓，繫在馬頸用以駕車的繩子。請纓，請求賜與長纓，即請命報國之意。等，等於。終軍，生於漢武帝建元初年，卒於武帝元鼎四年（西元前一四〇——前一一三），字子雲，濟南人，漢武帝任為諫議大夫，二十餘歲，曾請纓要去縛南越王。弱冠，古代男子二十歲稱弱冠。這是說自己雖同於終軍的年齡，但沒有請纓的門路。

⑥⑥ 有懷投筆，慕宗愨之長風：有懷投筆，有投筆從戎為國立功的志向，見《後漢書・班超傳》。長風，指遠大志願，《南史・宗愨傳》載：南朝宋人宗愨年少時，叔父問他有何志願，他說「願乘長風，破萬里浪」。兩句說自己有投筆從戎，乘風破浪之遠大抱負。愨 ㊂què ㊄ㄑㄩㄝˋ ㊅kɔk8 音確。

⑥⑦ 舍簪笏於百齡，奉晨昏於萬里：舍，捨棄。簪，士大夫用來把帽子別在髮上的飾物。笏，一名手版，古代大臣上朝手中拿着象牙或竹木製的窄長版，對皇帝講話時，用以遮臉，表示恭敬。手版上面也可記事，以免在上奏時遺忘。百齡，百歲，是一生的意思。奉晨昏，子女在早晚向父母問安，這指他去探望父親。全句意思是自己準備終身不再做官，到萬里外的南方去侍奉父親，以盡人子之道。簪 ㊂zān ㊄ㄗㄢ ㊅dzam1 音篸。笏 ㊂hù ㊄ㄏㄨˋ ㊅fat7 音忽。

⑥⑧ 非謝家之寶樹，接孟氏之芳鄰：謝家寶樹，典出《世說新語・語言》篇，謝玄以芝蘭玉樹比喻賢良子弟。孟氏

之芳鄰，用孟母三遷的典故，比喻宴會中嘉賓的善擇芳鄰。意謂我雖不像謝家的賢良子弟，但卻有幸與宴會上諸位賢士交接。

⑥⑨ 他日趨庭，叨陪鯉對：趨庭，恭敬地從庭前走過。叨，是慚愧地承受，表示自謙。叨陪，奉陪。作者不敢自比孔鯉，所以謙遜地說叨陪。鯉對，用孔子兒子孔鯉趨庭應對的典故。二句旨在說明自己將前往南方省父，也將效法孔鯉趨庭受教。叨 漢tāo 國ㄊㄠ 粵tou¹ 音滔。

⑦⓪ 今茲捧袂，喜託龍門：袂，衣袖。捧袂，舉起雙袖作揖，見長者恭敬的樣子。龍門，東漢李膺，聲望極高，當時士人能夠和他接近，稱為登龍門。託龍門，也就是登龍門的意思。兩句意思是說自己能參與盛會，就像登龍門一樣。

⑦① 楊意不逢，撫凌雲而自惜：楊意，即楊得意，生卒年不詳，蜀人，為狗監，司馬相如得到他的推薦而做了官。凌雲，司馬相如向漢武帝奏〈大人賦〉：「天子大說（悅），飄飄有凌雲之氣，似遊天地之間意。」這代指司馬相如的賦。這兩句引司馬相如得遇楊得意的典故，歎惜自己無人引薦，懷才不遇。

⑦② 鍾期既遇，奏流水以何慚：鍾期，春秋時人鍾子期。《列子・湯問》：「伯牙善鼓琴，鍾子期善聽。伯牙鼓琴，志在流水，鍾子期曰：『善哉！洋洋兮若江河。』伯牙所念，鍾子期必得之。」此句用伯牙遇知音典故，意指既遇知音，自己在宴會上賦詩作文，也不以為愧。

⑦③ 勝地不常，盛筵難再：勝地，指滕王閣。盛筵，指滕王閣上的盛大宴會。

⑦④ 蘭亭已矣，梓澤邱墟：蘭亭，晉王羲之宴集之地，故址在今浙江紹興西南。王羲之有〈蘭亭集序〉一文記載其事。已矣，事成過去。梓澤，晉石崇的金谷園又名梓澤，在今河南洛陽西北。邱墟，空虛荒蕪之地。二句指名勝難免荒蕪，故非撰文紀盛不可。

⑦⑤ 臨別贈言，幸承恩於偉餞：自己承蒙主人恩寵，能有機會參加盛筵，特效前人臨別贈言之義，寫這篇序。

⑦⑥ 登高作賦：《韓詩外傳》卷七：「孔子曰：『君子登高必賦。』」

⑦⑦ 敢竭鄙誠，恭疏短引：鄙，自謙之詞。疏，條陳，一一地寫出來。引，引言，指這篇序。二句指竭盡一己的誠

意，恭敬地寫了這篇短序。

⑱ 一言均賦，四韻俱成：一言，指〈滕王閣序〉。均，同。賦，鋪敘。這兩句的意思是說：在這篇序文寫好的同時，也寫了一首四韻（詩以兩句為一韻）的詩，即〈滕王閣詩〉。

⑲ 請灑潘江，各傾陸海云爾：潘，潘岳。陸，陸機。《詩品‧序》說：「陸才如海，潘才如江。」意指竭其才能為詩文。云爾，語助詞，用作文章的結束語。

捕蛇者說 至小丘西小石潭記 柳宗元

捕蛇者說

永州之野產異蛇①，黑質而白章②，觸草木，盡死；以齧人③，無禦之者。然得而腊之以為餌④，可以已大風、攣踠、瘻癘、去死肌、殺三蟲⑤。其始，大醫以王命聚之⑥，歲賦其二⑦。募有能捕之者，當其租入⑧。永之人爭奔走焉。

有蔣氏者，專其利三世矣⑨，問之，則曰：「吾祖死於是⑩，吾父死於是，今吾嗣⑪為之十二年，幾⑫死者數矣！」言之，貌若甚慼⑬者。

余悲之，且曰：「若毒之乎⑭？余將告于蒞事者⑮，更若役，復若賦⑯，則何如？」

蔣氏大戚，汪然出涕⑰曰：「君將哀而生之乎⑱？則吾斯役之不幸，未若復吾賦不幸之甚也！嚮⑲吾不為斯役，則久已病⑳矣！自吾氏三世居是鄉，積於今六十歲矣，而鄉鄰之生日蹙㉑，殫其地之出㉒，竭其廬之入㉓，號呼而轉徙㉔，飢渴而頓踣㉕，觸風雨，犯寒暑，呼噓毒癘㉖，往往而死者相藉㉗也！曩㉘與吾祖居者，今其室十無一焉；與吾父居者，今其室十無二三焉；與吾居十二年者，今其室十無四五焉，非死而徙爾！而吾以捕蛇獨存。悍吏之來吾鄉，叫囂乎東西，隳突㉙乎南北，譁然而駭者㉚，雖雞狗不得寧焉。吾恂恂㉛而起，視其缶㉜，而吾蛇尚存，則弛然㉝而臥，謹食之㉞，時而獻焉㉟，退而甘食其土之有以盡吾齒㊱，蓋一歲之犯死者二焉，其餘則熙熙㊲而樂，豈若吾鄉鄰之旦旦㊳有是哉！今雖死乎此，比吾鄉鄰之死則已後矣！又安敢毒㊴耶？」

余聞而愈悲，孔子曰：「苛政猛於虎也㊵。」吾嘗疑乎是，今以蔣氏觀之，猶信[41]。嗚呼！孰知賦斂之毒，有甚是蛇者乎？故為之說，以俟夫觀人風者得焉[42]。

至小丘西小石潭記[43]

從小丘西行百二十步，隔篁竹[44]，聞水聲，如鳴珮環[45]，心樂之，伐竹取道，下見小潭，水尤清洌[46]，全石以為底[47]，近岸卷石底以出[48]，為坻、為嶼、為嵁、為巖[49]，青樹翠蔓，蒙絡搖綴，參差披拂[50]。潭中魚可百許頭，皆若空遊無所依，日光下澈[51]，影布石上[52]，怡然不動，俶爾遠逝[53]，往來翕忽[54]，似與游者相樂。

潭西南而望，斗折蛇行[55]，明滅可見，其岸勢犬牙差互[56]，不可知其源，坐潭上，四面竹樹環合，寂寥無人，淒神寒骨，悄愴幽邃[57]，以其境過清[58]，不可久居，乃記之而去。同遊者武陵[59]、龔古[60]、余弟宗玄，隸而從者[61]，崔氏二小生，曰恕己、曰奉壹[62]。

作者

柳宗元見初冊第十三課〈三戒・黔之驢〉

題解

〈捕蛇者說〉選自《柳河東集》卷十六。柳宗元於唐順宗永貞元年至憲宗元和九年（八〇五——八一四）被貶永州司馬。本文是作者到任後不久寫成。文章寫蔣氏一家及其鄉鄰的悲慘遭遇，反映了中唐時代位處邊遠的農民的艱苦生活，說明苛徵暴斂之害甚於異蛇之毒。

〈至小丘西小石潭記〉選自《柳河東集》卷二十九。柳宗元被貶永州後，遊山玩水，尋幽探勝，並把各地的勝景一一記敘。這些山水遊記中最有代表性的是〈永州八記〉。這八篇文章包括〈始得西山宴遊記〉、〈鈷鉧潭記〉、〈鈷鉧潭西小丘記〉、〈袁家礀記〉、〈石渠記〉、〈石澗記〉、〈小石城山記〉和〈至小丘西小石潭記〉。

本文刻畫小丘西山石潭的清澈，也正是作者在被貶謫生活中內心清高孤寂的寫照。文章不到二百字，卻把小石潭清幽奇絕的景色，由近而遠一一描繪出來，使人讀來有身歷其境的感覺。

注釋

① 永州之野產異蛇：永州，在今湖南零陵。柳宗元曾在此任司馬。異，奇特。

② 黑質而白章：質，質地，這裏指蛇的底色。章，花紋。

③ 以齧人：以，同而，假設連詞，如果的意思。齧，咬。齧 (漢)niè (國)ㄋㄧㄝˋ (粵)jit^{9} 音臬。

④ 然得而腊之以為餌：腊，乾肉，此處作動詞用，風乾的意思。餌，這裏指藥餌，即藥物。腊 (漢)xì (國)ㄒㄧˋ (粵)sik^{7} 音昔。

⑤ 可以已大風、攣踠、瘻癘、去死肌、殺三蟲：已，止，這裏有平息、治好的意思。大風，麻瘋病。攣踠，指關節病患者的手腳彎曲不能伸展。瘻，頸腫。癘，惡瘡。死肌，腐爛的肌肉。三蟲，據《神農本草經》，三蟲乃濕熱所化之蟲。攣 (漢)luán (國)ㄌㄨㄢˊ (粵)lyn^{4} 音聯。瘻 (漢)lòu (國)ㄌㄡˋ (粵)lau^{6} 音漏。癘 (漢)lì (國)ㄌㄧˋ (粵)lai^{6} 音麗。

⑥ 其始，大醫以王命聚之：其始，起初。大醫，即太醫，又稱御醫，皇帝專用的醫生。以，用、拿，這裏有奉的意思。王命，皇帝的命令。聚，徵集。之，代詞，指異蛇。

⑦ 歲賦其二：歲，年。賦，徵收。其，代詞，指蛇。全句意思是說每年徵收二次。

⑧ 當其租入：當，抵。租入，應交納的租稅。抵他應交納的租稅。

⑨ 專其利三世矣：專，專享。其，這種，代詞，指以蛇代賦。利，好處。三世，三代。

⑩ 死於是：死在捕蛇這件事上。

⑪ 嗣：繼承。

⑫ 幾：幾乎。幾 (漢)jī (國)ㄐㄧ (粵)gei^{1} 音基。

⑬ 慼：悲傷。慼 (漢)qì (國)ㄑㄧˋ (粵)tsik^{7} 音戚。

⑭ 若毒之乎：若，你。毒，怨恨。

⑮ 余將告于蒞事者：將，打算。蒞，到、臨，有擔任、管理之意。蒞事者，即管事的地方官吏。蒞 (漢)lì (國)ㄌㄧˋ (粵)lei^{6} 音利。

⑯ 更若役，復若賦：更，更換。若，即你。役，差役。復，恢復。改換你捕蛇的差使，恢復你的賦稅。

⑰ 汪然出涕：汪，眼淚盈眶的樣子。涕，眼淚。

⑱ 君將哀而生之乎：君，對人的尊稱。哀，憐憫。生之，使我活下去。

⑲ 嚮：過去。嚮 (漢)xiàng (國)ㄒㄧㄤˋ (粵)hœŋ^{3} 音向。

⑳ 病：困苦。

㉑ 生日蹙：生，生計、生活。蹙，緊迫。蹙 (漢)cù (國)ㄘㄨˋ (粵)tsuk^{7} 音促。

㉒ 殫其地之出：殫，竭盡。竭盡了他們土地的出產。殫 (漢)dān (國)ㄉㄢ (粵)dan^{1} 音丹。

㉓ 竭其廬之入：竭，盡。廬，房舍。用盡他們家庭的收入。

㉔ 號呼而轉徙：號呼，哭叫呼喊。轉徙，輾轉遷徙，意謂不能安居樂業。號 (漢)háo (國)ㄏㄠˊ (粵)hou^{4} 音毫。

㉕ 頓踣：困頓、跌倒。喻人處境之窮困。踣 (漢)bó (國)ㄅㄛˊ (粵)bak^{9} 音白。

㉖ 呼噓毒癘：呼噓，呼吸。癘，疫氣。噓 (漢)xū (國)ㄒㄩ (粵)hœy^{1} 音虛。

㉗ 相藉：互相交橫而臥，指死者多。

㉘ 曩：從前。曩 (漢)nǎng (國)ㄋㄤˇ (粵)nɔŋ^{5} 音囊低上聲。

㉙ 隳突：隳，破壞。隳突，猶言騷擾。隳 (漢)huī (國)ㄏㄨㄟ (粵)fai^{1} 音輝。

㉚ 譁然而駭者：譁然，驚呼的樣子。駭，驚嚇。譁 (漢)huā (國)ㄏㄨㄚ (粵)wa^{1} 音娃。駭 (漢)hài (國)ㄏㄞˋ (粵)hai^{5} 音蟹。

㉛ 恂恂：謹慎的樣子。恂(漢)xún(國)ㄒㄩㄣˊ(粵)sœn1 音荀。

㉜ 缶：瓦罐。缶(漢)fǒu(國)ㄈㄡˇ(粵)feu2 音否。

㉝ 弛然：放心鬆弛的樣子。

㉞ 謹食之：謹，小心。食，飼養。之，代指蛇。

㉟ 時而獻焉：時，按時。到規定的時候把蛇繳上去。

㊱ 吾齒：齒，年齡。吾齒，指我的天年。

㊲ 熙熙：和樂的樣子。

㊳ 旦旦：天天。

㊴ 毒：怨恨。

㊵ 苛政猛於虎也：語出《禮記‧檀弓》，可參閱初冊第四課〈檀弓‧孔子過泰山側〉。意指苛刻的徵稅比老虎還兇猛。

㊶ 猶信：還是可信。

㊷ 以俟夫觀人風者得焉：俟，等待。人風，即民風。唐人避太宗李世民諱，以「人」代「民」。觀人風者，觀察民情風俗的官吏。俟(漢)sì(國)ㄙˋ(粵)dzi6 音自。

㊸ 至小丘西小石潭記：題目一作〈小石潭記〉。小丘，即鈷鉧潭西小丘，位於永州（今湖南零陵）。小石潭，在零陵西小丘之西。

㊹ 篁竹：竹叢。

㊺ 珮環：玉珮，是古人身上佩帶的玉製飾品，走路時琤瑽作響。

㊻ 清洌：清，清澈。洌，寒冷。洌(漢)liè(國)ㄌㄧㄝˋ(粵)lit9 音列。

㊼ 全石以為底：潭底是一整塊石頭。

㊽ 近岸卷石底以出：潭岸邊有許多石頭翻卷出水面。

㊾ 為坻、為嶼、為嵁、為巖：坻，水中小洲。嶼，小島。嵁，凹凸不平的山。巖，山崖。坻(漢)chí(國)ㄔˊ(粵)tsi4 音

池。嶼漢yǔ國ㄩˇ粵dzœy6音焗。嵁漢kān國ㄎㄢ粵hɐm1音堪。

⑩ 蒙絡搖綴，參差披拂：蒙，即菟絲子，有遮蔽之意。絡，纏絲，有纏繞意。綴，連綴下垂。參差，長短不一。披拂，指從風擺動的姿態。

⑪ 日光下澈：陽光直射到清澈的潭底。

⑫ 影布石上：魚的影子散佈在石頭上。

⑬ 俶爾：俶，同倜。俶爾，忽然。俶漢tì國ㄊㄨˋ粵tik7音惕。

⑭ 翕忽：輕快、迅疾。翕漢xì國ㄒㄧˋ粵jɐp7音泣。

⑮ 斗折蛇行：斗，北斗星。形容小溪像北斗星般曲折、如蛇爬行般彎曲流動。

⑯ 其岸勢犬牙差互：差互，參差交錯。溪岸的地勢像狗牙般參差交錯。

⑰ 悄愴幽邃：悄愴，憂愁悲傷。邃，深。形容環境寂靜幽深，令人神傷。邃漢suì國ㄙㄨㄟˋ粵sœy6音遂。

⑱ 過清：過於清冷。

⑲ 吳武陵：信州（今江西上饒）人（?——八三四），唐憲宗元和二年（八〇七）進士。柳宗元的朋友，當時亦被貶永州。

⑳ 龔古：人名，生平不詳。

㉑ 隸而從者：隸，隸屬。跟着的隨從。

㉒ 崔氏二小生：崔氏，指柳宗元姐夫崔簡，字子敬，生卒年不詳，時為連州刺史。小生，對後輩的稱呼。即崔簡的兩個兒子。

岳陽樓記

范仲淹

慶曆四年①春，滕子京謫守巴陵郡②。越明年③，政通人和，百廢具興，乃重修岳陽樓，增其舊制④，刻唐賢今人詩賦于其上，屬予作文以記之。

予觀夫巴陵勝狀⑤，在洞庭一湖。銜遠山⑥，吞長江；浩浩湯湯，橫無際涯⑦；朝暉夕陰⑧，氣象萬千。此則岳陽樓之大觀⑨也，前人之述備矣⑩。然則北通巫峽⑪，南極瀟湘⑫，遷客騷人⑬，多會于此，覽物之情，得無異乎？

若夫霪雨霏霏⑭，連月不開⑮；陰風怒號⑯，濁浪排空；日星隱耀，山岳潛形⑰；商旅不行，檣傾楫摧⑱；薄暮冥冥⑲，虎嘯猿啼。登斯樓也，則有去國懷鄉，憂讒畏譏⑳，滿目蕭然㉑，感極而悲者矣。

至若春和景㉒明，波瀾不驚㉓；上下天光，一碧萬頃㉔；沙鷗翔集㉔，錦鱗游泳；岸芷汀㉕蘭，郁郁青青㉗；而或長煙一空㉘，皓月千里；浮光躍金㉙，靜影沈璧㉚；漁歌互荅，此樂何極。登斯樓也，則有心曠神怡，寵辱偕忘，把酒臨風，其喜洋洋者矣。

嗟夫！予嘗求古仁人之心㉛，或異二者之為㉜，何哉？不以物喜，不以己悲。居廟堂之高㉝，則憂其民；處江湖之遠㉞，則憂其君。是進亦憂，退亦憂；然則何時而樂耶？其必曰：先天下之憂而憂，後天下之樂而樂乎！噫㉟！微斯人，吾誰與歸㊱？時六年九月十五日。

作者

范仲淹見初冊第四十五課〈宋詩一〉

題解

本課選自《范文正公文集》卷六。宋仁宗慶曆六年（一〇四六），作者知鄧州（今河南鄧縣）時，應朋友滕子京之請，為重修後的岳陽樓作記。岳陽樓是湖南岳陽城西的堞樓，面對洞庭湖，風景壯麗，是著名的遊覽勝地。作者於文中借景抒情，表達了「不以物喜，不以己悲」與「先天下之憂而憂，後天下之樂而樂」的人生態度和政治懷抱。

注釋

① 慶曆四年：慶曆，宋仁宗趙禎的年號（一〇四一——一〇四八）。慶曆四年，即西元一〇四四。

② 滕子京謫守巴陵郡：滕子京，生卒年不詳，名宗諒，字子京，河南（今河南洛陽）人，與范仲淹同年舉進士。謫，官吏降職或遠調。守，指做州郡的長官。巴陵，郡名，宋時屬岳州路，今湖南岳陽。

③ 越明年：過了一年後，即慶曆五年（一〇四五）。

④ 舊制：原來的規模。

⑤ 予觀夫巴陵勝狀：夫，助詞。勝狀，勝景、美景。

⑥ 銜遠山：銜，含。洞庭湖中有君山，就像含在口裏一樣。

⑦ 浩浩湯湯，橫無際涯：湯湯，形容水勢大。際涯，邊際。指湖面寬闊無際，水勢盛大。湯 (漢)shāng (國)ㄕㄤ (粵)sœŋ1 音商。

⑧ 朝暉夕陰：暉，日色明亮。陰，光線晦暗。指早晚間天色的明暗變化。
⑨ 大觀：雄偉壯闊的景象。
⑩ 前人之述備矣：前人之述，指上面說的「唐賢今人詩賦」。
⑪ 巫峽：長江上游三峽之一，在四川巫山。
⑫ 瀟湘：瀟水是湘水的支流，湘水流入洞庭湖。
⑬ 遷客騷人：遷客，泛指遭貶謫的官吏。騷人，詩人。戰國時屈原作〈離騷〉，因此後代詩人也稱為騷人。
⑭ 若夫霪雨霏霏：若夫，至於，句首用語。霪雨，連綿的雨。霏霏，雨飄落的樣子。霪 ㊌yín ㊍ㄧㄣˊ ㊎jɐm[4] 音淫。
⑮ 開：放晴。
⑯ 陰風怒號，濁浪排空：陰風，冷風。濁浪，混濁的波浪。排空，翻騰空際。
⑰ 日星隱耀，山岳潛形：太陽和星星隱蔽了光輝，山岳隱沒了形體。
⑱ 檣傾楫摧：檣，桅杆。楫，船槳。檣 ㊌qiáng ㊍ㄑㄧㄤˊ ㊎tsœŋ[4] 音祥。楫 ㊌jí ㊍ㄐㄧˊ ㊎dzip[8] 音接。
⑲ 薄暮冥冥：薄暮，傍晚。冥冥，形容天色昏暗。
⑳ 憂讒畏譏：讒，讒言，陷害人的話。譏，譏刺、遣損。
㉑ 滿目蕭然：蕭然，蕭條寂寥的樣子。
㉒ 景：日光。
㉓ 不驚：驚，起、動。
㉔ 上下天光，一碧萬頃：萬頃，極言其廣。
㉕ 翔集：集，棲止。
㉖ 汀：水邊平灘。
㉗ 郁郁青青：郁，形容香氣很濃。青，同菁，枝葉繁茂的樣子。青 ㊌jīng ㊍ㄐㄧㄥ ㊎dziŋ[1] 音精。
㉘ 而或長煙一空：煙，煙霧。形容天氣晴朗，煙霧都散盡。

㉙ 浮光躍金：指月光映在湖面，隨微波浮動，閃耀着金色的光彩。

㉚ 靜影沈璧：璧，圓形白玉。靜靜的月影像沈入湖中的一塊白璧。

㉛ 予嘗求古仁人之心：求，探求。古仁人，古時品德高尚的賢人。

㉜ 或異二者之為：或，即有。二者，即感極而悲及覽羽而喜兩種感情。為，行為表現。

㉝ 居廟堂之高：廟堂，指朝廷。處在高高的廟堂上，意思在朝廷上做官。下文的「進」，即指「居廟堂之高」。

㉞ 處江湖之遠：處在僻遠的江湖間，意思是退居江湖或被貶居偏遠地區。下文的「退」，即指「處江湖之遠」。

㉟ 噫：感嘆詞。噫 漢yī 國丨 粵ji1 音衣。

㊱ 微斯人，吾誰與歸：微，無、沒有。斯人，指古之仁人。歸，歸依。誰與歸，就是「與誰歸」，又有誰與我同向於道呢？

醉翁亭記

歐陽修

環滁①皆山也。其西南諸峯，林壑②尤美，望之蔚然而深秀者，瑯邪也③。山行六七里，漸聞水聲潺潺，而瀉出于兩峯之間者，釀泉也。峯回路轉，有亭翼然，臨于泉上者④，醉翁亭也。作亭者誰？山之僧曰智僊也⑤。名之者誰？太守自謂也。太守與客來飲于此，飲少輒⑥醉，而年又最高，故自號曰醉翁也。醉翁之意不在酒，在乎山水之間也。山水之樂，得之心而寓之酒也。

若夫日出而林霏開⑦，雲歸而巖穴暝⑧，晦明變化者，山間之朝暮也。野芳發而幽香，佳木秀⑨而繁陰，風霜高潔⑩，水清而石出者⑪，山間之四時也。朝而往，暮而歸，四時之景不同，而樂亦無窮也。

至於負者⑫歌于塗，行者休于樹，前者呼，後者應，傴僂提攜⑬，往來而不絕者，滁人遊也。臨溪而漁，溪深而魚肥；釀泉為酒，泉香而酒洌⑭；山肴野蔌⑮，雜然而前陳者，太守宴也。宴酣之樂，非絲非竹⑮；射者中⑯，奕者勝⑰；觥籌交錯⑱，起坐而諠譁者，眾賓懽也。蒼顏⑳白髮，頹然乎其間者㉑，太守醉也。

已而㉒夕陽在山，人影散亂，太守歸而賓客從也。樹林陰翳㉓，鳴聲上下㉔，遊人去而禽鳥樂也。然而禽鳥知山林之樂，而不知人之樂；人知從太守遊而樂，不知太守之樂其樂也㉕。醉能同其樂，醒能述以文者㉖，太守也。太守謂㉗誰？廬陵㉘歐陽修也。

作者

歐陽修見初冊第十五課〈賣油翁〉

題解

本課選自《歐陽修全集》卷三十九，是宋仁宗慶曆六年（一〇四六），作者被貶為滁州（今安徽滁縣）知州時的作品。歐陽修的散文今存五百餘篇，各體的散文都有名篇傳世。他一生寫風景記勝地的文章不少，〈醉翁亭記〉是其中的代表作。醉翁亭在滁州西南（今安徽滁縣西南）。文章先描寫滁州的風物人情，接着具體地描繪遊人之樂，最後寫出作者的感受。文章層層推進，思路明晰，而駢散兼行，增強了音調和節奏的美感，表現出作者悠閒自適的情懷和與民同樂的思想。

注釋

① 滁：滁州，現在安徽滁縣。

② 林壑：樹林和山谷。壑 漢 hè 或 huò 國 ㄏㄜˋ 或 ㄏㄨㄛˋ 粵 kɔk^{8} 音確。

③ 蔚然而深秀者，瑯琊也：蔚然，茂盛的樣子。深秀，幽深秀美。瑯琊，又作琅琊，山名，在滁縣西南十里。瑯琊 漢 láng yé 國 ㄌㄤˊ ㄧㄝˊ 粵 lɔŋ^{4} jɛ^{4} 音狼耶。

④ 有亭翼然，臨于泉上者：翼然，形容亭的飛簷如飛鳥展翅高高翹起。臨，靠近。

⑤ 山之僧智僊也：《宋文彙》僧字後有「曰」字。僊，仙的異體字。智僊，瑯琊山瑯琊寺的僧人。

⑥ 輒：就。輒 漢 zhé 國 ㄓㄜˊ 粵 dzip^{8} 音接。

⑦ 林霏開：霏，霧氣。林裏的霧氣散開。

⑧ 雲歸而巖穴暝：雲歸指煙雲聚攏來，古人以為雲出自山中。巖穴暝，山谷就昏暗了。暝 ㊀漢míng 國ㄇㄧㄥˊ 粵miŋ^{4} 音明。

⑨ 秀：繁榮滋長的意思。

⑩ 風霜高潔：就是風高霜潔。

⑪ 水落而石出者：《宋文彙》「落」作「清」。溪水退落而露出石頭。

⑫ 負者：揹着東西的人。

⑬ 傴僂提攜：傴僂，彎腰駝背，指老人。提攜，指小孩。彎腰駝背的老人和大人領着的孩子。傴僂 漢yǔ lǚ 國ㄩˇ ㄌㄩˇ 粵jy^{2} loey^{5} 音瘀呂。

⑭ 洌：清澈。洌 漢liè 國ㄌㄧㄝˋ 粵lit^{9} 音列。

⑮ 山肴野蔌：山肴，即野味，山中獵獲的鳥獸做的菜。蔌，菜蔬。指野味野菜。蔌 漢sù 國ㄙㄨˋ 粵tsuk^{7} 音速。

⑯ 宴酣之樂，非絲非竹：絲，弦樂器。竹，管樂器。指宴會之樂趣，不在音樂。

⑰ 射者中：投壺的投中了。古代宴飲時一種娛樂叫做投壺，以箭投壺中，投中者勝，負者飲酒。

⑱ 弈者勝：下棋的贏了。弈 漢yì 國ㄧˋ 粵jik^{9} 音亦。

⑲ 觥籌交錯：觥，酒杯。籌，酒籌，行酒令時，飲酒計數用的簽子。酒杯和酒籌交互錯雜。觥 漢gōng 國ㄍㄨㄥ 粵gwɐŋ^{1} 音轟。

⑳ 蒼顏：容顏蒼老。

㉑ 頹然乎其間者：頹然，原意是精神不振的樣子。乎，這裏相當於「於」。醉醺醺地坐在眾人中間。

㉒ 已而：既而，如同說不久。

㉓ 陰翳：形容枝葉茂密成蔭。翳 漢yì 國ㄧˋ 粵ɐi^{3} 音縊。

㉔ 鳴聲上下：鳥在樹上到處鳴叫。

㉕ 人知從太守遊而樂，而不知太守之樂其樂也：《宋文彙》「不知」前有「而」字。樂其樂，以他人之樂為樂，有

「與民同樂」之意。意思是賓客只知跟隨太守遊玩而感到快樂，而不知太守為他們的快樂而感到快樂。

㉖ 醉能同其樂，醒能述以文者：醉了後能與人同樂，醒來後又能夠用文章記述這件事的人。

㉗ 謂：為、是。

㉘ 廬陵：廬陵郡，就是吉州，在今江西吉安。歐陽修的故鄉。

答司馬諫議書

王安石

某啟①：昨日蒙教②，竊以為與君實游處相好之日久③，而議事④每不合，所操之術⑤多異故也。雖欲強聒⑥，終必不蒙見察⑦，故略上報⑧，不復一一自辨⑨；重念蒙君實視遇厚⑩，於反覆不宜鹵莽⑪，故今具道所以，冀君實或見恕也。

蓋儒者所爭⑫，尤在於名實⑬。名實已明，而天下之理得矣⑭。今君實所以見教者，以為侵官、生事、征利、拒諫⑮，以致天下怨謗也。某則以謂受命於人主⑯，議法度而修之於朝廷，以授之於有司⑰，不為侵官；舉先王之政⑱，以興利除弊，不為生事；為天下理財，不為征利；闢邪說，難壬人⑲，不為拒諫；至於怨誹之多，則固前知⑳其如此也。人習於苟且非一日㉑，士大夫多以不恤國事、同俗自媚於眾為善㉒。上㉓乃欲變此，而某不量敵之眾寡，欲出力助上以抗之，則眾何為而不洶洶㉔然？盤庚之遷，胥怨者，民也㉕，非特朝廷士大夫而已。盤庚不為怨者故改其度㉖，度義而後動，是而不見可悔故也。

如君實責我以在位久，未能助上大有為，以膏澤斯民㉗，則某知罪矣㉘；如曰今日當一切不事事㉙，守前所為㉚而已，則非某之所敢知㉛。無由會晤㉜，不任區區向往之至㉝。

作者

王安石見初冊第十七課〈傷仲永〉

題解

本文選自《臨川先生文集》卷七十三，是一篇有名的書信體政論文。宋朝初年太平無事，到神宗時，國勢日衰，社會不安。神宗熙寧二年（一〇六九），王安石時任參知政事，上書神宗力主變法圖強。熙寧三年（一〇七〇）被任為相，實施新政，推行農田水利、青苗、免役、市易和均輸諸法。大臣司馬光認為新法過於偏激，引起許多弊病，於是致書安石，指陳侵官、生事、征利、拒諫四項嚴重缺失。王安石讀後，大不以為然，立即寫這封信，予以辯駁。司馬諫議即司馬光，生於宋真宗天禧三年，卒於宋哲宗元祐元年（一〇一九——一〇八六），字君實。他當時任右諫議大夫，是向皇帝提意見的官。書，信。

注釋

① 某啟：某，古人書翰例自稱名。刊本作「某」者蓋不敢逕用作者名，代以「某」字。啟，陳述。
② 蒙教：指接到來信。
③ 竊以為與君實游處相好之日久：竊，私意，這是表示敬意的謙辭。游處，同遊共處，意即交往。
④ 議事：議論政事。
⑤ 所操之術：操，持。術，治國之術。指彼此所持的政治主張。
⑥ 強聒：強，強自解說。聒，語聲嘈雜。強聒，即勉強地吵嚷、解說，是委婉之詞。聒 ㊥guō ㊟ㄍㄨㄛ ㊚kut⁸ 音括。
⑦ 不蒙見察：蒙、見，都表示被動語氣。見察，被諒解。不會被您理解。
⑧ 故略上報：上，呈上。報，回信。是客套的說法。

⑨ 自辨：辨，同辯。為自己辯解。

⑩ 重念蒙君實視遇厚：重念，又想到。視遇厚，待我很好。

⑪ 於反覆不宜鹵莽：於反覆，對於書信來往。鹵莽，簡慢草率。鹵 漢lǔ 國ㄌㄨˇ 粵lou5 音老。

⑫ 蓋儒者所爭：儒者，這裏泛指一般士大夫。爭，爭論。大凡一般士大夫所爭論的。

⑬ 名實：名，指觀念、名稱。實，指實際、事實。

⑭ 天下之理得矣：得，得到、掌握。天下的大道理就掌握了。

⑮ 侵官、生事、征利、拒諫：侵官，指因推行新法，新增加一些機構和官吏，因而侵犯了原有官吏的職權。生事，派人到各地推行新法，生事擾民。征利，司馬光攻擊王安石變法中的經濟措施是與民爭利。拒諫，一意孤行，拒絕別人的勸告。

⑯ 受命於人主：人主，宋神宗趙頊（一〇六八——一〇八五在位）。此指接受皇帝的命令，推行新法。

⑰ 以授之於有司：以，用來、用以。授，交付給。來分別交付給負責的官員去實行。

⑱ 舉先王之政：舉，宣揚、施行。先王，先世之聖王，一般指夏、商、周三代的賢王。政，德政。

⑲ 闢邪說，難壬人：闢，駁斥。難，非難、指責。壬人，巧辯的佞人。壬 漢rén 國ㄖㄣˊ 粵jam4 音吟。

⑳ 固前知：固，本來。前知，早已料到。

㉑ 人習於苟且非一日：苟且，苟安、得過且過。此句指一般人習慣於因循苟且已經不是一天的事。

㉒ 不恤國事，同俗自媚於眾為善：恤，關心。同俗，附和流俗。自媚，自發去諂媚、巴結。恤 漢xù 國ㄒㄩˋ 粵sœt7 音戌。

㉓ 上：皇帝，指宋神宗。

㉔ 洶洶然：大吵大鬧的樣子。

㉕ 盤庚之遷，胥怨者民也：盤庚，商朝（西元前十六世紀至十一世紀）的一個君主。遷，遷都。商原本建都在黃河以北，常有水災，所以盤庚決定遷都殷（今河南安陽西北）。胥，都、相與。胥 漢xū 國ㄒㄩ 粵sœy1 音須。

㉖ 盤庚不為怨者故，改其度：度，計劃、謀劃。一本作「盤庚不罪怨者，亦不改其度」（南宋龍舒本）。

㉗ 以膏澤斯民：膏澤，這裏作動詞用，意思是施恩惠。斯民，這些百姓。斯民一詞出自《論語・衞靈公篇》：「斯民也，三代之所直道而行也。」

㉘ 則某知罪矣：知，知道，這裏有承認的意味。那麼我承認過錯。

㉙ 一切不事事：事事，做事。前一事字是動詞，後一事字是名詞。此句指甚麼事都不做。

㉚ 守前所為：墨守前人的方法行事。

㉛ 則非某之所敢知：那就不是我所能接收的了。

㉜ 無由會晤：由，事由、機會。沒機會見面。

㉝ 不任區區向往之至：不任，不勝。區區，衷心。向往之至，即衷心仰慕之意，這是古代書信的客套話。

墨池記

曾鞏

臨川①之城東，有地隱然而高②，以臨③於溪，曰新城。新城之上，有池窪然而方以長④，曰王羲之⑤之墨池者，荀伯子《臨川記》⑥云也。羲之嘗慕張芝⑦，臨池學書，池水盡黑，此為其故迹，豈信然邪⑧？方羲之之不可強以仕⑨，而嘗極東方，出滄海⑩，以娛其意於山水之間，豈其徜徉肆恣⑪，而又嘗自休於此邪？羲之之書晚乃善，則其所能，蓋亦以精力自致者⑫，非天成也。然後世未有能及者，豈其學⑬不如彼邪？則學固豈可以少哉！況欲深造道德者邪？

墨池之上，今為州學舍⑭。教授王君盛恐其不章⑮也，書「晉王右軍墨池」之六字於楹間以揭之⑯，又告於鞏曰：「願有記。」推王君之心，豈愛人之善⑰，雖一能不以廢⑱，而因以及⑲乎其迹邪？其亦欲推其事以勉學者邪⑳？夫人之有一能，而使後人尚之如此。況仁人莊士之遺風餘思，被於來世者如何哉㉑。慶曆㉒八年九月十二日，曾鞏記。

作者

曾鞏，生於宋真宗天禧三年，卒於宋神宗元豐六年（一〇一九——一〇八三）。字子固，建昌軍南豐（今江西南豐）人。宋仁宗嘉祐二年（一〇五七）進士。歷任太平州（今安徽當塗）司法參軍、館閣校勘、史館修撰等，最後官至中書舍人。為官期間，注意救災、治疫，關心民眾疾苦。任職史館時，整理校勘《戰國策》、《說苑》等古籍。為文含蓄典雅、雍容平易，為歐陽修所稱賞。時人「得其文，手抄口誦惟恐不及。」《宋史》本傳稱其文章「上下馳騁，愈出而愈工。本原六經，斟酌司馬遷、韓愈。一時工作文辭者，鮮能過也。」後世稱許為「唐宋八大家」之一。有《元豐類稿》五十卷傳世。

題解

本文選自《曾鞏集》卷十七。墨池，是用毛筆練習寫字後洗滌筆硯的水池。作者所記的墨池，在撫州臨川郡（今江西臨川）境。文章寫於北宋仁宗慶曆八年（一〇四八），是曾鞏應撫州州學教授王盛之請而作。作者於文中，一面記述墨池的處所、形狀和來歷，一面指出王羲之在書法上的卓越成就並非「天成」，而是勤學苦練的結果；進而推論後之學者「欲深造道德」，則更須努力於學，以此勉勵州學生。文章即事生情，反覆詠嘆。最後以「仁人莊士」的流風餘韻將影響「來世」作結，宛轉矯勁，饒有深意。

注釋

① 臨川：江南西路撫州治所，即今江西臨川。

② 隱然而高：指該地雖高不陡。

③ 臨：以高視下。

④ 有池窪然而方以長：窪然，低深之貌。方以長，即方而長，猶言長方形。窪 (漢)wā (國)ㄨㄚ (粵)wa1 音蛙。

⑤ 王羲之：生於晉惠帝太安二年，卒於晉孝武帝太元四年（三〇三——三七九），字逸少，山東臨沂人。著名書法家，官至右軍將軍、會稽內史，世稱王右軍。有「書聖」之譽。

⑥ 荀伯子《臨川記》：荀伯子，生於晉孝武帝太元三年，卒於宋文帝元嘉十五年（三七八——四三八）。著《臨川記》

六卷。

⑦ 張芝：生年不詳，卒於西元一九二年，字伯英，甘肅酒泉人，與其弟昶並善草書，均為東漢著名書法家，世稱其為「草聖」。王羲之非常佩服他的書法，曾在致友人書中說：「張芝臨池學書，池水盡黑，使人耽之若是，未必後之也。」王羲之認為只要刻苦學習可以超過張芝。

⑧ 豈信然邪：信，真實的。邪，疑問助詞，同耶。

⑨ 方義之之不可強以仕：方，當時。當時王羲之不顧朝廷的徵召，堅持不入仕作官。王羲之少有美譽，當時朝廷屢次徵召要他作侍郎、吏部尚書、護國將軍等官，他皆避而不仕。

⑩ 而嘗極東方，出滄海：極，窮盡。滄海，海水呈暗綠色，故稱滄海，此指東海。王羲之任會稽內史時，以不願作揚州刺史王述的下屬而稱病去職，遊山玩水，以弋釣為娛，遍遊附近諸郡，且曾泛舟出海。足跡所歷，遍及東方，故有此語。

⑪ 豈其徜徉肆恣：徜徉，猶言徘徊、戲蕩。肆恣，放縱。徜徉 漢cháng yáng 國ㄔㄤˊ ㄧㄤˊ 粵sœŋ^{4} jœŋ^{4} 音常陽。恣 漢zì 國ㄗˋ 粵dzi^{3} 或 tsi^{3} 音至或次。

⑫ 蓋亦以精力自致者：蓋，文言虛詞，表示推測的意思。致，使達到。

⑬ 學：這裏指刻苦學習的精神。下句同。

⑭ 州學舍：州學的校舍。

⑮ 章：同彰，廣為人所知。

⑯ 於楹間以揭之：之，代詞，猶言「這樣」。楹間，兩柱之間。揭，揭示。

⑰ 豈愛人之善：豈，其，表示估計、推測，相當於也許、莫非。善，專長。

⑱ 雖一能不以廢：一能，一技之長。不以廢，不使其埋沒。

⑲ 及：連帶、推及。

⑳ 其亦欲推其事以勉學者邪：其，同豈，表示祈使。推，推崇。其事，指王羲之臨池苦習書法一事。

㉑ 況仁人莊士之遺風餘思，被於來世者如何哉：仁人莊士，有道德學問品節高尚的人。遺風餘思，留傳下來的好作風和令人思慕的美德。被，影響。

㉒ 慶曆八年：慶曆，宋仁宗年號（一〇四一——一〇四八）。慶曆八年，西元一〇四八年。

送東陽馬生序

宋濂

余幼時即嗜學。家貧，無從致書①以觀。每假借於藏書之家，手自筆錄，計日②以還。天大寒，硯冰堅③，手指不可屈伸，弗之怠④。錄畢，走⑤送之，不敢稍逾約。以是人多以書假余，余因得徧觀羣書。既加冠⑥，益慕聖賢之道。又患無碩師、名人與游，嘗趨百里外，從鄉之先達執經叩問⑦。先達德隆望尊，門人弟子填其室，未嘗稍降辭色⑧。余立侍左右，援疑質理⑨，俯身傾耳以請。或遇其叱咄⑩，色愈恭，禮愈至⑪，不敢出一言以復⑫。俟其欣悅，則又請焉。故余雖愚，卒獲有所聞。

當余之從師也，負篋曳屣⑬行深山巨谷中。窮冬⑭烈風，大雪深數尺，足膚皸裂⑮而不知。至舍⑯，四支僵勁不能動。媵人持湯沃灌⑰，以衾擁覆，久而乃和。寓逆旅，主人日再食⑱，無鮮肥滋味之享。同舍生皆被綺繡，戴朱纓寶飾之帽，腰白玉之環，左佩刀，右佩容臭⑲，煜然⑳若神人。余則縕袍敝衣㉑處其間，略無慕豔意。以中㉒有足樂者，不知口體之奉㉓不若人也。蓋余之勤且艱若此。今雖耄老㉔，未有所成。猶幸預㉕君子之列，而承天子之寵光㉖，綴㉗公卿之後，日侍坐備顧問，四海亦謬稱㉘其氏名。況才之過於余者乎？

今諸生學於太學㉙，縣官日有廩稍之供㉚，父母歲有裘葛之遺㉛，無凍餒㉜之患矣；坐大廈之下而誦詩書，無奔走之勞矣；有司業、博士㉝為之師，未有問而不告，求而不得者也。凡所宜有之書，皆集於此，不必若余之手錄，假諸人而後見也。其業有不精，德有不成者，非天質之卑，則心不若余之專耳。豈他人之過哉！

東陽馬生君則在太學已二年，流輩㉞甚稱其賢。余朝㉟京師，生以鄉人子謁㊱余，譔長書以為贄㊲，辭甚暢達，與之論辨，言和而色夷㊳。自謂少時用心於學甚勞，是可謂善學者矣！其將歸見其親也，余故道為學之難以告之。

謂余勉鄉人以學者，余之志也；詆我夸際遇之盛㊴而驕鄉人者，豈知予者哉！

作者

宋濂，生於元武宗至大三年，卒於明太祖洪武十四年（一三一〇——一三八一）。字景濂，號潛溪，浦江（今浙江浦江）人。元末授翰林院編修，以親老辭。明初召修元史，官至翰林學士承旨，知制誥。後因其孫坐胡惟庸黨，徙茂州，七十二歲時卒於夔州。

宋濂自幼英敏，博聞強記，刻苦自學。通五經、《春秋左氏傳》等古籍。善古文，宗法唐、宋，認為文章乃義理、事功、文辭三者的統一。宋濂又是明代開國文臣之首，有明一代的典章禮樂，多經他裁定。著有《宋學士全集》。

題解

〈送東陽馬生序〉選自《宋文憲公全集》卷三十二。本篇是宋濂寫給太學生馬生的贈序。所謂贈序，是專門為了送別親友而寫的文章。

馬生，名君則，東陽（今浙江東陽）人，與宋濂同鄉。明太祖洪武十一年（一三七八），濂赴京朝見皇帝，馬生前往拜謁。臨別時，宋濂寫了此序送他。文章以勉勵後學刻苦讀書為主旨，借自己年輕時求學的艱辛，誘導馬生不辭勞苦，專心致力於學習。用詞誠懇委婉，親切感人，是一篇說教而無說教意味的好文章。

注釋

① 無從致書：致，得到。致書，這裏是買書的意思。
② 計日：計算日期或形容短暫，為時不遠。
③ 硯冰堅：硯中墨汁冷至結冰。
④ 弗之怠：弗，不。之，指抄書事。對抄書這件事也不懈怠。
⑤ 走：原意是跑，這裏是趕快的意思。
⑥ 加冠：古代男子年二十行加冠禮，表示已經成年。
⑦ 從鄉之先達執經叩問：鄉之先達，同鄉中學問通達的前輩。執經叩問，拿着經書求教請益。
⑧ 未嘗稍降辭色：降，這裏指變得溫和。辭色，言辭、臉色。指先達的言辭態度很嚴肅。
⑨ 援疑質理：援，引。質，詢問。
⑩ 叱咄：呵斥。叱咄 ㊅chì duō ㊄ㄔˋ ㄉㄨㄛ ㊆tsik⁷ dzyt⁸ 音斥啜。
⑪ 至：周到。

⑫ 復：辯答。

⑬ 負篋曳屣：篋，小箱。曳拖，穿。篋 漢qiè 國ㄑㄧㄝˋ 粵hap9 音峽。屣 漢xǐ 國ㄒㄧˇ 粵sai2 音徙。

⑭ 窮冬：窮，盡。窮冬。深冬。

⑮ 皸裂：皮膚因寒冷、乾燥而破裂。皸 漢jūn 國ㄐㄩㄣ 粵gwan1 音軍。

⑯ 舍：旅舍。下文逆旅意同。

⑰ 媵人持湯沃灌：媵人，原意為陪嫁的婢女，這裏引伸為旅舍中的僕人。湯，熱水。沃灌，澆洗。媵 漢yìng 國ㄧㄥˋ 粵jing6 音認。

⑱ 主人日再食：主人，店主。日兩食，每天給兩頓飯。

⑲ 容臭：臭，是氣味的意思。香囊。

⑳ 燁然：光彩奪目的樣子。

㉑ 縕袍敝衣：縕袍，以亂麻為絮的袍子，指破舊的棉袍。蔽，破舊。

㉒ 中：心中。

㉓ 不知口體之奉：不知，不覺。回體之奉，吃穿方面的享用。

㉔ 耄老：年老。《禮記・曲禮》：「八十九十曰耄。」耄 漢mào 國ㄇㄠˋ 粵mou6 音冒。

㉕ 預：加入。

㉖ 承天子之寵光：承，承受。寵光，恩寵。受到皇帝給予的信任和榮譽。

㉗ 綴：連綴、連結，引伸為追隨。綴 漢zhuì 國ㄓㄨㄟˋ 粵dzœy3 音最。

㉘ 謬稱：謬，錯誤的。謬稱，錯誤地誇譽，這是作者自謙的說法。謬 漢miù 國ㄇㄧㄡˋ 粵mɐu6 音茂。

㉙ 太學：即國子監。明代設於京師的全國最高學府。

㉚ 廩稍之供：廩，公倉。廩，稍，指公家按時供給口糧。廩 漢lǐn 國ㄌㄧㄣˇ 粵lɐm5 音凜。

㉛ 裘葛之遺：裘，皮衣，冬服。葛，葛布衣，夏服。遺，致送、餽贈。

㉜ 餒：挨餓。餒 (漢)něi (國)ㄋㄟˇ (粵)nœy^{5} 音女。

㉝ 司業、博士：太學裏的學官、教官。

㉞ 流輩：同輩。

㉟ 朝：指朝見皇帝。

㊱ 謁：拜見輩分或地位比自己高的人。謁 (漢)yè (國)ㄧㄝˋ (粵)jit^{8} 音咽。

㊲ 譔長書以為贄：譔，同撰，寫。贄，見面禮。譔 (漢)zhuàn (國)ㄓㄨㄢˋ (粵)dzan^{6} 音賺。贄 (漢)zhì (國)ㄓˋ (粵)dzi^{3} 音至。

㊳ 夷：同悅，平易、和悅。

㊴ 詆我夸際遇之盛：詆，詆毀、誹謗。夸，誇耀。際遇之盛，指作者受到皇帝的重用。詆 (漢)dǐ (國)ㄉㄧˇ (粵)dai^{2} 音底。

項脊軒志

歸有光

項脊軒①，舊南閣子也。室僅方丈②，可容一人居。百年老屋，塵泥滲漉③，雨澤下注，每移案，顧視④無可置者。又北向，不能得日，日過午已昏。余稍為修葺，使不上⑤漏；前闢四窗，垣牆周庭⑥，以當南日；日影反照，室始洞然⑦。又雜植蘭桂竹木於庭，舊時欄楯⑧，亦遂增勝⑪。借書滿架，偃仰嘯歌⑨，冥然兀坐⑩。萬籟⑪有聲，而庭堦寂寂。小鳥時來啄食，人至不去。三五⑫之夜，明月半牆，桂影斑駁。風移影動，珊珊⑬可愛。然予居於此，多可喜，亦多可悲。

先是，庭中通南北為一。迨諸父異爨⑭，內外多置小門牆，往往而是⑮。東犬西吠，客踰庖⑯而宴，雞棲於廳。庭中始為籬，已⑰為牆，凡再變矣。家有老嫗，嘗居於此。嫗，先大母⑱婢也。乳二世⑲，先妣⑳撫之甚厚。室西連於中閨㉑，先妣嘗一至。嫗每謂予曰：「某所，而母立於茲㉒。」嫗又曰：「汝姊在吾懷，呱呱而泣。娘以指扣門扉㉓曰：『兒寒乎？欲食乎？』吾從板外相為應答。」語未畢，余泣；嫗亦泣。

余自束髮㉔，讀書軒中。一日，大母過余曰：「吾兒，久不見若㉕影，何竟日㉖默默在此，大類㉗女郎也！」比㉘去，以手闔門，自語曰：「吾家讀書久不效㉙，兒之成，則可待乎？」頃之㊳，持一象笏㉚至，曰：「此吾祖太常公宣德間執此以朝㉛，他日，汝當用之。」瞻顧遺跡㉜，如在昨日，令人長號㉝不自禁。

軒東故㉞嘗為廚。人往，從軒前過。余扃牖㉟而居，久之，能以足音辨人。軒凡四遭火，得不焚，殆㊱有神護者。

項脊生㊲曰：「蜀清守丹穴㊳，利甲天下。其後秦皇帝築女懷清臺㊴。劉玄德與曹操爭天下，諸葛孔明起隴中㊵。方二人之昧昧于一隅也㊶，世何足以知之？」余區區處敗屋中㊷，方揚眉瞬目㊸，謂有奇景。人知之者，其謂與埳井㊹之蛙何異！

余既為此志，後五年，吾妻來歸㊺。時至軒中，從余問古事，或憑几學書㊻。吾妻歸寧㊼，述諸小妹語曰：「聞姊家有閣子，且何謂閣子也？」其後六年，吾妻死，室壞不修。其後二年，余久臥病無聊，乃使人復葺南閣子，其制㊽稍異于前，然自後余多在外，不常居。庭有枇杷樹，吾妻死之年所手植也。今已亭亭如蓋㊾矣。

作者

歸有光，生於明武宗正德元年，卒於明穆宗隆慶五年（一五〇六——一五七一）。字熙甫，號震川，崑山（今屬江蘇）人。九歲能屬文，通經、史諸書。屢試不第，行年六十，始成進士，官至太僕寺丞。

歸氏作品，謀篇遣詞，明淨而有法度。對司馬遷、韓愈、歐陽修推崇備至。主張文效唐宋，所為文章，必本於道，稱「唐宋派」。生活雜記，感情真摯，清淡自然，黃宗羲推為「明文第一」。有《震川集》三十卷。

題解

本文選自《震川先生集》卷十七，是一篇出色的雜記。項脊軒，作者書齋的名字。作者遠祖歸道隆，曾居江蘇太倉的項脊涇。作者以此名軒，是為了紀念祖上。志，是古代文體的一種，內容以記人敘事為主。歸有光的散文包括學術、雜記、墓誌諸體，以雜記的成就最高。其中寫個人家居生活，尤為出色。〈項脊軒志〉中，作者描繪了年輕時的書齋「項脊軒」的環境變化，敘述了家庭人事的變遷，抒發了當中的悲喜。這篇文章信筆寫來如閒話家常，文字雅淡而情感真摯。

注釋

① 項脊軒：有兩說：作者遠祖歸道隆，曾居江蘇太倉的項脊涇。作者以此名軒，是為了紀念祖上。一說為此室狹小，人處其中如在頸背之間，故名。

② 方丈：一丈見方，面積見方一丈。形容書齋狹窄。

③ 滲漉：滲漏。漉 (漢)lù (國)ㄌㄨˋ (粵)luk^{9} 音鹿。

④ 顧視：顧視，向四周張望。

⑤ 上：屋頂。

⑥ 垣牆周庭：垣，矮牆。周，圍繞。從矮牆把庭院圍起來。

⑦ 洞然：明亮的樣子。

⑧ 欄楯：縱的稱欄，橫的稱楯。欄楯，欄杆。

⑨ 偃仰嘯歌：偃仰，俯仰。嘯歌，長嘯高歌。偃 漢yǎn 國ㄧㄢˇ 粵jin^{2} 音演。嘯 漢xiào 國ㄒㄧㄠˋ 粵siu^{3} 音笑。

⑩ 冥然兀坐：冥然，默默地。兀坐，端坐。

⑪ 萬籟：籟，從空穴裏發出的聲音。指自然界的各種聲響。

⑫ 三五：陰曆每月的十五日。

⑬ 珊珊：舒緩嫻雅的樣子，形容微風吹動樹的樣子。

⑭ 迨諸父異爨：迨，等到。諸父，伯、叔。爨，炊。異爨，各自起灶炊舉。指伯父、叔父們分家。迨 漢dài 國ㄉㄞˋ 粵dɔi^{6} 音代。爨 漢cuàn 國ㄘㄨㄢˋ 粵tsyn^{3} 音寸。

⑮ 往往而是：處處都是這樣。

⑯ 踰庖：庖，廚房。穿過廚房。謂後屋之客赴宴時，要越過前屋之庖廚。庖 漢páo 國ㄆㄠˊ 粵pau^{4} 音刨。

⑰ 已：不久。

⑱ 先大母：先，對死者的尊稱。大母，祖母。

⑲ 乳二世：乳，哺養，撫育。二世，兩代人。

⑳ 先妣：指去世的母親。妣 漢bǐ 國ㄅㄧˇ 粵bei^{2} 音彼。

㉑ 中閨：古代婦女居住的內室。

㉒ 而母立於茲：而，爾、你。茲，此、這裏。

㉓ 娘以指扣門扉：扣，通叩，用手輕敲。門扉，門扇。

㉔ 束髮：古人以十五歲為成童之年，是年，童子把頭髮紮起來盤到頭頂，表示已經成童。

㉕ 若：你的。

㉖ 竟日：整天、一天到晚。

㉗ 大類：好像。

㉘ 比：比，及、等到。

㉙ 效：沒見成效，指取得功名。

㉚ 象笏：象牙笏板。笏，古代大臣朝見皇帝時手執節板子，用玉、象牙或竹片製成，笏板上可寫上準備啟奏的事，以免遺忘。

㉛ 此吾祖太常公宣德間執此以朝：吾祖太常公，指作者祖母的祖父夏昶，夏昶（一三八八——一四〇七），字仲昭，崑山人。永樂十三年（一四一五）進士，曾任太常寺卿。是有名的畫家，擅畫墨竹，作品有〈一窗春雨圖〉、〈滿林春雨圖〉等。宣德，明宣宗朱瞻基的年號（一四二六——一四三五）。

㉜ 瞻顧遺跡：瞻，有瞻仰、敬仰之意。回顧前人遺留下來的痕跡。

㉝ 長號：大聲痛哭。

㉞ 故：過去。

㉟ 扃牖：扃關着窗戶。扃牖 ㊥jiōng yǒu ㊖ㄐㄩㄥ ㄧㄡˇ ㊚gwiŋ^{1} jɐu^{5} 音垧友。

㊱ 殆：大概、也許。

㊲ 項脊生：作者自稱。

㊳ 蜀清守丹穴：據《史記・貨殖列傳》記載：蜀（今四川）有個寡婦名叫清，經營祖先留下來的硃砂礦穴，清能夠守住家業，用財自宪，不被強暴侵犯。

㊴ 其後秦皇帝築女懷清臺：後來秦始皇（西元前二五三——前二〇一在位）為表彰她，修建了一座女懷清臺（在今四川長壽南）。

㊵ 隴中：隴，通壟、壠。隴畝之中的田間。一說為隆中，山名，在今湖南襄陽。為諸葛亮少時隱居之地。

㊶ 方二人之昧昧于一隅也：昧昧，默默無聞。隅，偏僻的地方。昧 ㊥mèi ㊖ㄇㄟˋ ㊚mui^{6} 音妹。隅 ㊥yú ㊖ㄩˊ

(粵)jy4 音如。

㊷ 余區區處敗屋中：區區，微不足道的人，作者自謙之辭。敗屋，破舊的房子。

㊸ 方揚眉瞬目：揚眉眨眼，形容自得其樂的樣子。

㊹ 埳井：埳，同坎。淺井。埳(漢)kǎn(國)ㄎㄢˇ(粵)hɐm2 音砍。語出《莊子・秋水篇》。

㊺ 來歸：嫁了過來。女子謂嫁曰歸，就夫家言，曰來歸。

㊻ 憑几學書：几，小桌。几(漢)jī(國)ㄐㄧ(粵)gei2 音幾。

㊼ 歸寧：回娘家探望父母。

㊽ 制：格局、樣式。

㊾ 亭亭如蓋：亭亭，聳立的樣子。蓋，傘蓋，言其長大。

五人墓碑記

張溥

五人者，蓋當蓼洲周公之被逮①，急於義②而死焉者也。至於今，郡之賢士大夫，請於當道③，即除逆閹廢祠之址以葬之④。且立石于其墓之門，以旌⑤其所為。嗚呼，亦盛矣哉！

夫五人之死，去今之墓而葬焉，其為時止十有一月爾。夫十有一月之中，凡富貴之子，慷慨得志之徒，其疾病而死，死而湮沒不足道者，亦已眾矣。況草野之無聞者與⑥？獨五人之皦皦⑦，何也？

予猶記周公之被逮，在丁卯三月之望⑧。吾社之行為士先者⑨，為之聲義⑩，斂貲財⑪以送其行，哭聲震動天地。緹騎⑫按劍而前，問誰為哀者？眾不能堪⑬，抶而仆之⑭。是時以大中丞撫吳者⑮，為魏之私人⑯，周公之逮所繇使也。吳之民方痛心焉，於是乘其厲聲以呵⑰，則譟而相逐⑱。中丞匿於溷藩⑲以免。既而以吳民之亂請於朝，按誅五人⑳，曰顏佩韋、楊念如、馬杰、沈楊、周文元，即今之然在墓者也。

然五人之當刑㉑也，意氣陽陽㉒，呼中丞之名而詈㉓之，談笑以死，斷頭置城上，顏色不少變。有賢士大夫發五十金，買五人之脰而函之㉔，卒與屍合，故今之墓中，全乎為五人也。

嗟乎！大閹之亂，縉紳㉕而能不易其志者，四海之大，有幾人歟？而五人生於編伍㉖之間，素不聞詩書之訓，激昂大義，蹈死不顧，亦曷㉗故哉？且矯詔紛出㉘，鉤黨之捕㉙遍於天下，卒以吾郡之發憤一擊，不敢復有株治㉛。大閹亦逡畏義㉜，非常之謀㉝，難於猝發。待聖人之出而投環道路㉞，不可謂非五人之力也！

繇是觀之，則今之高爵顯位，一旦抵罪，或脫身以逃，不能容於遠近，而又有翦髮杜門㉟，佯狂不知所之者㊱。其辱人賤行，視五人之死，輕重固何如哉？是以蓼洲周公，忠義暴㊲於朝廷，贈諡美顯㊳，榮於身後。而五人亦得以加其土封㊴，列其姓名於大堤㊵之上。凡四方之士，無不有過而拜且泣者，斯固百世之遇也㊶！不然，令五人者保其首領㊷，以老於戶牖之下㊸，則盡其天年，人皆得以隸使之，安能屈豪傑之流，扼腕㊹墓道，發其志士之悲哉？故余與同社諸君子，哀斯墓之徒有其石也㊺，而為之記，亦以明死生之大㊻，匹夫之有重於社稷也㊼。

賢士大夫者：冏卿因之吳公、太史文起文公㊽、孟長姚公㊾也。

作者

張溥，生於明神宗萬曆三十年，卒於明思宗崇禎十四年（一六〇二——一六四一）。字天如，號西銘，太倉（今江蘇太倉）人。崇禎四年（一六三一）進士，選庶吉士，不久即乞假歸家，不再出仕。崇禎六年（一六三三），集家鄉同道文士於蘇州虎丘結成復社，與宦官勢力抗衡。明朝滅亡後，復社成為江南反清的一股力量。在文學上，張溥反對復古，主張創新，著有《詩》三卷，《七錄齋集》十二卷，另輯有《漢魏六朝百三名家集》。

題解

〈五人墓碑記〉選自張溥《七錄齋集存稿》卷三。明熹宗天啟六年（一六二六）三月十五日，宦官魏忠賢派人至蘇州逮捕東林黨人周順昌，激起當地數萬市民義憤，奮起打死捕人官差。江蘇巡撫毛一鷺下令將倡亂民顏佩韋、馬杰、沈揚、楊念如、周文元五人處死。明思宗即位後，魏忠賢及其黨羽受到懲處，蘇州士大夫請求為被殺的五義士立碑。本文就是張溥撰寫的碑記。

本文屬於墓誌類，但作法與一般的墓誌銘不同。一般墓誌銘，以羅列「德善功烈」與「學行大節」為尚，而張溥的〈五人墓碑記〉，夾敘夾議，集敘事、議論、描寫、抒情於一篇，彰顯出「明死生之大，匹夫之有重於社稷」之主題；文章前後呼應，另具創新的風格。

注釋

① 蓋當蓼洲周公之被逮：蓋，就是的意思。蓼洲周公，即周順昌，生於明神宗萬曆十二年，卒於明熹宗天啟六年（一五八四——一六二六）。字景文，號蓼洲，吳縣（今江蘇蘇州）人。萬曆四十一年（一六一三）進士，曾任福州推官。明熹宗時官至吏部員外郎，後辭官家居，為東林黨重要成員之一。為人剛直，嫉惡如仇，不避權貴，因此觸怒大宦官魏忠賢，遭誣陷下獄迫害致死。崇禎初謚忠介，著有《燼餘集》。蓼 漢lù 國ㄌㄨˋ 粵luk^9 音錄。

② 急於義：被正義所激勵。

③ 郡之賢士大夫，請於當道：郡，指蘇州，古時屬吳郡。賢士大夫，指文宋諸公。當道，即蘇州府的掌權人。

④ 即除逆閹廢祠之址以葬之：逆閹，魏忠賢。祠，即生祠，為活人而建的祠廟。魏忠賢專擅朝政，權傾天下，趨炎附勢者競相獻媚，在各地為他建立生祠，江蘇巡撫毛一鷺在蘇州虎丘所建生祠名普惠祠。明思宗即位，魏忠賢自殺，各地生祠皆廢。

⑤ 旌：表彰。旌 漢 jīng 國 ㄐㄧㄥ 粵 dziŋ1 或 siŋ1 音晶或升。

⑥ 況草野之無聞者與：況，何況。草野，平民。與，同歟，語氣詞。

⑦ 皦皦：明亮。指此五人獲得崇高的聲譽。皦 漢 jiǎo 國 ㄐㄧㄠˇ 粵 giu2 音矯。

⑧ 在丁卯三月之望：丁卯，即明熹宗天啟七年（一六二七）。望日，即農曆每月十五日。按，周順昌被逮事，《明史》記為天啟六年（一六二六）。

⑨ 吾社之行為士先者：社，即復社。為士先者，可作讀書人榜樣的人。

⑩ 為之聲義：為周順昌聲張正義。

⑪ 斂貲財：收集錢財。貲 漢 zī 國 ㄗ 粵 dzi1 音資。

⑫ 緹騎：指魏忠賢派來逮捕周順昌的官差。漢武帝時執金吾屬下的騎士稱緹騎，以其穿桔紅色衣服、乘馬，故名。緹 漢 tí 國 ㄊㄧˊ 粵 tɐi4 音提。

⑬ 堪：忍受。

⑭ 抶而仆之：抶，擊打。仆，跌倒。抶 漢 chì 國 ㄔˋ 粵 tsik7 音斥。

⑮ 是時以大中丞撫吳者：是時，這時。撫，擔任巡撫。吳，古諸侯國，建都吳（今江蘇蘇州），這裏指江蘇。大中丞，這裏指當時的江蘇巡撫毛一鷺。明朝稱僉都御史、副僉都御史為中丞，而叫巡撫一般都帶副僉都御史銜，故稱巡撫為中丞。毛一鷺即以副僉都御史出任巡撫。

⑯ 魏之私人：魏忠賢的心腹、爪牙。毛一鷺是魏氏之乾兒子。誣周景文有怨言密報魏氏。遂使魏氏發兵捕之。

⑰ 於是乘其厲聲以呵：其，指毛一鷺。呵，大聲呵叱。趁着毛一鷺厲聲呵叱。呵 漢 hē 國 ㄏㄜ 粵 hɔ1 音苛。

⑱ 則譟而相逐：則，就。譟而相逐，吵嚷着追趕。

⑲ 溷藩：溷藩，廁所。溷 ㊅hùn ㊄ㄏㄨㄣˋ ㊉wɐn^{6} 音運。

⑳ 按誅五人：按，查辦、審理或按照、依照（法規）。誅，殺。

㉑ 傫然：相並相集、重疊堆積的樣子。傫 ㊅lèi ㊄ㄌㄟˋ ㊉lœy^{6} 音類。

㉒ 當刑：當，將要。刑，受刑。

㉓ 陽陽：通揚，自得、自苦。

㉔ 詈：罵。詈 ㊅lì ㊄ㄌㄧˋ ㊉lei^{6} 音吏。

㉕ 買五人之脰而函之：脰，頸項，此處指頭。函，匣子，這裏作動詞用，用匣子裝起來。脰 ㊅dòu ㊄ㄉㄡˋ ㊉dɐu^{6} 音豆。

㉖ 縉紳：亦作縉紳，指為官的人。縉 ㊅jìn ㊄ㄐㄧㄣˋ ㊉dzœn^{3} 音進。

㉗ 編伍：民間古時鄉間戶口編制，五家為伍。

㉘ 曷：通何，甚麼。

㉙ 且矯詔紛出：且，又。矯詔，假傳皇帝詔命。

㉚ 鉤黨之捕：鉤黨，互相牽連為一黨。指天啟年間（一六二一——一六二七）魏忠賢大興黨獄，拘捕東林黨人事。

㉛ 株治：株連治罪。

㉜ 大閹亦逡巡畏義：巡，同廵。逡巡，徘徊不前，欲進又止。畏義，畏懼正義。這裏指魏忠賢懾於朝野輿論不敢為所欲為。逡 ㊅qūn ㊄ㄑㄩㄣ ㊉sœn^{1} 音荀。

㉝ 非常之謀：魏忠賢弒君篡位的陰謀。

㉞ 待聖人之出而投環道路：聖人，聖明之人，這裏指明思宗。投環，自縊。投環道路，指魏忠賢自縊事。明思宗即位後，貶魏忠賢於鳳陽（今安徽鳳陽），旋命逮治之，魏忠賢行至阜城（今河北阜城），聞訊自縊而死。

㉟ 翦髮杜門：翦，同剪。翦髮，這裏指落髮為僧。杜門，閉門不出。

㊱ 佯狂不知所之者：佯狂，假裝瘋狂。之，往、到。不知所之，不知下落。

㊲ 暴：表白、顯露。

㊳ 贈謚美顯：贈謚，古時文武大臣、貴族死後，由朝廷贈與的謚號。這裏指思宗贈給周順昌的謚號「忠介」。謚 (漢)shì(國)ㄕˋ(粵)si^{3} 音試。

㊴ 加其土封：封，墳墓。意為加厚墳墓上的土，修成大墓。

㊵ 大堤：此指五人墳墓位於蘇州虎丘前山塘河大堤上。

㊶ 斯固百世之遇也：斯固，這真是。百世之遇，百年難逢的事情。

㊷ 令五人者保其首領：令，假如、假使。首領，頭顱。指保其性命。

㊸ 以老於戶牖之下：老，老死。戶牖，門窗，指家居。在自己的家中壽終正寢。牖 (漢)yǒu(國)ㄧㄡˇ(粵)jau^{5} 音友。

㊹ 扼腕：以手握腕，表示悲憤。

㊺ 哀斯墓之徒有其石也：哀，悲哀。徒有其石，即只有碑石，沒有碑文。

㊻ 明死生之大：說明死和生的重大意義。

㊼ 匹夫之有重於社稷也：匹夫，平民。此句表明五人之死關係國家的興亡。

冏卿因之吳公：冏卿，太僕寺卿別稱。周穆王以伯冏為大僕正，故以為借代。為九卿之一，掌皇帝車馬事。因之吳公，即吳默，生於明世宗嘉靖三十三年，卒於明思宗崇禎十三年（一五五四——一六四〇）。字無障，號因之，吳縣（今江蘇蘇州）人。公，尊稱。吳默當時任職太僕卿。冏 (漢)jiǒng(國)ㄐㄩㄥˇ(粵)gwiŋ^{2} 音炯。

㊽ 太史文起文公：太史，官名，三代始置，為史官、曆官之長，魏晉以後，專掌天文曆法事。明朝以後多以翰林任史館之職，故亦稱翰林為太史。文起文公，即文震孟，生於明神宗萬曆二年，卒於明思宗崇禎九年（一五七四——一六三六）。字文起，吳縣人。天啟中殿試第一，授翰林院修撰，故稱太史。因持清議，忤魏忠賢，辭官家居。思宗即位，奉召入朝任講官，至禮部左侍郎，兼東閣大學士，後被劾落職。南明弘光時追謚文肅。著有〈姑蘇名賢小記〉。

㊾ 孟長姚公：即姚希孟，生於明神宗萬曆七年，卒於明思宗崇禎九年（一五七九——一六三六）。字孟長，吳縣（今

江蘇蘇州）人，萬曆進士，與舅父文震孟同持清議，遭閹黨排斥。思宗即位，奉召入朝充講官，預定魏忠賢逆案。卒，謚文毅，著有《循滄集》。以上三人是發五十金買五人之脰的賢士大夫。

梅花嶺記

全祖望

順治二年乙酉①四月，江都圍急②，督相史忠烈公③知勢不可為，集諸將而語之曰：「吾誓與城為殉④，然倉皇中不可落於敵人之手以死。誰為我臨期成此大節者⑤？」副將軍史德威慨然任之⑥。忠烈喜曰：「吾尚未有子，汝當以同姓為吾後⑦，吾上書太夫人⑧，譜汝諸孫⑨中。」

二十五日，城陷，忠烈拔刀自裁⑩，諸將果⑪爭前抱持之。忠烈大呼德威。德威流涕不能執刃，遂為諸將所擁而行。至小東門，大兵⑫如林而至。馬副使鳴騄、任太守民育、及諸將劉都督肇基⑬等皆死。忠烈乃瞠目曰：「我史閣部⑭也。」被執至南門，和碩豫親王⑮以先生呼之，勸之降，忠烈大罵而死。

初，忠烈遺言：「我死，當葬梅花嶺上。」至是，德威求公之骨不可得，乃以衣冠葬之。或曰，城之破也，有親見忠烈青衣烏帽，乘白馬，出天寧門投江死者，未嘗殞⑯於城中也。自有是言，大江南北，遂謂忠烈未死。已而英、霍山師大起⑰，皆託忠烈之名⑲，彷彿陳涉之稱項燕⑳。吳中孫公兆奎以起兵不克⑳，執至白下㉑，經略洪承疇與之有舊㉒，問曰：「先生在兵間，審知㉓故揚州閣部史公果死耶？抑未死耶？」孫公答曰：「經略從北來，審知故松山殉難督師洪公果死耶？抑未死耶㉔？」承疇大恚㉕，急呼麾下驅出斬之㉖。嗚呼！神仙詭誕之說，謂顏太師以兵解㉗，文少保亦以悟大光明法蟬脫㉘，實未嘗死。不知忠義者聖賢家法㉙，其氣浩然㉚，長留天地之間，何必出世入世之面目㉛？神仙之說，所謂「為蛇畫足㉜」。即如忠烈遺骸，不可問矣。百年而後，予登嶺上，與客述忠烈遺言，無不淚下如雨。想見當日圍城光景，此即忠烈之面目，宛然㉝可遇，是不必問其果解脫否也，而況冒其未死之名者哉㉞！

墓旁有丹徒錢烈女㉟之冢，亦以乙酉在揚，凡五死而得絕㊱。時告其父母火之㊲，無留骨穢地，揚人葬之於此。江右王猷定、關中黃遵巖、粵東屈大均㊳，為作傳銘哀詞㊴。顧尚有未盡表章者㊵，予聞忠烈兄弟，自翰林可程㊶下，尚有數人。其後皆來江都省墓㊷。適英、霍山師敗，捕得冒稱忠烈者，大將發至江都，令史氏男女來認之。忠烈之第八弟已亡，其夫人年少有色㊸，守節，亦出視之。大將豔其色㊹，欲強娶之。夫人自裁而死。時以其出於大將之所逼也，莫敢為之表章者。嗚呼！忠烈嘗恨可程在北，當易姓之間㊺，不能仗節出疏糾之㊻。豈知身後乃有弟婦以女子而踵兄公之餘烈乎㊼！梅花如雪，芳香不染㊽。異日有作忠烈祠者，副使諸公㊾，諒在從祀之列㊿，當另為別室，以祀夫人，附以烈女一輩也。

作者

全祖望，生於清聖祖康熙四十四年，卒於清高宗乾隆二十年（一七〇五——一七五五）。字紹衣，號謝山，鄞縣（今浙江寧波）人。乾隆元年（一七三六）進士，選庶吉士。因忤權貴，外補任知縣，不就歸家，從此不再出仕。先後主講蕺山、端溪書院，從學者眾多。博學多才，尤以史學見長，以網羅文獻，表彰忠義為己任。著有《經史問答》、《鮚埼亭集》、續修黃宗羲《宋元學案》、七校《水經注》、三箋《困學紀聞》等。

題解

〈梅花嶺記〉選自《鮚埼亭集》外篇卷二十。梅花嶺，位於江都（今江蘇揚州）廣儲門外。明神宗萬曆中，知府吳秀主持浚河，積土而成，其上栽植梅樹，故名。明末抗清志士史可法在揚州主持長江以北防務，城陷殉難，他的衣冠塚即在梅花嶺上。作者以先記敘後議論的筆法，頌揚了史可法在民族危亡的關頭，與揚州共存亡的慷慨赴義精神，以見其崇高氣節。

注釋

① 順治二年乙酉：順治為清世祖福臨年號，自一六四四年迄一六六一年，凡十七年。乙酉，干支紀年，即順治二年。就是西元一六四五年。

② 江都圍急：江都，今江蘇揚州，史可法奉南明弘光帝朱由崧（一六四五年在位）之命在此督師。圍急，指江都被清軍豫親王多鐸（一六一四——一六四九）率軍圍攻，史可法下令沿江諸鎮明軍赴援，卻無一至者，史可法孤

守揚州十日，城破殉難。

③ 督相史忠烈公：即史可法，生於明神宗萬曆三十年，卒於南明福王弘光元年（一六〇二——一六四五）。字憲之，號道鄰，祥符（今河南開封）人，思宗崇禎元年（一六二八）進士，明亡前官至南京兵部尚書。明代大學士相當於宰相，史可法以大學士督師揚州，故稱督相。忠烈，是他死後所加的謚號。

④ 與城為殉：殉，犧牲性命。此指以身殉城，與城共存亡。史可法孤城守揚州十日，城破。史可法被存俘，多鐸勸其降。史可法有云：「城存與存，城亡與亡。」

⑤ 誰為我臨期成此大節者：臨期，到時候。成此大節，指幫助史可法實現以身殉城的節義。

⑥ 副將軍史德威慨然任之：副將軍，副總兵官。史德威，生卒年不詳，平陽（今山西臨汾）人。慨然，慷慨。任之，承擔起此項任務。

⑦ 汝當以同姓為吾後：汝，你。當，應該、應當。後，後嗣。

⑧ 太夫人：尊稱自己的母親。

⑨ 譜汝諸孫：譜，家譜，在此作動詞用，指把史德威編入史可法的家譜。諸孫，孫子輩，指對太夫人而言。

⑩ 自裁：裁，刎頸。此指自殺。

⑪ 果：結果、終於。

⑫ 大兵：指清軍。由於作者時為清朝，故如是稱。下文大將意同，解作清軍將領。

⑬ 馬副使鳴騄、任太守民育、及諸將劉都督肇基：副使，官名，明朝設按察副使。馬鳴騄，生年不詳，卒於清世祖順治二年（？——一六四五），褒城（今陝西漢中西北褒城）人。太守，官名，明清時專指知府。任民育，生年不詳，卒於清世祖順治二年（？——一六四五），濟寧（今山東濟寧）人，當時任揚州知府，城破時，着緋衣端坐堂上，被殺，全家投井而死。都督，官名，明朝有五軍都督府，各設左右都督分領全國軍隊。劉肇基，生年不詳，卒於清世祖順治二年（？——一六四五），遼東（今遼寧遼河以東）人，揚州被圍，奉史可法之命守北門，發炮殺傷清軍甚眾，城破，仍率部下巷戰，力窮被殺。騄 ㊉lù ㊀ㄌㄨˋ ㊇luk⁹ 音綠。

⑭ 閣部：明代稱任大學士為入閣，史可法既是武英殿大學士，又是兵部尚書，故稱。

⑮ 和碩豫親王：即多鐸，清太祖努爾哈赤第十五子，是清朝入關後對南明作戰的重要將領之一。和碩，滿語，一方之意，引伸為部落，順治時皇子封親王者加和碩之號。

⑯ 殞：死亡。

⑰ 英、霍山師大起：英、霍山師大起，指英山（今湖北英山）、霍山（今安徽霍山），二縣興起的抗清義軍。

⑱ 皆託忠烈之名：託，假託。指長江南北的抗清義軍都假託史可法的名義。

⑲ 陳涉之稱項燕：陳涉，生年不詳，卒於秦二世皇帝二年（？——西元前二〇八）。名勝，字涉，陽城（今河南方城東）人。秦二世元年（西元前二〇九），與吳廣首舉反秦旗幟，並自立為王，國號張楚，敗於秦將章邯，被部下莊賈殺害。項燕，戰國時楚國名將，生年不詳，卒於秦始皇二十三年（？——西元前二二四）。陳涉起義時，曾假託秦公子扶蘇和項燕的名義，以號召媛眾反秦。

⑳ 吳中孫公兆奎以起兵不克：吳中，地名，泛指今太湖流域。孫公兆奎，即孫兆奎，生年不詳，卒於清世祖順治二年（？——一六四五）。字君昌，吳江（今江蘇吳江）人，清軍佔領吳江後，曾與吳日星同募千餘人起兵抗清，戰敗。

㉑ 白下：今江蘇南京的別稱。因南京舊有白下城。

㉒ 經略洪承疇與之有舊：經略，官名，唐朝初年始置於邊州，後期多以節度使兼任。明朝用兵時置，權任甚重，掌諸路軍事，在總督之上，清初沿用明制。洪承疇，生於明神宗萬曆二十年，卒於清聖祖康熙四年（一五九三——一六六五）。字亨九，晉江（今福建晉江）人，崇禎十五年與清軍在松山（今遼寧錦縣西南）激戰，兵敗被執，投降清朝。當時傳說他不屈殉難，明思宗曾在北京設壇哭祭。有舊，有舊交情。

㉓ 審知：確實知道。

㉔ 故松山殉難督師洪公果死耶？抑未死耶：松山，今遼寧綿州縣南。孫兆奎以當年洪承疇不屈殉難的傳說，諷刺他投降清朝的行為。

㉕ 恚：惱怒。恚 (漢)huì(國)ㄨㄟˋ(粵)wai6 音胃。

㉖ 急呼麾下驅出斬之：麾下，部下。驅，驅趕、驅逐。麾 (漢)huī(國)ㄏㄨㄟ(粵)fai1 音揮。

㉗ 顏太師以兵解：顏太師，即唐朝大臣顏真卿，生於唐中宗景龍三年，卒於唐德宗貞元元年（七〇九——七八五）。字清臣，臨沂（今山東臨沂）人，唐朝大將。兵，指兵器。兵解，古時方士認為學道者死於兵刃，實際上是借兵刃脫去軀殼而成仙。安祿山反叛朝廷，顏真卿與從兄顏杲卿起兵平叛。唐德宗建中三年（七八二），叛將李希烈攻陷汝州（今河南臨汝），真卿受命前往招諭，遇害。傳說他死後，其僕人曾在洛陽同德寺見過他，所以有顏真卿屍解得道之說。

㉘ 文少保亦以悟大光明法蟬脫：大光明法，佛法之一，指被殺頭後成佛。蟬脫，蟬脫殼，喻解脫之意。文少保，即文天祥，生於宋理宗端平三年，卒於元世祖至元十九年（一二三六——一二八二）。字履善，號文山，吉水（今江西吉水）人，封信國公，募兵抗元，收復州縣多處。宋帝昺祥興元年（一二七八），敗於元兵被俘，押赴大都（今北京）囚禁，元世祖至元十九年（一二八二）被害。傳說他在獄中遇楚黃道人，授出世法，得解脫於生死之際而成佛。

㉙ 聖賢家法：聖哲賢人的道德準則。

㉚ 其氣浩然：氣，精神、氣度。浩然，剛正盛大。

㉛ 何必出世入世之面目：出世入世，佛教用語，出世指脫俗得道，入世指活在塵世。面目，原指容貌，此作看待、對待之意。

㉜ 為蛇畫足：即畫蛇添足，見《戰國策・齊策二》，比喻節外生枝反而無益於事，這是指神仙詭誕之說而言。

㉝ 宛然：好像、仿佛。

㉞ 而況冒其未死之名者哉：而，連詞。況，何況。冒，假託、假冒。

㉟ 丹徒錢烈女：丹徒，地名，今江蘇鎮江。錢烈女，名淑賢，清軍攻陷揚州後以死殉城。

㊱ 凡五死而得絕：意謂自殺五次才得以氣絕身亡。

㊲ 時告其父母火之：時，當時。火之，火化屍體。

㊳ 江右王猷定、關中黃遵巖、粵東屈大均：江右，長江以西，今江西。王猷定，生於明神宗萬曆二十六年，卒於清聖祖康熙元年（一五九八——一六六二）。字于一，江西南昌人。關中，今陝西。黃遵巖，生卒年不詳，清初陝西人。粵東，今廣東。屈大均，生於明思宗崇禎三年，卒於清聖祖康熙三十五年（一六三〇——一六九六）。字介子，又字翁山，廣東番禺人，明遺民，工詩文。

㊴ 傳銘哀詞：傳銘，記述死者生平事跡的銘文，多刻於石，有墓誌銘、碑文等。哀詞，即悼詞。

㊵ 顧尚有未盡表章者：顧，但是。章，同彰。表章，表揚。

㊶ 翰林可程：翰林，官名，唐初始置，為內廷供奉之職。明朝將著作、修史、圖書諸事並隸翰林院，使之成為外朝官署。可程，即史可法弟史可程（生卒年不詳），崇禎十六年（一六四三）進士，選庶吉士，明亡，投降李自成。

㊷ 省墓：掃墓。

㊸ 其夫人年少有色，守節：有色，有姿色。守節，指丈夫死後不再改嫁，即守寡。

㊹ 豔其色：謂貪慕她的美色。

㊺ 當易姓之間：當，在。易姓，改朝換代。

㊻ 不能仗節出疏糾之：仗節，守大義。這裏指史可程投降李自成事。出疏糾之，上疏糾劾。這裏指史可法向南明弘光皇帝上疏彈劾史可程投降李自成之罪。

㊼ 豈知身後乃有弟婦以女子而踵兄公之餘烈乎：豈知，怎知。身後，死後。踵，追隨。兄公，妻稱丈夫之兄長為兄公。踵 (漢)zhǒng (國)ㄓㄨㄥˇ (粵)dzuŋ2 音腫。

㊽ 梅花如雪，芳香不染：不染，清白、純潔。這裏指忠義者的精神如同梅花一般純潔。

㊾ 副使諸公：指與史可法一同戰死的馬鳴騄諸人。

㊿ 諒在從祀之列：諒，料想。從祀之列，指附列在忠烈祠裏為後代祭祀。

登泰山記

姚鼐

泰山之陽①，汶水②西流；其陰，濟水③東流。陽谷皆入汶，陰谷皆入濟④。當其南北分者⑤，古長城⑥也。最高日觀峯⑦，在長城南十五里。余以乾隆三十九年⑧十二月，自京師乘風雪，歷齊河、長清⑨、穿泰山西北谷，越長城之限⑩，至於泰安。

是月丁未⑪，與知府朱孝純子潁⑫，由南麓登，四十五里，道皆砌石為磴⑬，其級七千有餘。泰山正南面有三谷。中谷遶泰安城下，酈道元所謂環水也⑭。余始循以入，道少半⑮，越中嶺，復循西谷，遂至其巔。古時登山循東谷入，道有天門；東谷者，古謂之天門谿水，余所不至也。今所經中嶺，及山巔崖限當道者⑯，世皆謂之天門云。道中迷霧，冰滑，磴幾不可登；及既上，蒼山負雪，明燭天南⑰，望晚日照城郭，汶水徂徠⑱如畫，而半山居霧⑲若帶然。

戊申晦⑳，五鼓，與子潁坐日觀亭㉑待日出，大風揚積雪擊面。亭東，自足下皆雲漫㉒，稍見雲中白若樗蒱㉓數十立者，山也。極天雲一線異色㉔，須臾成五采，日上正赤如丹㉕，下有紅光動搖承之。或曰：此東海也。回視日觀以西峯，或得日㉖，或否。絳皜駮色㉗，而皆若僂㉘。亭西有岱祠㉙，又有碧霞元君祠㉚。皇帝行宮在碧霞元君祠東。

是日觀道中石刻，自唐顯慶㉛以來，其遠古刻盡漫失㉜；僻不當道者㉝，皆不及往。山多石少，石蒼黑色，多平方，少圜㉞。少雜樹，多松，生石罅，皆平頂。冰雪無瀑水㉟，無鳥獸音迹。至日觀，數里內無樹，而雪與人膝齊。桐城姚鼐記。

作者

姚鼐，生於清世宗雍正九年，卒於清仁宗嘉慶二十年（一七三一——一八一五）。字姬傳，一字夢穀，號惜抱，桐城（今安徽桐城）人。清高宗乾隆二十八年（一七六三）進士，官至刑部郎中。清朝開館修《四庫全書》，任纂修官。晚年主講江南、紫陽、鍾山各書院。從學者眾，稱惜抱先生。姚鼐為「桐城派」古文大家。論學主張集義理、考據、詞章之長。所著古文，風格簡潔嚴整，論文講求神、理、氣、味、格、律、聲、色。其所編《古文辭類纂》，對清代中葉以後的散文影響甚大。有《惜抱軒全集》。

題解

本篇選自《惜抱軒集・文集》卷十四。乾隆三十九年（一七七五），作者辭官歸里，途經泰安，與友人登臨泰山，寫成這篇遊記。時值深冬，作者將所見的景物作細緻的描述，使人如見其景，如臨其地。本文風格簡潔嚴整，是桐城派古文的代表作之一。

注釋

① 泰山之陽：泰山，五岳之一。亦稱東岳、岱宗等。位於山東泰安北。陽，山之南面。下文陰是山之北面。

② 汶水：大汶河，源於山東萊蕪東北的原山，向西南流經泰安東。汶㊇wèn㊍ㄨㄣˋ㊈man⁶音問。

③ 濟水：又名沇水，源於河南濟源西的王屋山，向東流經山東。今下游已為黃河佔奪，惟上游仍存。

④ 陽谷皆入汶，陰谷皆入濟：陽谷，山南面的山谷。這裏指陽谷之水，皆流入汶水。下文「陰谷皆入濟」，指山北面山谷的水，皆流入濟水。

⑤ 當其南北分者：在南北水流（陽谷和陰谷）分界處。

⑥ 古長城：指戰國時期齊國所築的長城，是齊國與魯國的分界。在山東肥城西北。春秋戰國時期，諸侯國多築長城以自完。

⑦ 日觀峯：泰山東南的頂峯，可觀海中日出，故名。

⑧ 乾隆三十九年：乾隆，清高宗弘曆的年號（一七三六——一七九五）。乾隆三十九年，即西元一七七五年。

⑨ 齊河、長清：齊河、長清兩縣（均在今山東）。

⑩ 限：門檻，門下橫木。齊長城橫過泰山，猶如一道門檻。

⑪ 是月丁未：指十二月二十八日。

⑫ 與知府朱孝純子潁：知府，清代府的最高行政官。朱孝純，生於清世宗雍正十三年，卒於清仁宗嘉慶六年（一七三五——一八〇一）。字子潁，山東歷城人。乾隆進士。時任泰安府知府。官至兩淮鹽運使。

⑬ 磴：石頭臺階。磴 ㊟漢 dèng ㊟國 ㄉㄥˋ ㊟粵 dɐŋ³ 音媚。

⑭ 酈道元所謂環水也：酈道元，生年不詳，卒於北魏孝明帝孝昌三年（?——五二七）。字善長，北魏范陽（今河北涿縣）人，著有《水經注》。環水，指泰安城的護城河。可參考中冊第十一課作者部份。

⑮ 道少半：道，作動詞用，走。走了一小半山路。

⑯ 崖限當道者：像門檻般的山崖橫在路上。

⑰ 蒼山負雪，明燭天南：蒼，青草色。明燭，照亮，指雪所反映的光。

⑱ 徂徠：山名，在泰安城東南四十里，為大、小汶河的分界處。徂徠 ㊟漢 cú lái ㊟國 ㄘㄨˊ ㄌㄞˊ ㊟粵 tsou⁴ 或 lɔi⁴ 音曹來。

⑲ 居霧：停留 不散的霧。

⑳ 晦：農曆每月的最後一天。

㉑ 日觀亭：亭在日

㉒ 雲漫：彌漫着雲氣。

㉓ 樗蒱：古代賭具的一種，共五子，木製，故又稱「五木」，類似後來的骰子。樗蒱(漢)chū pú(國)ㄔㄨ ㄆㄨˊ(粵)sy1 pou4 音書蒲。

㉔ 極天雲一線異色：極天，天的盡頭。異色，顏色奇異。

㉕ 正赤如丹：丹，硃砂。純紅色。

㉖ 得日：被陽光照着。

㉗ 絳皜駮色：絳，紅色，指被陽光照射的山峯。皜，白色，指未被陽光照到的山峯。駮，同駁，顏色駁雜。指紅、白顏色駁雜。絳(漢)jiàng(國)ㄐㄧㄤˋ(粵)gɔŋ3 音降。皜(漢)hào(國)ㄏㄠˋ(粵)hou6 音浩。

㉘ 僂：佝僂。彎腰駝背的樣子。這裏是形容所見山峯的形態。由於日觀峯從西諸峯皆較低，故有此景象。僂(漢)lǚ(國)ㄌㄩˇ(粵)lœy5 音呂。

㉙ 岱祠：東嶽大帝祠，又稱東嶽廟。泰山又稱岱宗，所以東嶽廟稱岱祠。

㉚ 碧霞元君祠：傳說中的東嶽大帝女兒的祠廟。

㉛ 唐顯慶：唐高宗李治的年號（六五六—六六〇）。

㉜ 其遠古刻盡漫失：刻，石刻。漫失，磨蝕缺損。

㉝ 僻不當道者：指部分石刻地處偏僻而不在路旁。

㉞ 圜：同圓。

㉟ 瀑水：瀑布。

病梅館記

龔自珍

江寧之龍蟠①，蘇州之鄧尉②，杭州之西谿③，皆產梅。或曰：梅以曲為美，直則無姿；以欹④為美，正則無景⑤；梅以疏為美，密則無態。固也⑥。此文人畫士，心知其意，未可明詔大號⑦，以繩⑧天下之梅也；又不可以使天下之民，斫直、刪密、鋤正⑨，以殀梅、病梅⑩為業以求錢也。梅之欹、之疏、之曲，又非蠢蠢⑪求錢之民，能以其智力為也。有以文人畫士孤僻之隱，明告鬻⑫梅者，斫其正，養其旁條；刪其密，夭其稚枝⑬，鋤其直，遏其生氣⑭，以求重價，而江、浙之梅皆病。文人畫士之禍⑮之烈至此哉！

予購三百盆，皆病者，無一完者⑯，既泣之三日⑰，乃誓療之、縱之、順之，毀其盆，悉埋於地，解其棕縛⑱，以五年為期，必復之全之。予本非文人畫士，甘受詬厲⑲，闢病梅之館以貯之。嗚呼！安得⑳使予多暇日，又多閒田，以廣貯江寧、杭州、蘇州之病梅，窮㉑予生之光陰以療梅也哉？

作者

龔自珍，生於清高宗乾隆五十七年，卒於清宣宗道光二十一年（一七九二——一八四一）。又名鞏祚，字瑟人，號定盦，仁和（今浙江杭州）人。道光進士，官禮部主事，後辭官南歸，卒於丹陽（今江蘇鎮江）雲陽書院。

自珍深經學、小學和史地之學，他的外祖父段玉裁是著名文字學家。他關心國事，為文多針砭時弊，曾與林則徐、魏源等結宜南詩社，提倡經世致用之學。對當時政治的腐敗，深表不滿，主張社會改革。他行文遒勁，言之有物，隨筆直書，不受古文義法的束縛，對近代文學影響深遠。有《定盦文集》、《定盦續集》、《定盦文集補編》等傳世。

題解

本篇選自《龔自珍全集》，是作者於道光十九年（一八三九）辭官回杭州故里後所作。文題〈病梅館記〉，又題〈療梅說〉。作者批評時人刻意屈折和刪剪梅枝，強行改造梅的自然形態，以滿足個人「孤僻之隱」，並藉此諷喻當時政府遏抑催殘人材之不當。

注釋

① 江寧之龍蟠：江寧，地名，即江寧府，今江蘇南京。龍蟠，即鍾山，在今南京市中山門外，又稱紫金山。以三國時諸葛亮讚其形勢為「鍾山龍蟠」而得名，後世亦稱鍾山為龍蟠山。蟠 ㊥pán ㊬ㄆㄢˊ ㊫pun^{4} 音盤。

② 蘇州之鄧尉：蘇州，地名，今江蘇蘇州。鄧尉，山名，今蘇州西南，以漢朝時鄧尉曾隱居於此得名。山多梅樹。花開時，一望如雪，故有香雪海之稱。

③ 杭州之西谿：杭州，地名，今浙江杭州。西谿，水名，今杭州靈隱山西北。居民多以種梅為業。

④ 欹：傾斜。欹 ㊥qī ㊬ㄑㄧ ㊫kei^{1} 音崎。

⑤ 無景：景，同景致。意思即不好看。

⑥ 固也：當然如此。表示認同上文之看法。

⑦ 明詔大號：詔，告訴。公開宣告。

⑧ 繩：準繩、準則。繩原指木工用的墨線，在這裏作動詞用，謂衡量，引申為約束。

⑨ 斫直、刪密、鋤正：斫，砍。刪密，除去過密的枝條。鋤正，除去正直的枝條。斫 ㊥zhuó ㊬ㄓㄨㄛˊ ㊫dzoek^{8} 音雀。

⑩ 殀梅、病梅：殀，摧殘。病，損傷。二字均作動詞用。

⑪ 蠢蠢：形容眾多雜亂或愚昧無知。

⑫ 鬻：賣。鬻 ㊥yù ㊬ㄩˋ ㊫juk^{9} 音育。

⑬ 夭其稚枝：夭，早死，在此作動詞用。稚枝，樹的幼枝。嫩枝未待長成就將其剪除。

⑭ 遏其生氣：遏止梅樹欣欣向榮的生機。遏 (漢)è(國)ㄜˋ(粵)at^{8} 音壓。

⑮ 禍：災禍、災難。在這裏作動詞用，指文人畫士禍及梅花。

⑯ 完者：完，完好。此處指健壯的梅。

⑰ 泣之三日：表示極度痛惜之情。

⑱ 椶縛：椶，同棕。捆梅枝的棕繩。椶 (漢)zōng(國)ㄗㄨㄥ(粵)dzuŋ^{1} 音宗。

⑲ 詬厲：責罵。詬 (漢)gòu(國)ㄍㄡˋ(粵)gɐu^{3} 音究。

⑳ 安得：怎能、怎得。

㉑ 窮：用盡、竭盡。

少年中國說

梁啟超

日本人之稱我中國也，一則曰老大帝國，再則曰老大帝國。是語也，蓋襲譯歐西人之言也①。嗚呼！我中國其果老大矣乎？梁啟超曰：「惡！是何言②？是何言？吾心目中有一少年中國在。」

欲言國之老少，請先言人之老少。老年人常思既往，少年人常思將來。惟思既往也，故生留戀心；惟思將來也，故生希望心。惟留戀也故保守，惟希望也故進取。惟保守也故永舊，惟進取也故日新。惟思既往也，事事皆其所已經者，故惟知照例；惟思將來也，事事皆其所未經者，故常敢破格。老年人常多憂慮，少年人常好行樂。惟多憂也故灰心，惟行樂也故盛氣③。惟灰心也故怯懦，惟盛氣也故豪壯。惟怯懦也故苟且，惟豪壯也故冒險。惟苟且也故能滅世界，惟冒險也故能造世界。老年人常厭事，少年人常喜事④。惟厭事也，故常覺一切事無可為者；惟好事也，故常覺一切事無不可為者。老年人如夕照，少年人如朝陽。老年人如瘠牛，少年人如乳虎。老年人如僧，少年人如俠。老年人如字典，少年人如戲文。老年人如鴉片煙，少年人如潑蘭地酒。老年人如別行星之隕石⑤，少年人如大洋海之珊瑚島⑥。老年人如埃及沙漠之金字塔⑦，少年人如西伯利亞之鐵路⑧。老年人如秋後之柳，少年人如春前之草。老年人如死海之瀦為澤⑨，少年人如長江之初發源。此老年與少年性格不同之大略也。梁啟超曰：「人固有之，國亦宜然。」

梁啟超曰：「傷哉，老大也！」潯陽江頭琵琶婦⑩，當明月繞船，楓葉瑟瑟⑪，衾⑫寒於鐵，似夢非夢之時，追想洛陽塵中⑬，春花秋月之佳趣。西宮南內⑭，白髮宮娥⑮，一燈如穗⑯，三五對坐，談開元天寶⑰間遺事，譜霓裳羽衣曲⑱。青門種瓜人⑲，左對孺人⑳，顧弄孺子㉑，憶侯門似海，珠履雜遝之盛事㉒。拿破侖之流於厄蔑㉓，阿剌飛之幽於錫蘭㉔，與三兩監守吏，或過訪之好事者㉕，道當年短刀匹馬，馳騁中原，席捲歐洲，血戰海樓，一聲叱咤，萬國震恐之豐功偉烈，初而拍案，繼而撫髀㉖，終而攬鏡。嗚呼！面皴齒盡㉗，白髮盈把，頹然老矣！若是者，舍幽鬱之外無心事㉘，舍悲慘之外無天地，舍頹唐㉙之外無日月，舍歎息之外無音聲，舍待死之外無事業。美人豪傑且然，而況於尋常碌碌者耶？生平親友，皆在墟墓㉚；起居飲食，待命於人。今日且過，遑㉛知他日？今年且過，遑恤㉜明年？普天下灰心短氣之事，未有甚於老大者。於此人也，而欲望以拏雲㉝之手段，回天㉞之事功，挾山超海㉟之意氣，能乎不能？

嗚呼！我中國其果老大矣乎？立乎今日，以指疇昔㊱，唐虞三代㊲，若何之郅治㊳；秦皇漢武，若何之雄傑；漢唐來之文學，若何之隆盛；康乾間之武功㊴，若何之烜赫㊵。歷史家所鋪敘，詞章家所謳歌，何一非我國民少年時代良辰美景賞心樂事之陳跡哉！而今頹然老矣，昨日割五城，明日割十城㊶，處處雀鼠盡，夜夜雞犬驚。十八省㊷之土地財產，已為人懷中之肉；四百兆之父兄子弟，已為人注籍之奴㊸，豈所謂「老大嫁作商人婦」㊹者耶？嗚呼！

「憑君莫話當年事，憔悴韶光不忍看㊺！」楚囚相對㊻，岌岌顧影㊼，人命危淺，朝不慮夕。國為待死之國，一國之民為待死之民，萬事付之奈何，一切憑人作弄，亦何足怪！

梁啟超曰：「我中國其果老大矣乎？」是今日全地球之一大問題也。如其老大也，則是中國為過去之國，即地球上昔本有此國，而今漸澌滅㊽，他日之命運殆將盡也。如其非老大也，則是中國為未來之國，即地球上昔未現此國，而今漸發達，他日之前程且方長也。欲斷今日之中國為老大耶？為少年耶？則不可不先明國字之意義。夫國也者，何物也？有土地，有人民，以居於其土地之人民，而治其所居之土地之事，自制法律而自守之；有主權，有服從，人人皆主權者，人人皆服從者，夫如是，斯謂之完全成立之國。地球上之有完全成立之國也，自百年以來也。完全成立者，壯年之事也。未能完全成立而漸進於完全成立者，少年之事也。故吾得一言以斷之曰：「歐洲列邦在今日為壯年國，而我中國在今日為少年國。」

夫古昔之中國者，雖有國之名，而未成國之形也；或為家族之國，或為酋長之國，或為諸侯封建之國，或為一王專制之國。雖種類不一，要之，其於國家之體質也，有其一部而缺其一部。正如嬰兒自胚胎以迄成童，其身體之一二官支，先行長成，此外則全體雖粗具，然未能得其用也。故唐虞以前為胚胎時代，殷周之際為乳哺時代，由孔子而來至於今為童子時代，逐漸發達，而今乃始將入成童以上少年之界焉。其長成所以若是之遲者，則歷代之民賊有窒其生機者也。譬猶童年多病，轉類老態，或且疑其死期之將至焉。而不知皆由未完全未成立也，非過去之謂，而未來之謂也。

且我中國疇昔，豈嘗有國家哉？不過有朝廷耳。我黃帝子孫，聚族而居，立於此地球之上者既數千年，而問其國之為何名，則無有也。夫所謂唐、虞、夏、商、周、秦、漢、魏、晉、宋、齊、梁、陳、隋、唐、宋、元、明、清者，則皆朝名耳。朝也者，一家之私產也；國也者，人民之公產也。朝有朝之老少，國有國之老少，朝與國既異物，則不能以朝之老少而指為國之老少明矣。文武成康，周朝之少年時代也；幽厲桓赧，則其老年時代也；高文景武，漢朝之少年時代也；元平桓靈，則其老年時代也。自餘歷朝，莫不有之，凡此者謂為一朝廷之老也則可，謂為一國之老也則不可。一朝廷之老且死，猶一人之老且死也。於吾所謂中國者何與焉？然則吾中國者，前此尚未出現於世界，而今乃始萌芽云爾。天地大矣！前途遼矣！美哉我少年中國乎！

瑪志尼㊾者，意大利三傑之魁也。以國事被罪，逃竄異邦，乃創立一會，名曰少年意大利。舉國志士，雲湧霧集以應之。卒乃光復舊物，使意大利為歐洲之一雄邦。夫意大利者，歐洲第一之老大國也。自羅馬亡後，土地隸於教皇，政權歸於奧國，殆所謂老而瀕於死者矣。而得一瑪志尼，且能舉全國而少年之，況我中國之實為少年時代者耶？堂堂四百餘州之國土，凜凜四百餘兆之國民，豈遂無一瑪志尼其人者？

龔自珍㊿氏之集有詩一章，題曰〈能令公少年行〉(51)。吾嘗愛讀之，而有味乎(52)其用意之所存。我國民而自謂其國之老大也，斯果老大矣；我國民而自知其國之少年也，斯乃少年矣。西諺有之曰：「有三歲之翁，有百歲之童。」然則國之老少，又無定形，而實隨國民之心力以為消長者也。吾見乎瑪志尼之能令國少年也，吾又見乎我國之官吏士民能令國老大也，吾為此懼。夫以如此壯麗濃郁、翩翩絕世⑬之少年中國，而使歐西、日本人謂我為老大者，何也？則以握國權者皆老朽之人也。非哦幾十年八股⑭，非寫幾十年白摺⑮，非當幾十年差，非捱幾十年俸，非遞幾十年手本⑯，非唱幾十年諾⑰，非磕幾十年頭，非請幾十年安，則必不能得一官進一職。其內任卿貳⑱以上，外任監司⑲以上者，百人之中，其五官不備者，殆九十六七人也。非眼盲，則耳聾，非手顫，則足跛，否則半身不遂也。彼其一身，飲食步履視聽言語，尚且不能自了，須三四人在左右扶之捉之，乃能度日。於此而乃欲責之以國事，是何異立無數木偶而使之治天下也！且彼輩者，自其少壯之時，既已不知亞細亞歐羅為何處地方，漢祖唐宗是那朝皇帝，猶嫌其頑鈍腐敗之未臻其極，又必搓磨之、陶冶之。待其腦髓已涸，血管已塞，氣息奄奄，與鬼為鄰之時，然後將我二萬里山河，四萬萬人命，一舉而畀於其手[60]。嗚呼！老大帝國，誠哉其老大也！而彼輩者，積其數十年之八股、白摺、當差、捱俸、手本、唱諾、磕頭、請安，千辛萬苦，千苦萬辛，乃始得此紅頂花翎之服色[61]，中堂[62]大人之名號，乃出其全副精神，竭其畢生力量，以保持之。如彼乞兒拾金一錠，雖轟雷盤旋其頂上，而兩手猶緊抱其荷包，他事非所顧也，非所知也，非所聞也。於此而告之以亡國也、瓜分也，彼烏從而聽之？烏從而信之？即使果亡矣，果分矣，而吾今年既七十矣、八十矣，但求其一兩年內，洋人不來，強盜不起，我已快活過了一世矣。若不得已，則割三頭兩省[63]之土地，奉申賀敬[64]，以換我幾箇衙門，賣三幾百萬之人民作僕為奴，以贖我一條老命，有何不可？有何難辦？嗚呼！今之所謂老后、老臣、老將、老吏者，其修身齊家治國平天下之手段，皆具於是矣。「西風一夜催人老，凋盡朱顏白盡頭。」使走無常[65]當醫生，攜催命符以祝壽。嗟乎痛哉！以此為國，是安得不老且死，且吾恐其未及歲而殤[66]也。

梁啟超曰：「造成今日之老大中國者，則中國老朽之冤業也；製出將來之少年中國者，則中國少年之責任也。」彼老朽者何足道，彼與此世界作別之日不遠矣，而我少年乃新來而與世界為緣。如僦屋㊼者然，彼明日將遷居他方，而我今日始入此室處。將遷居者，不愛護其窗櫳㊽，不潔治其庭廡㊾，俗人恆情㊿，亦何足怪。若我少年者，前程浩浩，後顧茫茫。中國而為牛為馬為奴為隸，則烹臠鞭箠(71)之慘酷，惟我少年當之；中國如稱霸宇內(72)主盟地球，則指揮顧盼之尊榮，惟我少年享之。於彼氣息奄奄，與鬼為鄰者何與焉？彼而漠然置之，猶可言也；我而漠然置之，不可言也。使舉國之少年而果為少年也，則吾中國為未來之國，其進步未可量也。使舉國之少年而亦為老大也，則吾中國為過去之國，其澌亡可翹足而待(73)也。故今日之責任，不在他人，而全在我少年。少年智則國智，少年富則國富，少年強則國強，少年獨立則國獨立，少年自由則國自由，少年進步則國進步，少年勝於歐洲，則國勝於歐洲，少年雄於地球，則國雄於地球。

紅日初升，其道大光。河出伏流(74)，一瀉汪洋。潛龍騰淵(75)，鱗爪飛揚。

乳虎嘯谷[76]，百獸震惶。鷹隼試翼，風塵吸張[77]。奇花初胎，矞矞皇皇[78]。干將發硎[79]，有作其芒[80]。天戴其蒼[81]，地履其黃[82]。縱有千古[83]，橫有八荒[84]。前途似海，來日方長。美哉我少年中國，與天不老！壯哉我中國少年，與國無疆！

「三十功名塵與土，八千里路雲和月。莫等閑白了少年頭，空悲切。」此岳武穆〈滿江紅〉詞句也[85]。作者自六歲時即口受記憶，至今喜誦之不衰。自今以往，棄「哀時客」[86]之名，更自名曰：「少年中國之少年」。作者附識。

作者

梁啟超，生於清穆宗同治十二年，卒於民國十八年（一八七三——一九二九）。字卓如，號任公，又號飲冰室主人，廣東新會（今廣東新會）人，中國近代大思想家、政治家、文學家及史學家。十七歲中舉，十九歲就學於廣州萬木草堂，在康有為指導之下研習現代文化、政治之學，主張變法圖強，二人並稱「康梁」。德宗光緒二十一年（一八九五）赴北京參加會試，與康有為發起「公車上書」，提出政治改良綱領。二十二年（一八九六），在上海主編《時務報》，編輯《西政叢書》，宣傳西方資本主義制度。次年，主講長沙時務學堂，積極鼓吹維新變法。二十四年（一八九八），入京參與「百日維新」，創辦京師大學堂和譯書局。「戊戌政變」後逃亡日本，先後主編《清議報》和《新民叢報》，鼓吹立憲保皇，反對以孫中山為代表的共和民主革命。清朝覆亡後，仍在政壇活躍，晚年講學清華學校。文教方面，梁氏提倡「詩界革命」、「小説界革命」，對「新派詩」的形成和現代小説創作的發展，起了積極的推動作用。他的文章，主題明確，行文暢達，風靡一時，號稱「新文體」，是晚清文體改革和五四白話文運動的先聲。著有《飲冰室全集》。

題解

〈少年中國説〉版本據《飲冰室文集》第五冊。本文是梁啟超最具代表性的散文之一，寫於清德宗光緒二十六年（一九〇〇）。是年，慈禧太后鎮壓了變法維新運動，譚嗣同等六人被害，史稱「戊戌政變」。當時，英法德日諸國競相侵略，國家岌岌可危。梁啟超站在維新圖強的立場，寫了這篇文字。駁斥侵略者的污蔑，説明中國是方興未艾的「少年中國」。他熱情地頌揚少年精神，預言未來的「少年中國」將成為一個繁榮富強的國家。

注釋

① 蓋襲譯歐西人之言也：沿襲翻譯歐美西方人的説話。

② 惡！是何言：惡，感嘆詞，表示否定、反感和驚訝。是何言，這是甚麼話？

③ 盛氣：豪氣。

④ 喜事：愛興事端，喜歡多事。下文好事意同。

⑤ 隕石：指流星爆炸後，散落在地球上的碎塊。

⑥ 珊瑚島：由海中珊瑚蟲骨骼堆積成的島嶼。它是逐漸聚集而成，與隕石突然墜落不同。

⑦ 金字塔：古代埃及帝王的墳墓。這裏取其古老凝固之意。

⑧ 西伯利亞之鐵路：當時俄羅斯新建的修築貫通歐亞的鐵路。這裏取其延申發展之意。

⑨ 死海之瀦為澤：死海，在約旦、以色列間的巴勒斯坦湖。因湖水中含鹽量高，生物不能生存，所以稱「死海」。瀦，水停聚的地方。瀦 (漢)zhū (國)ㄓㄨ (粵)dzy1 音朱。

⑩ 潯陽江頭琵琶婦：潯陽，即潯陽縣（今江西九江）。潯陽江，古時把長江流經今江西九江的一段稱潯陽江。琵琶婦，白居易〈琵琶行〉詩中的人物。

⑪ 瑟瑟：寒風吹動楓葉的聲音。

⑫ 衾：被子。衾 (漢)qīn (國)ㄑㄧㄣ (粵)kɐm1 音襟。

⑬ 洛陽塵中：洛陽，地名，即今河南洛陽。塵中，人世間。以上六句節取白居易〈琵琶行〉詩之大意，説明強大的中國已經成為歷史。

⑭ 西宮南內：西宮，即太極宮，位於長安城北部。南內，原為唐玄宗李隆基（七一三——七五五在位）王府，稱興慶坊。李隆基（玄宗）即位後，改稱興慶宮。在今長安東南。

⑮ 宮娥：娥，美女。宮娥，宮女。

⑯ 一燈如穗：燈花的形狀像禾穗一樣。

⑰ 開元天寶：唐玄宗李隆基年號。開元（七一三——七四一），凡廿九年。天寶（七四二——七五五），凡十四年。

⑱ 霓裳羽衣曲：唐代樂曲名。貴妃楊玉環以善長霓裳羽衣舞著名。以上六句節取白居易〈長恨歌〉，以此比喻如今中國之衰落。

⑲ 青門種瓜人：青門，長安東南的霸城，以門青色，故名。種瓜人，指西漢初年邵平，原為秦東陵侯。秦亡後為布衣，家貧，種瓜於東門外，以其瓜甜，稱東陵瓜或青門瓜。

⑳ 孺人：古時稱大夫的妻子。

㉑ 顧弄孺子：顧弄，照料，戲逗。孺子，兒童的通稱。

㉒ 憶侯門似海，珠履雜遝之盛事：侯門似海，語出唐代范攄《雲溪友議》，其中有「侯門一入深如海，從此蕭郎是路人」之句，後來比喻顯貴之家，門禁森嚴。珠履，綴有珍珠的鞋。遝，通沓，眾多，聚集的樣子。遝 漢tà 國ㄊㄚˋ 粵dap^{9} 音踏。形容邵平為東陵侯之熱鬧生活。以見邵平之盛衰。

㉓ 拿破侖之流於厄蔑：拿破侖（Napoléon Bonaparte, 1769——1821），法國軍事家，為法國皇帝（1804——1814）西元一八一二年進攻俄國失敗，一八一四年歐洲反法聯軍攻陷巴黎，被放逐於厄爾巴島（Elba，位於意大利半島和法國科西嘉島之間）。本文的「厄蔑」似係「厄爾巴」之異譯。

㉔ 阿剌飛之幽於錫蘭：阿剌飛，又譯阿拉比（Ahmad Arabi,1839——1911），埃及軍官，一八八一年領導埃及人民起義，擬推翻美國法國的殖民統治。翌年被英軍打敗。阿剌飛被囚禁於錫蘭（Ceylon），一九〇一年釋放。

㉕ 好事者：這裏指喜歡獵奇的人。

㉖ 撫髀：髀，股部、大腿。撫拍大腿。這　指感歎英雄無用武之地。

㉗ 面皴齒盡：臉上有皺紋，牙齒全部脱落。皴 漢cūn 國ㄘㄨㄣ 粵sœn^{1} 音荀。

㉘ 舍幽鬱之外無心事：舍，除了。

㉙ 頹唐：萎靡。

㉚ 墟墓：墳墓。

㉛ 遑：何怎能。

㉜ 恤：顧及、考慮。

㉝ 拏雲：拏，捉拿、抓取之意。拏雲，淩雲，比喻志向遠大。拏 (漢)ná (國)ㄋㄚˊ (粵)na^{4} 音拿。

㉞ 回天：古時稱能勸諫皇帝改變某種決定為回天，喻力量之大，能左右或扭轉難以挽回之局勢。

㉟ 挾山超海：非同尋常的力量和氣魄。語見《孟子・梁惠王上》：「挾泰山以超北海。」

㊱ 疇昔：疇，助詞。昨日、往昔。

㊲ 唐虞三代：指遠古陶唐氏（堯）、有虞氏（舜）和夏、商、周三代。

㊳ 郅治：郅治，大治、至治。郅 (漢)zhì (國)ㄓˋ (粵)$dzat^{9}$ 音疾。

㊴ 康乾間之武功：康，康熙，清聖祖玄燁年號（一六六二——一七二二）。乾，乾隆，清高宗弘曆年號（一七三六——一七九五）。武功，清朝康熙至乾隆年間國力強盛，屢次平定邊疆，並大大擴張統治地域。

㊵ 烜赫：光明、顯耀。烜 (漢)xuān (國)ㄒㄩㄢ (粵)hyn^{1} 音圈。

㊶ 昨日割五城，明日割十城：這裏借喻清朝國勢衰弱，難敵外侮的頹勢。典出蘇洵〈六國論〉：「今日割五城，明日割十城，起視四境，而秦國又至矣。」

㊷ 十八省：清朝初年全國有十八個行省，這裏借指全中國。

㊸ 四百兆之父兄子弟，已為人注籍之奴：百萬為兆，四百兆，即四億。注籍之奴，古時為他人作奴婢，要列入主人家戶籍，或從主人姓氏，成為附庸。這裏指國家失去獨立性，人民失去自由，淪為奴隸。

㊹ 老大嫁作商人婦：語出白居易〈琵琶行〉，借指清朝的衰落。

㊺ 憔悴韶光不忍看：憔悴，凋零、枯萎。韶光，美好的光景，多指春天的風光。句指衰弱凋零的頹廢國勢，與欣欣向榮的美好時光，形成強烈對比，令人不忍看下去。

㊻ 楚囚相對：楚囚，本指被俘的楚國人鍾儀，後借指陷於窘迫之中的人。楚囚相對形容人們遭遇國難或其他變

故，相對無策，徒然悲傷。典出《世說新語》。

㊼ 岌岌顧影：岌岌，危急的樣子。顧影，看着自己的影子。形容孤單無援。岌(漢)jí(國)ㄐㄧˊ(粵)kap7音級。

㊽ 澌滅：澌，盡。消失。澌(漢)sī(國)ㄙ(粵)si1音斯。

㊾ 瑪志尼：又譯作馬志尼（Giuseppe Mazzini，一八〇五——一八七二），意大利革命家。

㊿ 龔自珍：生於清高宗乾隆五十七年，卒於清宣宗道光二十一年（一七九二——一八四一）。字璱人，號定盦，又名易簡，字伯定，浙江仁和（今浙江杭州）人。早負詩名，晚年致力於經世致用之學，博大精深。可參考中冊第二十七課作者介紹。

51 〈能令公少年行〉：詩見《定庵全集》，是龔自珍三十歲前作的一首長詩。詩中說不可因老而自餒，不要追求功名利祿，一個人胸襟豁達，做自己該做的事，就能永保青春。

52 味乎：體會、品味。

53 翩翩絕世：風流瀟灑，當世無雙。

54 非哦幾十年八股：哦，低聲誦讀。八股，明清兩朝規定的科舉考試文體，由破題、承題、起講等八部分組織而成，故稱八股文，又稱時文、制藝。

55 白摺：清科舉應試書之一，用白紙摺疊成的摺葉。進士應朝考時或官員上書言事，都要用工整的楷書寫在白摺上。

56 手本：明、清時門生拜見老師，下屬拜見在上者所用的名帖。分紅、白兩種，或稱紅稟、白稟。書寫官銜姓名用的稱「官銜手本」，書寫履歷用的稱「履歷手本」。

57 唱幾十年諾：唱諾，一般作「唱喏」。古時人們相見的一種禮節，打躬作揖，揚聲致敬。

58 內任卿貳：內任，指在朝廷中任職。卿，古代高級官員的名稱。貳，副職。合稱為卿貳，即朝廷中各機構的主管長官和副職。

59 外任監司：外任，指在地方上作官。監司，行使監督地方官權力的機構。明朝置按察使及按察分司，清朝則有司道，都以監督府縣官員為職，亦稱監司。

⑥⓪ 一舉而畀於其手：畀，給予。

⑥① 紅頂花翎之服色：紅頂花翎，清朝官員的冠飾。以紅絹覆蓋帽頂為紅頂，以孔雀翎綴於帽頂為花翎。花翎，是五品以上的官佩戴。有單眼、雙眼、三眼之分，以多者為貴。服色，古時原指歷朝確定車馬祭牲的顏色，後多指從皇帝到各級官員的服飾等級翎 漢líng國ㄌㄧㄥˊ粵liŋ^{4} 音零。

⑥② 中堂：唐代，中書省設政事堂，為宰相辦公之處，後稱宰相為中堂。而清代內閣大學士地位相當於宰相，故大學士也稱中堂。

⑥③ 三頭兩省：閩粵方言，即三兩省的意思。

⑥④ 奉申賀敬：賀敬，以禮物表示敬賀之意。

⑥⑤ 走無常：古時以為陰間亦如人世，有官有吏，吏不足時，「走無常」便勾攝陽間活人充任，事迄即放還，以其來去無常，故稱走無常。

⑥⑥ 未及歲而殤：殤，未成年而死。或作戰死。

⑥⑦ 僦屋：租房屋。僦 漢jiù國ㄐㄧㄡˋ粵dzau^{6} 音就。

⑥⑧ 窗櫳：窗戶。櫳 漢lóng國ㄌㄨㄥˊ粵luŋ^{4} 音龍。

⑥⑨ 庭廡：廡，古代堂下周圍的屋子，亦泛指房屋。庭院與房屋。廡 漢wǔ國ㄨˇ粵mou^{5} 武。

⑦⓪ 俗人恆情：世俗人常有的心態。

⑦① 烹臠鞭箠：臠，凌遲。箠，杖刑。這裏泛指各類殘酷的刑罰。臠 漢luán國ㄌㄨㄢˊ 粵lyn^{2} 或 lyn^{4} 音戀或聯。箠 漢chuí國ㄔㄨㄟˊ粵tsay^{4} 音徐。

⑦② 宇內：即宇宙之內，世界。

⑦③ 翹足而待：翹足，形容時間極短或容易達到。翹 漢qiáo國ㄑㄧㄠˊ粵kiu^{4} 音喬。

⑦④ 河出伏流：河，黃河。伏流，即地下河。古人認為從伏流中流出的水很急很長。《水經注・河水》：「河出昆

侖，伏流地中，萬三千里。」

⑦⑤ 潛龍騰淵：潛龍，喻有大德的君子，尚未得時。見《易・乾卦》。潛伏於水底的龍騰起於深水。

⑦⑥ 乳虎嘯谷：嘯，動物長聲鳴叫。初生之虎長嘯於山谷。

⑦⑦ 鷹隼試翼，風塵吸張：隼，鷹類的猛禽，又稱鶻。風塵吸張，鷹隼飛過帶起的風和塵土。隼 漢zhǔn 國ㄓㄨㄣˇ 粵dzœn^2 音準。

⑦⑧ 矞矞皇皇：繁盛輝煌，形容春意盎然，欣欣向榮的樣子。矞 漢yù 國ㄩˋ 粵wat^9 音屈陽入聲。

⑦⑨ 干將發硎：干將，相傳春秋時有名的寶劍，為吳國人干將所鑄，後泛稱寶劍。硎，磨刀石。發硎，意思是刀刃新磨。句指寶劍初磨。硎 漢xíng 國ㄒㄧㄥˊ 粵jiŋ^4 音仍。

⑧⓪ 有作其芒：發出它的光芒。指劍光四射。

⑧① 天戴其蒼：蒼，青色。上有遼闊蔚藍的青天。

⑧② 地履其黃：下有廣闊的金色土地。

⑧③ 縱有千古：指中國有千年的歷史。

⑧④ 橫有八荒：指中國有四面八方遼遠之地。泛指廣闊的疆域。

⑧⑤ 此岳武穆〈滿江紅〉詞句也：岳武穆，即岳飛，生於宋徽宗崇寧二年，卒於宋高宗紹興十一年（一一〇三——一一四二）。字鵬舉，湯陰（今河南湯陰）人，南宋時著名的抗金將領。武穆乃其謚號。〈滿江紅〉，岳飛的著名詞作。

⑧⑥ 哀時客：梁啟超的筆名之一。

詩經 三首

周南・關雎

關關雎鳩①，在河之洲②。窈窕淑女③，君子好逑④！

參差荇菜⑤，左右流⑥之。窈窕淑女，寤寐⑦求之。求之不得，寤寐思服⑧。悠哉悠哉⑨！輾轉反側⑩。

參差荇菜，左右采⑪之。窈窕淑女，琴瑟友之⑫。參差荇菜，左右芼⑬之。窈窕淑女，鍾鼓樂之⑭。

衞風・氓

氓之蚩蚩⑮，抱布貿絲⑯。匪⑰來貿絲，來即我謀⑱。送子涉淇⑲，至于頓丘⑳。匪我愆期㉑，子無良媒。將㉒子無怒，秋以為期㉓。

乘彼垝垣㉔，以望復關㉕。不見復關，泣涕漣漣㉖。既見復關，載笑載言。爾卜爾筮㉗，體無咎言㉘？以爾車來，以我賄遷㉙。

桑之未落，其葉沃若㉚。于嗟鳩兮，無食桑葚㉛。于嗟女兮，無與士耽㉜！士之耽兮，猶可說㉝也。女之耽兮，不可說也。

桑之落矣，其黃而隕㉞。自我徂爾㉟，三歲食貧㊱。淇水湯湯㊲，漸車帷裳㊳。女也不爽㊴，士貳其行㊵。士也罔極㊶，二三其德㊷！

三歲為婦，靡室勞矣㊸。夙興夜寐㊹，靡有朝矣㊺。言既遂矣㊻，至于暴㊼矣。兄弟不知㊽，咥㊾其笑矣。靜言思之，躬自悼矣㊿。

及爾偕老(51)！老使我怨？淇則有岸，隰則有泮(52)！總角之宴(53)，言笑晏晏㊹。信誓旦旦㊺，不思其反㊻。反是不思㊼，亦已焉哉㊽！

秦風・蒹葭

蒹葭蒼蒼㊾，白露為霜㊿。所謂伊人(61)，在水一方(62)。遡洄從之(63)，道阻且長(64)。遡游(65)從之，宛(66)在水中央。

蒹葭萋萋(67)，白露未晞(68)。所謂伊人，在水之湄(69)。遡洄從之，道阻且躋(70)。遡游從之，宛在水中坻(71)。

蒹葭采采(72)，白露未已(73)。所謂伊人，在水之涘(74)。遡洄從之，道阻且右(75)。遡游從之，宛在水中沚(76)。

作者

〈詩經〉見初冊第二十六課

題解

〈關雎〉選自《詩經・周南》，版本據《先秦兩漢古籍逐字索引》。〈周南〉是十五國風之一，一般認為是西周時期南方（今河南洛陽以南至湖北一帶）的詩歌。至於這首詩的實際寫作時地仍待查考。關雎是《詩經》第一篇，取第一句兩個字為題。詩大序云：「關雎，后妃之德也。」又云：「樂得淑女以配君子，憂在進賢不淫其色；哀窈窕，思賢才，而無傷善之心焉。是關雎之義也。」後世學者多依從這個說法。今據其內容看，關雎可能是祝賀新婚的詩。詩分三節，第一節說淑女和君子，可以相配，第二節描寫男女相思追求的情景，第三節說婚禮的熱鬧和心情的愉悦。

〈氓〉選自《詩經・衞風》，版本據《先秦兩漢古籍逐字索引》。〈衞風〉是十五國風之一。衞，國名，國都朝歌，即今河南淇縣。〈毛詩序〉云：「〈氓〉，刺時也。宣公之時，禮義消亡，淫風大行。男女無別，遂相奔誘，華落色衰，復相棄背。或乃困而自悔，喪其妃耦，故序其事以風焉。美反正，刺淫泆也。」朱熹也說：「此淫婦為人所棄，而自敘其事，以道其悔恨之意。」一般人認為是棄婦自傷之作，記述自己由戀愛、結婚而至被遺棄的不幸遭遇。

〈蒹葭〉選自《詩經・秦風》，版本據《先秦兩漢古籍逐字索引》。據〈毛詩序〉云：「蒹葭，刺襄公也。未能用周禮。將無以固其國焉。」這是以寄託的手法去解釋詩義。〈蒹葭〉也可以作懷人的情詩去讀，寫對所愛的人的思慕之情，以及可望而不得近的惆悵。

注釋

① 關關雎鳩：關關，雌雄二鳥互相應和的叫聲。雎鳩，水鳥名，相傳這種鳥雌雄情意專一，其中一隻若死去，另一隻便會憂思不食，憔悴而死。

② 洲：水中高地。

③ 窈窕淑女：窈窕，文靜美好。淑女，善良的女子。窈窕 ㊅yǎo tiǎo㊐ㄧㄠˇ ㄊㄧㄠˇ㊆jiu² tiu⁵ 音妖跳低上聲。

④ 君子好逑：君子，品行端正的男子。好逑，好的配偶。逑 ㊅qiú㊐ㄑㄧㄡˊ㊆kɐu⁴ 音求。

⑤ 參差荇菜：參差，長短不齊貌。荇菜，一種水生植物，可食用。荇 ㊅xìng㊐ㄒㄧㄥˋ㊆hɐŋ⁶ 音杏。

⑥ 流：順水流而求取。

⑦ 寤寐：寤，即睡醒。寐，睡着。寤寐 ㊅wù mèi㊐ㄨˋ ㄇㄟˋ㊆ŋ⁶ mei⁶ 音悟味。

⑧ 思服：思念。

⑨ 悠哉：形容思慮深長。

⑩ 輾轉反側：在床上翻來覆去睡不着。

⑪ 采：采摘。

⑫ 琴瑟友之：琴瑟，古代的弦樂器。友之，親近她。彈奏琴瑟，希望同她親近。

⑬ 芼：擇取。芼 ㊅mào㊐ㄇㄠˋ㊆mou⁶ 音冒。

⑭ 鍾鼓樂之：敲起鍾鼓使她歡樂。

⑮ 氓之蚩蚩：氓，民。這裏是對詩中男子的稱呼。蚩蚩，忠厚的樣子。氓 ㊅méng㊐ㄇㄥˊ㊆maŋ⁴ 音盲。

⑯ 抱布貿絲：貿，交易、買。用布來買絲。

⑰ 匪：通非。

⑱ 來即我謀：即，就、接近。謀，商量，指商量婚事。來找我商量婚事。

⑲ 送子涉淇：涉，步行過水。淇，水名，在今河南淇縣。送你行過淇水。

⑳ 頓丘：地名，在今河南清豐。

㉑ 愆期：誤期，錯過了日子。愆 (漢)qiān(國)ㄑㄧㄢ(粵)hin^{1} 音軒。

㉒ 將：請求、希望。

㉓ 秋以為期：以秋天為婚期。

㉔ 乘彼垝垣：登上倒塌的牆。垝垣 (漢)guǐ yuán(國)ㄍㄨㄟˇ ㄩㄢˊ(粵)gwai^{2} wun^{4} 音鬼桓。

㉕ 復關：地名，詩中氓住的地方。

㉖ 泣涕漣漣：涕，淚。漣漣，形容流淚的樣子。簌簌地落淚。

㉗ 爾卜爾筮：卜，在龜甲上鑽上孔，用火燒烤，根據龜甲上出現的裂紋判斷吉凶。筮，用蓍草占卦，來定吉凶。你用龜甲卜卦、用蓍草占卦。古時遇大事，必卜筮來決定如何處理。筮 (漢)shì(國)ㄕˋ(粵)sai^{6} 音逝。

㉘ 體無咎言：體，卦體。卦體沒有顯示不吉利的話。咎 (漢)jiù(國)ㄐㄧㄡˋ(粵)gau^{3} 音究。

㉙ 以我賄遷：賄，財物。遷，搬遷。賄 (漢)huì(國)ㄏㄨㄟˋ(粵)kui^{2} 音繪。

㉚ 沃若：潤澤的樣子。

㉛ 于嗟鳩兮，無食桑葚：于嗟，嘆息聲。于，同吁。兮，啊。桑葚，桑的果實。唉，斑鳩啊，不要貪吃桑葚。據說斑鳩吃了桑葚會昏醉。這句比喻女子不可沈溺於愛情。葚 (漢)shèn(國)ㄕㄣˋ(粵)sem^{6} 音甚。

㉜ 無與士耽：士，男子的通稱。耽，沈溺。不要過分沈溺於與男子相愛。耽 (漢)dān(國)ㄉㄢ(粵)dam^{1} 音聃。

㉝ 說：同脱，解脱。

㉞ 其黃而隕：葉子枯黃落下。

㉟ 自我徂爾：徂，往。自從我到你家後。徂 (漢)cú(國)ㄘㄨˊ(粵)tsou^{4} 音曹。

㊱ 三歲食貧：三年來過着貧苦的日子。

㊲ 湯湯：水大的樣子。湯 (漢)shāng(國)ㄕㄤ(粵)sœŋ^{1} 音商。

㊳ 漸車帷裳：漸，浸濕。帷裳，車的帷帳。以上二句說女子被遺棄後渡淇水回家的情形。

㊴ 爽：過失、差錯。

㊵ 士貣其行：貣，同貳，不專一。行，行為。男子的行為前後不一致。

㊶ 士也罔極：罔，無。極，準則。罔極，反覆無常。男子的感情沒有定準。

㊷ 二三其德：二三，參差。德，行為。指其行為再三反覆。

㊸ 靡室勞矣：靡，沒有。室，指家室之事，家務。此句指沒有一件家務不是我操勞的。靡（漢）mǐ（國）ㄇㄧˇ（粵）mei^{5} 音美。

㊹ 夙興夜寐：早起晚睡。夙（漢）sù（國）ㄙㄨˋ（粵）suk^{7} 音叔。

㊺ 靡有朝矣：朝，指一朝，一日。沒有一天不是這樣。

㊻ 言既遂矣：言，發語詞，無實在意義。既，已經。遂，順心、滿意。你的心願，已經滿足了。

㊼ 暴：橫暴。

㊽ 不知：這裏是不了解、不體諒的意思。

㊾ 咥：笑的樣子。咥（漢）xì（國）ㄒㄧˋ（粵）hei^{3} 音氣。

㊿ 躬自悼矣：躬，自身。悼，悲傷。此指獨自悲傷。

(51) 及爾偕老：及，同。偕老，夫妻共同生活到老。此句指與你共同生活到老。

(52) 隰則有泮：隰，低濕的地方。泮，水邊。低濕的窪地也有邊沿。隰（漢）xí（國）ㄒㄧˊ（粵）dzap^{9} 音習。泮（漢）pàn（國）ㄆㄢˋ（粵）pun^{3} 音判。

(53) 總角之宴：總角，古代男女未成年時，把頭髮紮成抓髻，叫總角，後來就用總角作為童年時代的代稱。宴，快樂。童年時候歡樂相處。

(54) 晏晏：溫和、柔順的樣子。

(55) 信誓旦旦：信誓，誠信的誓言。旦旦，誠懇之貌。

㊹ 反：違反，指變心。

㊺ 反是不思：是，指誓言，代詞。違反這誓言而不念舊情。

㊻ 亦已焉哉：已，罷了、算了。焉哉，助詞，語氣如「了吧」。也只好算了吧。

㊼ 蒹葭蒼蒼：蒹，荻，像蘆葦。葭，蘆葦。蒹葭都是水邊生長的植物。蒼蒼，茂盛的樣子。蒹葭 ㊥jiān jiā ㊷ㄐㄧㄢ ㄐㄧㄚ ㊴gim[1] ga[1] 音兼加。

㊽ 白露為霜：晶瑩的露水凝結成霜花。

㊾ 伊人：那人，指思念的那人。

㊿ 在水一方：一方，一邊、一旁。在河的那一邊。

51 遡洄從之：遡，逆流而上。洄，曲折盤旋的水道。從，尋求、追尋。沿着曲折的水道逆流而上去追尋她。遡 ㊥sù ㊷ㄙㄨˋ ㊴sou[3] 音訴。

52 道阻且長：阻，難走。路既難走又遙遠。

53 游：流通，指直流的水道。

54 宛：彷彿。

55 萋萋：茂盛的樣子。

56 晞：乾。晞 ㊥xī ㊷ㄒㄧ ㊴hei[1] 音希。

57 湄：水草交接之處，即岸邊。湄 ㊥méi ㊷ㄇㄟˊ ㊴mei[4] 音眉。

58 躋：昇高。躋 ㊥jī ㊷ㄐㄧ ㊴dzɐi[1] 音擠。

59 坻：水中高地。坻 ㊥chí ㊷ㄔˊ ㊴tsi[4] 音池。

60 采采：茂盛且色彩鮮明的樣子。

61 未已：已，止。未止，指白露未乾。

62 涘：水邊。涘 ㊥sì ㊷ㄙˋ ㊴dzi[6] 音自。

⑮ 右：向右拐彎，指道路迂迴曲折。

⑯ 沚：水中陸地。沚 (漢)zhǐ (國)ㄓˇ (粵)dzi^{2} 音止。

漢至南北朝樂府 二首

陌上桑

日出東南隅①，照我秦氏樓。秦氏有好女，自名為羅敷②。羅敷憙蠶桑③，採桑城南隅。青絲為籠係④，桂枝為籠鈎⑤。頭上倭墮髻⑥，耳中明月珠⑦。緗綺⑧為下裙，紫綺為上襦⑨。行者見羅敷，下擔捋髭鬚⑩。少年見羅敷，脱帽著帩頭⑪。耕者忘其犁，鋤者忘其鋤。來歸相怨怒，但坐觀羅敷⑫。

使君⑬從南來，五馬立踟躕⑭。使君遣吏⑮往，問是誰家姝⑯。秦氏有好女，自名為羅敷⑰。羅敷年幾何⑱，二十尚⑲不足，十五頗有餘⑳。使君謝㉑羅敷，寧可共載不㉒，羅敷前置辭㉓。使君一何愚㉔。使君自有婦，羅敷自有夫。

東方㉕千餘騎，夫婿居上頭㉖。何用識夫婿㉗，白馬從驪駒㉘。青絲繫馬尾，黃金絡馬頭㉙。腰中鹿盧劍㉚，可直㉛千萬餘。十五府小史㉜，二十朝大夫㉝，三十侍中郎㉞，四十專城居㉟。為人潔白皙㊱，鬑鬑頗有鬚㊲。盈盈公府步㊳，冉冉㊴府中趨。坐中數千人，皆言夫婿殊㊵。

西洲曲

憶梅下西洲㊶，折梅寄江北㊷。單衫杏子紅㊸，雙鬢鴉雛色㊹。西洲在何處？兩槳橋頭渡㊺。日暮伯勞㊻飛，風吹烏臼樹㊼。樹下即門前，門中露翠鈿㊽。開門郎不至，出門採紅蓮㊾。採蓮南塘秋㊿，蓮花過人頭。低頭弄蓮子，蓮子青如水(51)。置蓮懷袖中，蓮心徹底紅(52)。憶郎郎不至，仰首望飛鴻53。鴻飛滿西洲，望郎上青樓54。樓高望不見，盡日欄干頭55。欄干十二曲56，垂手明如玉57。卷簾天自高，海水搖空綠58。海水夢悠悠59，君愁我亦愁。南風知我意，吹夢到西洲60。

作者

見初冊第二十七課〈漢樂府〉及第二十八課〈南北朝樂府一〉

題解

〈陌上桑〉選自《樂府詩集．相和歌辭三》。〈陌上桑〉是漢樂府古辭，始著錄於南朝宋沈約《宋書．樂志》，題作〈艷歌羅敷行〉；南陳徐陵輯《玉臺新詠》，題作〈日出東南隅行〉；宋人郭茂倩輯《樂府詩集》，收入〈相和歌．相和曲〉。〈陌上桑〉是樂府古辭中著名的敘事詩，詩人娓娓細緻地刻劃羅敷的美貌，並敘述她機智而大方地拒絕一位顯達官人示愛的故事。

〈西洲曲〉選自《樂府詩集．雜曲歌辭十二》，是一首長篇抒情的南朝樂府詩。敘述一個獨居江南的女子對遠在江北情人的懷戀。

注釋

① 日出東南隅：隅，角、方位。日出東南方，指時值春天，而春天是採桑的季節。隅 漢yú國ㄩˊ粵jy^{4} 音如。

② 自名為羅敷：自名，本名，一說自道姓名。羅敷，女子名。漢代詩歌中常以羅敷或秦羅敷稱呼美麗的女子。

③ 憙蠶桑：憙，即喜。愛好採桑養蠶。一作「善蠶桑」。

④ 青絲為籠係：青絲，青色的絲繩。籠係，拴竹籃的繩子。

⑤ 桂枝為籠鉤：桂枝，桂樹的枝條。籠鉤，掛竹籃的鉤子。

⑥ 倭墮髻：即墮馬髻，髮髻垂於腦後一側，呈欲墮之狀，是當時流行的髮式。髻 漢jì國ㄐㄧˋ粵gai^{3} 音繼。

⑦ 明月珠：相傳產自西域大秦國的寶珠。

⑧ 緗綺：黃色有花紋的絲織品。

⑨ 襦：短上衣。襦 漢rú國ㄖㄨˊ粵jy^{4} 音如。

⑩ 下擔捋髭鬚：下擔，放下擔子。髭，長在嘴上面的鬍鬚。捋髭鬚，用手指順着鬍鬚撫摩。捋 漢lǚ國ㄌㄩˇ粵lyt^{8} 音劣。髭 漢zī國ㄗ粵dzi^{1} 音資。

⑪ 脫帽著帩頭：脫去帽子只戴着頭上束髮的頭巾。帩 漢qiào國ㄑㄧㄠˋ粵tsiu^{3} 音俏。

⑫ 來歸相怨怒，但坐觀羅敷：但，只是。坐，原因。此句謂農人因貪看羅敷的美色，而忘了耕鋤，被妻子怨罵及互相爭吵。

⑬ 使君：漢代時稱郡守、刺史為使君。

⑭ 五馬立踟躕：踟躕，徘徊不進、猶豫。全句謂拉車的五匹馬徘徊不前。漢代制度，太守所乘車駕四馬，有加秩中二千石者，加一驂馬，故又以五馬為太守美稱。踟躕 (漢) chí chú (國) ㄔˊ ㄔㄨˊ (粵) tsi^4 tsy^4 音池廚。

⑮ 吏：使君的屬員。

⑯ 姝：美女。

⑰ 秦氏有好女，自名為羅敷：此二句是吏轉述羅敷回答的話。

⑱ 羅敷年幾何：年幾何，年歲多大。這是使君對吏的問話。

⑲ 尚：還。

⑳ 十五頗有餘：比十五歲要大得多。以上是吏奉命問羅敷後，回答使君的話。

㉑ 謝：問。

㉒ 寧可共載不：不，同否。願意同坐一輛車嗎？這裏是指嫁給使君之意。以上二句是吏向羅敷轉述使君的話。

㉓ 置辭：猶致辭。即答話。

㉔ 一何愚：一何，多麼、何等。怎麼這樣糊塗？

㉕ 東方：羅敷所説自己丈夫任官的地方。

㉖ 居上頭：位居前列。

㉗ 何用識夫婿：何用，即用何的倒語。識，識別、辨認。根據甚麼識別我的丈夫？

㉘ 白馬從驪駒：驪，純黑色的馬。駒，小馬。有小黑馬跟隨白馬的就是我丈夫。驪 (漢) lí (國) ㄌㄧˊ (粵) lei^4 音離。

㉙ 黃金絡馬頭：馬絡頭用黃金裝飾。

㉚ 鹿盧劍：鹿盧，同轆轤，即滑車、絞盤。古時長劍柄以玉刻成鹿盧形，故名。

㉛ 直：即值。

㉜ 十五府小史：小史，官府小吏。十五歲當上太守府中的小吏。

㉝ 朝大夫：大夫，秦漢時有御史大夫、諫議大夫、光祿大夫等職。在朝廷擔任大夫之職。

㉞ 侍中郎：侍中，秦代始置，為丞相屬官，兩漢時因其侍從皇帝，出入宮庭，地位漸崇。皇帝身邊的侍從官。

㉟ 專城居：一城之主，即任太守之職。

㊱ 潔白晳：乾淨、潔白。晳 (漢)xī (國)ㄒㄧ (粵)sik^{7} 音析。

㊲ 鬑鬑頗有鬚：鬑鬑，形容鬚髮稀疏。頗，略。頗有鬚，略微有一點鬍鬚。羅敷以此形容丈夫年輕瀟灑。鬑 (漢)lián (國)ㄌㄧㄢˊ (粵)lim^{4} 音廉。

㊳ 盈盈公府步：盈盈，輕盈端莊。公府步，方步、官步，即官員行走時具有威儀的步伐。

㊴ 冉冉：從容不迫，腳步舒緩的樣子。

㊵ 殊：出類拔萃，與眾不同。

㊶ 憶梅下西洲：下，飄落。西洲，地名，未詳所在。據唐代溫庭筠〈西洲曲〉有：「西洲風色好，遙見武昌樓」之句，推測西洲在今湖北武昌附近。一說西洲即西洲城，今江蘇南京朝天宮西望仙橋一帶，東晉、南朝時為揚州刺史治所。回憶起梅花飄落時節與情人在西洲相會的情形，亦暗喻初春季節。

㊷ 折梅寄江北：折下梅枝寄給江北的情人。

㊸ 單衫杏子紅：杏子，其形圓或扁圓，熟時呈黃紅色。一本作「杏子黃」。此句形容杏紅色的單衣，亦暗喻初夏季節。

㊹ 雙鬢鴉雛色：雛，幼小的禽類。兩鬢的頭髮如同小烏鴉的羽毛一樣呈墨綠色。雛 (漢)chú (國)ㄔㄨˊ (粵)tsɔ^{4} 音鋤。

㊺ 兩槳橋頭渡：划動雙槳至橋頭渡口。這亦是與情人相會的情形。

㊻ 伯勞：鳥名，又名博勞、鵙、鴂，鳴禽類，農曆仲夏（五月）時節鳴叫，喜獨棲。在此一方面表示夏季，另一方面也暗喻女子孤單的處境。

㊼ 烏臼樹：樹名，一名烏，落葉喬木，夏季開花。

㊽ 翠鈿：嵌鑲翠玉的首飾。鈿 (漢)ti 或 diàn (國)ㄉㄧㄢˊ 或 ㄉㄧㄢˋ (粵)tin^{4} 或 din^{6} 音田或電。

㊾ 紅蓮：粉紅色蓮花。暗喻夏末季節。

㊿ 秋：採蓮的季節，此指秋季。
51 蓮子青如水：蓮子，憐子的諧音，暗喻情人。青如水，指愛情的純潔。
52 蓮心徹底紅：蓮心，憐心的諧音，指愛憐之心。徹底紅，指愛情的成熟和牢固。
53 望飛鴻：鴻，大雁、鴻雁，古有鴻雁傳書之說。盼望鴻雁帶來情人的音信。
54 青樓：顯貴之家婦女居住的閨閣。
55 盡日欄干頭：整天倚着欄干等待情人回歸。
56 十二曲：十二，表示多數，非實指。曲，欄干彎曲處。指倚遍欄干的每一個地方。
57 垂手明如玉：從欄干上垂下的手如玉一般潤澤潔白。
58 卷簾天自高，海水搖空綠：海水，即江水。搖，蕩舟，一說指江水蕩漾。捲起窗簾看到高遠的天空，望向江心，空見小舟在碧綠的水上搖過。二句寫主人翁空見天高水綠，而不見所思念的人歸來。
59 海水夢悠悠：思戀情人的夢，如同悠悠江水，無邊無際。
60 吹夢到西洲：此句指讓南風把我的夢吹向西洲，使我能在夢境中與情人相會。

魏晉南北朝詩一

短歌行 其一

對酒當①歌，人生幾何②！譬如朝露③，去日苦多④。慨當以慷⑤，憂思難忘。何以解憂，唯有杜康⑥。青青子衿，悠悠我心⑦。但為君故，沈吟至今⑧。呦呦鹿鳴，食野之苹。我有嘉賓，鼓瑟吹笙⑨。明明如月，何時可掇？憂從中來，不可斷絕⑩。越陌度阡⑪，枉用相存⑫。契闊談讌⑬，心念舊恩。月明星稀，烏鵲南飛。繞樹三匝，何枝可依⑭？山不厭高，海不厭深⑮。周公吐哺⑯，天下歸心。

步出夏門行 其一

東臨碣石⑰，以觀滄海。水何淡淡⑱，山島竦峙⑲。樹木叢生，百草豐茂。秋風蕭瑟⑳，洪濤㉑湧起。日月之行，若出其中㉒。星漢粲爛，若出其裏㉓。幸甚至哉！歌以詠志㉔。

步出夏門行 其四

神龜雖壽，猶有竟時㉕；騰蛇乘霧，終為土灰㉖。驥老伏櫪，志在千里㉗；烈士暮年，壯心不已㉘。盈縮之期，不但在天㉙；養怡之福，可得永年㉚。幸甚至哉！歌以詠志。

作者

曹操，生於漢桓帝永壽元年，卒於漢獻帝建安二十五年（一五五——二二〇）。字孟德，沛國譙（今安徽亳縣）人。漢靈帝時舉孝廉，他以討伐董卓及黃巾立功。建安元年（一九六）脅獻帝遷都許昌，封為丞相，先後消滅呂布、袁術、袁紹及劉表等，成為北方的實際統治者。其子曹丕篡漢後，追謚為魏武帝。

曹操為建安時代的文壇領袖。雖戎馬半生，然雅好文學，所作樂府歌辭，氣勢磅礴，格調沈雄，無可比擬。有《曹操集》十卷。

題解

〈短歌行〉（對酒當歌）選自《文選》卷二十七。〈短歌行〉原是漢樂府古辭，今已不存。曹操寫的〈短歌行〉是以舊題填新詞，共二首，這裏選的是第一首。詩中流露出歲月易老、壯志難酬的感慨。最末四句則寫自己的抱負和求賢若渴的心情。全詩感情充沛，比喻貼切，語言質樸雄渾。

〈步出夏門行〉二首選自《宋書・樂志》。夏門，指洛陽北面靠西的城門。此曲又名〈隴西行〉，屬古樂府〈相和歌．瑟調曲〉，曹氏據譜製詞。共有〈觀滄海〉、〈冬十月〉、〈土不同〉及〈龜雖壽〉四章，前有序曲「豔辭」。本課錄其一、四兩章。此組詩作於東漢獻帝建安十二年（二〇七），曹氏北征烏桓得勝回歸的途中。〈觀滄海〉寫路經碣石之時，登高遠眺的景象。全詩氣勢雄渾，為寫景名作。

〈龜雖壽〉一章表現人定勝天的積極人生觀。作者參透了生命雖然有限，不能與神龜、騰蛇相比，但如能保持自強不息的壯心和良好的怡養方法，未嘗不可得享永年，以建立不朽功業。

注釋

① 當：應當。一說「當」義同「對」，即面對。則「人生幾何」便指人生飲酒聽歌的行樂時間並不多。
② 人生幾何：人生，人壽。意指人的一生能有多少日子呢？
③ 朝露：清晨的露水。這裏以朝露之易逝，喻人生的短促。
④ 去日苦多：去日，逝去的時日。苦多，苦於太多。
⑤ 慨當以慷：慨慷，即慷慨，把慷慨二字分隔來寫，是為了押韻，故倒置其辭。這裏指歌聲慷慨激越。
⑥ 杜康：相傳周代人杜康開始釀酒。這裏用杜康代指酒。
⑦ 青青子衿，悠悠我心：衿，領。青衿，周代讀書人的服裝，青色衣領的衣服。悠悠，長遠。悠悠我心，我心久久思慕。此兩句是引用《詩經．鄭風．子衿》的詩句，原詩寫一個女子對情人的思念。曹操借用以表示對賢才的思慕。

⑧ 但為君故，沈吟至今：君，指所思慕的人。沈吟，低吟輕歎，見其思慕之情。

⑨ 呦呦鹿鳴，食野之苹。我有嘉賓，鼓瑟吹笙：呦呦，鹿鳴聲。野，郊外。苹，艾蒿，草名。嘉賓，尊貴的客人。鼓，彈奏。瑟，弦樂器。笙，管樂器。此四句引用《詩經・小雅・鹿鳴》的首章，〈鹿鳴〉是宴享婈臣嘉賓的詩。曹操取其首章四句，表示自己禮遇賢才的胸襟。

⑩ 明明如月，何時可掇？悲從中來，不可斷絕：掇，一作輟，摘取。意思是說明月不能摘取，比喻賢才難求，而渴望賢才的憂思不可斷絕。

⑪ 越陌度阡：陌，東西走向的田間小路。阡，南北走向的田間小路。意為跨越田間縱橫的小路。

⑫ 枉用相存：枉，枉駕屈尊，禮貌之辭。用，以。相存，來探視。蒙您屈尊前來探望。

⑬ 契闊談讌：契，合。闊，闊別，離別。契闊，指友朋間之聚散。引用《詩經・邶風・擊鼓》「生死契闊」之意。句謂朋友讌[illegible]，暢談離別之情。契 漢 qì 國 ㄑㄧˋ 粵 kit^{8} 音揭。

⑭ 月明星稀，烏鵲南飛，繞樹三匝，何枝可依：三，言其多，不是實指。匝，一周。以烏鵲被明月驚起，擇木棲息，喻當時人才擇賢主而依託。匝 漢 zā 國 ㄗㄚ 粵 dzap^{8} 音帀。

⑮ 山不厭高，海不厭深：以山高、海深的特性，比喻自己接納天下賢才的胸襟。這裏曹操化用《管子・形勢解》中「海不辭水，故能成其大；山不辭土，故能成其高」一句。

⑯ 周公吐哺：周公，姬旦，周文王之子、周武王之弟，輔佐成王統治周朝。吐哺，吐出咀嚼中的食物。舊說周公為了招納賢才，忙於接待來客，常常停止用餐，吐出口中的食物去見來客。曹操用此典表達自己求賢的誠意。哺 漢 bǔ 國 ㄅㄨˇ 粵 bou^{6} 音步。

⑰ 東臨碣石：碣石，山名。曹操北征烏桓時經此。一說碣石在今河北昌黎西北，東距渤海約十五公里。另一說，碣石山指樂亭縣西南之大碣石山，六朝時已沈入海中。碣 漢 jié 國 ㄐㄧㄝˊ 粵 kit^{8} 音揭。

⑱ 淡淡：一作澹澹，水波動蕩的樣子。

⑲ 竦峙：竦，通聳。峙，立。高高聳立。峙 漢 zhì 國 ㄓˋ 粵 dzi^{6} 音治。

⑳ 蕭瑟：秋風吹動草木的聲音。

㉑ 洪濤：巨大的波濤。一作洪波。

㉒ 日月之行，若出其中：其，指大海。日月的運行，好像從海中升起。

㉓ 星漢粲爛，若出其裏：漢，銀河。銀河燦爛，似是出自海裏。

㉔ 幸甚至哉，歌以詠志：幸，慶幸。歌以詠志，以歌唱吟詠的方式表達志向、心意。此兩句是合樂時所加，與正文無關。〈步出夏門行〉每章後都有這兩句。

㉕ 神龜雖壽，猶有竟時：神龜，傳說中一種壽命極長的龜。猶，仍、還。竟，完、盡。此句指神龜的壽命雖長，仍有死亡的時候。

㉖ 騰蛇乘霧，終為土灰：騰蛇，同螣蛇，傳說中一種能駕霧飛行的蛇，與龍同類。此句指騰蛇雖能騰雲駕霧，卻終究要化為灰土。

㉗ 驥老伏櫪，志在千里：驥，良馬。驥老，一作老驥。櫪，馬槽。良馬雖老，伏在馬槽，但仍有馳騁千里的壯志。櫪 (漢)li (國)ㄌㄧˋ (粵)lik^7 音礫。

㉘ 烈士暮年，壯心不已：烈士，指有心建功立業的人。暮年，晚年。壯心，雄心壯志。不已，不止。有志之士雖年老，還有建功立業的雄心。

㉙ 盈縮之期，不但在天：盈，滿。縮，虧。壽命的長短不單單由天決定。

㉚ 養怡之福，可得永年：養，保養。怡，和樂。養怡，指修性情，保持心境平和。永年，長壽。身心保養得好，也可以延年益壽。

魏晉南北朝詩二

燕歌行 其一

秋風蕭瑟①天氣涼，草木搖落②露為霜。羣燕辭歸雁③南翔，念君客遊思斷腸④。慊慊⑤思歸戀故鄉，君何淹留⑥寄他方？賤妾煢煢⑦守空房，憂來思君不敢忘，不覺淚下沾衣裳。援琴鳴絃發清商⑧，短歌微吟不能長⑨。明月皎皎照我牀，星漢西流夜未央⑩。牽牛織女⑪遙相望，爾獨何辜限河梁⑫。

作者

曹丕，生於漢靈帝中平四年，卒於魏文帝黃初七年（一八七——二二六）。字子桓，沛國譙（今安徽亳縣）人，三國曹魏的建立者。曹丕是漢丞相曹操次子，曹操晉位魏王後，丕被立為魏王嗣子。曹操死後，丕繼位為丞相，並襲魏王位。漢獻帝延康元年（二二〇），廢獻帝自立為帝，國號魏，改元黃初。他追慕漢文帝的無為而治，在位期間，推行節約政策，以求社會安定。

曹丕自幼嫻於弓馬，博覽羲書，尤愛文學。與父操及弟植都是建安時期文壇的重要人物。他在文學創作和理論的發展上都有重要建樹，他的《典論・論文》是我國現存最早的文學批評專篇。文中提出「文章經國之大業，不朽之盛事。」認為立言、立功與立德有同等的價值，確定了文學和學術在中國文化的地位。著有《典論》五卷、《魏文帝集》二十三卷。

題解

本課選自《文選》卷二十七，是現存最早最完整的七言詩。〈燕歌行〉本是樂府舊題，屬〈相和歌・平調曲〉。曹丕以此舊題填上新詞有二首，本課選其中一首。此詩以一個年輕女子的口吻，抒發對遠遊不歸的丈夫的思念。作者以候鳥之南歸怨遊子之不返，以牽牛、織女二星的相隔作比興，帶出人間聚少離多無可奈何的心情。

注釋

① 蕭瑟：樹木被秋風吹拂發出的聲音。

② 搖落：凋殘、零落。

③ 雁：一作鵠。

④ 客遊思斷腸：客遊，離家遠遊而旅居他鄉。思斷腸，形容思念已痛切到極點。一作多思腸。

⑤ 慊慊：怨恨、不滿。慊 漢qiàn 國ㄑㄧㄢˋ 粵him^3 音欠。

⑥ 淹留：久留。

⑦ 賤妾煢煢：妾，古代女子自稱的謙詞。煢煢，孤單而無所依賴的樣子。煢 漢qióng 國ㄑㄩㄥˊ 粵kiŋ^4 音瓊。

⑧ 援琴鳴絃發清商：援，引、拿。清商，曲調名，節奏短促，音色纖弱凄惋。援 漢yuán 國ㄩㄢˊ 粵jyn^4 音元。

⑨ 短歌微吟不能長：微吟，低唱。不能長，是說由於內心悲凄，不能彈唱平和迂緩的歌曲。

⑩ 星漢西流夜未央：星漢，銀河。西流，向西移動。央，中央。夜未央，即未到夜半。

⑪ 牽牛織女：均為星名。牽牛星在銀河之南，織女星在銀河之北，二星隔河相對。

⑫ 爾獨何辜限河梁：爾，你，此處指牽牛星、織女星。辜，亦通故，原因。何辜，何苦、何罪。一說辜通故，何辜即甚麼原因。限，阻隔。河梁，指銀河上的鵲橋。古傳牛郎、織女被銀河所隔，每年只能在七夕（七月初七）之夜通過鵲橋相會。此句借二星之恨，訴說自己相思之苦。

魏晉南北朝詩三

贈白馬王彪 并序

曹植

黃初四年五月，白馬王、任城王與余俱朝京師，會節氣，日不陽，任城王薨。至七月，與白馬王還國。後有司以二王歸蕃，道路宜異宿止，意毒恨之。蓋以大別在數日，是用自剖，與王辭焉，憤而成篇。

謁帝承明廬①，逝將歸舊疆②。清晨發皇邑③，日夕過首陽④。伊洛⑤廣且深，欲濟川無梁⑥。舟越洪濤⑦，怨彼東路⑧長。顧瞻戀城闕⑨，引領情內傷⑩。

太谷何寥廓⑪，山樹鬱蒼蒼⑫。霖雨泥我塗⑬，流潦浩縱橫⑭。中逵絕無軌⑮，改轍⑯登高崗。修坂造雲日⑰，我馬玄以黃⑱。

玄黃猶能進，我思鬱以紆⑲。鬱紆將何念，親愛在離居⑳。本圖相與偕㉑，中更不克俱㉒。鴟梟鳴衡扼㉓，豺狼當路衢㉔。蒼蠅間白黑㉕，讒巧令親疏㉖。欲還絕無蹊㉗，攬轡止踟躕㉘。

踟躕亦何留？相思無終極㉙。秋風發微涼，寒蟬㉚鳴我側。原野何蕭條㉛，白日忽西匿。歸鳥赴喬林㉜，翩翩厲羽翼㉝。孤獸走索㉞羣，銜草不遑食㉟。感物傷我懷，撫心長太息㊱。

太息將何為？天命㊲與我違！奈何念同生㊳，一往形不歸㊴。孤魂翔故城㊵，靈柩㊶寄京師。存者忽復過，亡沒身自衰㊷。人生處一世，去若朝露晞㊸。年在桑榆間㊹，影響㊺不能追。自顧㊻非金石，咄唶㊼令心悲。

心悲動我神，棄置莫復陳。丈夫志四海，萬里猶比鄰㊽。恩愛苟不虧㊾，在遠分㊿日親，何必同衾幬(51)，然後展慇勤(52)。憂思成疾疹(53)，無乃兒女仁(54)。倉卒(55)骨肉情，能不懷苦辛(56)！

苦辛何慮思？天命信[57]可疑！虛無求列仙[58]，松子久吾欺[59]。變故在斯須[60]，百年誰能持[61]？離別永無會[62]，執手[63]將何時？王其愛玉體[64]，俱享黃髮期[65]。收淚即長路[66]，援筆從此辭[67]。

作者

曹植，生於漢獻帝初平三年，卒於魏明帝太和六年（一九二——二三二）。字子建，沛國譙（今安徽亳縣）人，曹丕同母弟。幼聰穎，善屬文。十九歲作〈銅雀臺賦〉，其父曹操大為驚歎，寄望甚殷，有意立為太子。然植驕縱任性，終失操之歡心。曹丕稱帝後，見疑不用，鬱鬱而終。曾封陳王，謚思，世稱陳思王。

曹植工為文賦，尤善於詩。詞采華茂，骨氣奇高。鍾嶸《詩品》評為：「情兼雅怨，體被文質，粲溢今古。」他的作品，前期多為風花雪月、酬贈宴會之作；後期因飽遭厄困，多憫世俗之艱危，而篤於朋友兄弟之情，頗能樹立人倫之模式，有繼往開來的風範。今存《曹子建集》。

題解

〈贈白馬王彪〉選自《文選》卷二十四。魏文帝黃初四年（二二三），曹植偕同白馬王曹彪及任城王曹彰，返回洛陽參與朝會。曹彰忽然死於會中，曹植欲與曹彪同返封國，卻為監國使者所阻。悲憤之餘，寫成此詩以贈曹彪。本詩就事抒懷，依景寄意；既敘述骨肉之情，也抒發存歿之感。詞意幽怨，慨歎良深。

注釋

① 謁帝承明廬：謁，進見。帝，指魏文帝曹丕。承明廬，曹魏都城洛陽皇宮有承明門，而西漢的都城長安皇宮有承明廬，此處泛指皇宮。謁 ㊉yè ㊁ㄧㄝˋ ㊇jit8 音咽。

② 逝將歸舊疆：逝，語助詞，無義，或通誓。舊疆，王國封地。

③ 皇邑：皇城，指都城洛陽。

④ 日夕過首陽：日夕，傍晚。首陽，山名，即首陽山，在洛陽東北。

⑤ 伊洛：二水名，即伊水、洛水。伊水源出河南熊耳山，至偃師入洛水。洛水源出陝西冢嶺山，至河南鞏縣入黃河。

⑥ 欲濟川無梁：濟，渡。川，河流，指伊水和洛水。梁，橋。想渡河但無橋樑。

⑦ 舟越洪濤：，同泛，浮行。舟，乘船渡河。越，渡過。洪濤，巨大的波浪。

⑧ 東路：東歸的道路。曹植當時封雍丘王，封地在今河南杞縣，位於洛陽以東。

⑨ 顧瞻戀城闕：顧瞻，回頭眺望。城闕，城門兩邊的樓觀，引伸為京城，此指洛陽。瞻（漢）zhān（國）ㄓㄢ（粵）dzim1 音尖。

⑩ 引領情內傷：引領，伸長脖子，形容極目遠望的神態。內傷，心中悲傷。

⑪ 太谷何寥廓：太谷，山谷名，在洛陽東南五十里處。谷口有關，名太谷關。寥廓，空寂廣遠的樣子。

⑫ 鬱蒼蒼：枝葉繁盛的樣子。

⑬ 霖雨泥我塗：霖雨，連綿不斷的大雨。泥，作動詞用。塗，通途，道路。霖（漢）lín（國）ㄌㄧㄣˊ（粵）lem4 音林。泥音膩。

⑭ 流潦浩縱橫：流潦，雨後地面積水，指道路上漫流的雨水。浩，水大。縱橫，指漬水混着泥沙縱橫交錯，四處流竄。潦（漢）lǎo（國）ㄌㄠˇ（粵）lou5 音老。

⑮ 中逵絕無軌：逵，九達之道。中達猶中道、中途。軌，車輪輾過後留下的痕跡。逵（漢）kuí（國）ㄎㄨㄟˊ（粵）kwɐi4 音葵。

⑯ 改轍登高崗：轍，車輪軋出的痕跡，引伸為車道。改轍，即改道。崗同岡，山脊。轍（漢）ché（國）ㄔㄜˊ（粵）tsit8 音撤。

⑰ 修坂造雲日：修，長。坂，同阪，山的斜坡。造，至、達到。長長的坡道高達雲天。造（漢）cào（國）ㄘㄠˋ（粵）tsou3 音燥。

⑱ 我馬玄以黃：玄黃，疾病。我的馬極度疲勞而致病。

⑲ 我思鬱以紆：鬱，憂愁。紆，曲，此處指愁緒縈繞難解。鬱以紆，心情鬱結。紆（漢）yū（國）ㄩ（粵）jy1 音於。

⑳ 親愛在離居：親愛，指兄弟。離居，各居一方。

㉑ 偕：一起，此指一路同行。

㉒ 中更不克俱：更，改變。中更，中途發生變化。克，能夠。俱，一起。

㉓ 鴟梟鳴衡扼：鴟梟，即鴟鴞，貓頭鷹一類的猛禽。衡，車轅前端的橫木。扼即軛，車上扼住馬頸的木製部件，

用以拖動車乘。鴟梟(漢)chī xiāo(國)ㄔ ㄒㄧㄠ(粵)tsi^1 hiu^1 音雌囂。

㉔ 當路衢：當，同擋。衢，四達之道。衢(漢)qú(國)ㄑㄩˊ(粵)kœy^4 音渠。

㉕ 蒼蠅間白黑：間，相參。間白黑，是指使黑白混淆是非莫辨的意思。

㉖ 讒巧令親疏：一作「讒巧反親疏」。讒巧，讒言巧語，指陷害別人的壞話。

㉗ 蹊：路徑。蹊(漢)xī(國)ㄒㄧ(粵)hai^4 音奚。

㉘ 攬轡止踟躕：轡，駕御牲口用的韁繩。踟躕，遲疑不前。手牽着韁繩猶豫不前的樣子。轡(漢)pèi(國)ㄆㄟˋ(粵)bei^3 音臂。踟躕(漢)chí chú(國)ㄔˊ ㄔㄨˊ(粵)tsi^4 tsy^4 音池廚。

㉙ 終極：窮盡。

㉚ 寒蟬：蟬的一種，亦名寒蜩、寒螿。較一般蟬為小，青赤色。

㉛ 蕭條：冷落。

㉜ 喬林：高大樹木的森林。

㉝ 翩翩厲羽翼：翩翩，飛翔的樣子。厲，振奮。翩(漢)piān(國)ㄆㄧㄢ(粵)pin^1 音篇。

㉞ 索：求索。索音省中入聲。

㉟ 銜草不遑食：銜，含。不遑，無暇。

㊱ 撫心長太息：撫心，撫摸着胸膛。太息，深深地歎息。

㊲ 天命：上天的旨意，或謂受之於天的命運。

㊳ 奈何念同生：奈何，有甚麼用。同生，同胞兄弟，指任城王曹彰。

㊴ 一往形不歸：往，去，指死亡。形，形體。

㊵ 故城：指曹彰的封地任城（今山東濟寧）。

㊶ 靈柩：盛載屍體的棺材。柩(漢)jiù(國)ㄐㄧㄡˋ(粵)gɐu^6 音舊。

㊷ 存者忽復過，亡沒身自衰：存者，活着的人，指自己。過，過去，指死去。亡沒，死去的人，指曹彰。前句指

活着的人身體漸衰，也會很快死去。後句指死去的人，身體自然已經腐朽。

㊸ 人生處一世，去若朝露晞：晞，曬乾。人的一生一世，就像早晨的露水，一經日曬就乾了，比喻人生的短暫。

晞 漢xī 國ㄒㄧ 粵hei^{1} 音希。

㊹ 年在桑榆間：日在桑榆間則天將晚，故用以喻人之漸老。

㊺ 影響：影子和回響。

㊻ 自顧：自念。

㊼ 咄唶：驚歎聲。咄唶 漢duō jiè 國ㄉㄨㄛ ㄐㄧㄝˋ 粵dzyt^{8} dzɛ^{3} 音啜借。

㊽ 比鄰：近鄰。比 漢pèi 國ㄆㄟˋ 粵bei^{3} 音臂。

㊾ 恩愛苟不虧：苟，如果。虧，虧損，指感情淡薄。

㊿ 分：情分、情意。

(51) 同衾幬：衾，被子。幬，同裯，床帳，同床共被。衾 漢qīn 國ㄑㄧㄣ 粵kɐm^{1} 音襟。幬 漢chóu 國ㄔㄡˊ 粵tsɐu^{4} 音酬。

(52) 展慇勤：展，展開，此指互相表示。互表深厚懇切的情意。

(53) 疾疹：疾病。

(54) 無乃兒女仁：無乃，豈不是。仁，愛。兒女仁，兒女之愛，指小兒女的感情脆弱。

(55) 倉卒：匆忙、急促。指自己與白馬王曹彪就要在片刻間分手。

(56) 苦辛：苦惱悲痛。

(57) 信：誠、的確、實在。

(58) 虛無求列仙：虛無，空虛無物。列仙，諸仙。

(59) 松子久吾欺：松子，即赤松子，古代傳説中的仙人。吾欺，即欺吾。赤松子長期欺騙了我。

(60) 變故在斯須：變故，災禍，指任城王之死。斯須，頃刻、一瞬間。

㉑ 百年誰能持：誰能保證長命百歲呢？

㉒ 無會：無日再相見。

㉓ 執手：握手，指相會。

㉔ 王其愛玉體：王，指白馬王曹彪。玉體，稱人身體的敬辭。

㉕ 俱享黃髮期：黃髮，指老年。一到七 八十歲以後頭髮由白變黃，此處指長壽。我們都能活到七 八十歲。

㉖ 即長路：就要分手，踏上漫長的歸途。

㉗ 援筆從此辭：援，援引。援筆，提起筆來。辭，辭別。

魏晉南北朝詩四

七哀詩 其一

王粲

西京亂無象①，豺虎方遘患②。復棄中國去③，遠身適荊蠻④。親戚對我悲，朋友相追攀⑤。出門無所見，白骨蔽平原⑥。路有飢婦人，抱子棄草間。顧聞號泣聲⑦，揮涕⑧獨不還。未知身死處，何能兩相完⑨？驅馬棄之去，不忍聽此言。南登霸陵⑩岸，迴首望長安。悟彼下泉人⑪，喟然⑫傷心肝。

詠懷 其三　阮籍

嘉樹下成蹊，東園桃與李[13]。秋風吹飛藿，零落從此始[14]。繁華有憔悴，堂上生荊杞[15]。驅馬舍之去，去上西山趾[16]。一身不自保，何況戀妻子。凝霜被野草，歲暮亦云已[17]。

作者

王粲，生於漢靈帝熹平六年，卒於漢獻帝建安二十二年（一七七——二一七）。字仲宣，山陽高平（今山東鄒縣西南）人，為建安七子之一。王粲出身望族之後，少時即有逸才，蔡邕嘗倒屣迎之。善於辭賦，工五言詩。獻帝西遷，粲從至長安，不久又值李傕、郭汜之亂，乃之荊州依劉表，後受知於曹操，歷任丞相掾、軍謀祭酒、侍中等職。王粲多感時傷事之作，尤長於寫離亂景況。情調蒼涼，寄慨萬端，格局甚高，劉勰推為「七子之冠冕」。今存《王侍中集》。

阮籍，生於漢獻帝建安十五年，卒於魏常道鄉公景元四年（二一〇——二六三）。字嗣宗，陳留尉氏（今河南開封）人。建安七子之一阮瑀之子，與嵇康、山濤、向秀、劉伶、阮咸、王戎合稱「竹林七賢」。他一方面不滿魏晉政局的腐敗和黑暗，另一方面對禮教的縛束深惡痛絕，於是借酒放縱，以老莊言論思想為行事法式。所作詠懷八十一首，「厥旨淵放，歸趣難求」，成為詩家曠世罕有之作。今存《阮步兵集》輯本一卷。

題解

王粲〈七哀詩〉（西京亂無象）及阮籍〈詠懷〉（嘉樹下成蹊）皆選自《文選》卷二十三。〈七哀詩〉起源於漢末，是樂府新題。「七」是言哀之多，並非定數。王粲以此為題，寫成三首，這裏選的是第一首，作於初平三年（一九二）。當時李傕、郭汜在長安作亂，作者被逼南逃。此詩便寫他離開長安到荊州避難途中的見聞和感受。詩歌通過對戰亂的描繪與饑婦棄子的事例，概括出戰爭給人民造成沈重的災難和痛苦，表現出作者對漢末戰亂的痛恨和對人民的深切同情。

阮籍〈詠懷〉詩原有八十一首，此錄其第三首。詩中既見桃李成蹊的興盛景象，又見秋風搖落的衰敗情景，一盛一衰，對比強烈。此外，又指出亂世將臨，我們應該及早退隱。

注釋

① 西京亂無象：西京，指長安。西漢都長安，東漢都洛陽，以長安在西，故稱西京。無象，無道、無法、毫無秩序。

② 豺虎方遘患：豺虎，指董卓部將李傕、郭汜等人。東漢獻帝初平三年（一九二），董卓挾持漢獻帝到長安，司徒王允設計殺董卓，滅其家族。董卓部將李、郭等人攻入長安，恣肆擄掠，殺王允。吏民死者萬餘人，長安和關中一帶破敗不堪。遘，同構，遘患，造成災難。遘 漢 gòu 國 ㄍㄡˋ 粵 gau3 音夠。

③ 復棄中國去：復棄，再一次離開。王粲原在洛陽，因董卓之亂遷居長安，這時又離長安逃難，所以說復棄。中國，中原地區。

④ 遠身適荊蠻：適，往。荊蠻，指荊州之地，古屬楚，故楚又稱荊，中原人稱楚人為南蠻。意思是遠赴荊州，託身避難。

⑤ 追攀：追趕、抓住車轅。形容戀戀不捨。

⑥ 白骨蔽平原：死者的白骨遮蓋了原野。形容白骨之多。

⑦ 顧聞號泣聲：顧聞，回頭聽到。號泣聲，號叫哭泣。

⑧ 揮涕：揮淚。

⑨ 何能兩相完：完，完好、保存之意。怎樣能夠兩人都得保存性命呢？

⑩ 霸陵：一作灞陵。西漢文帝的陵墓，在長安東南灞水西岸白鹿原高地上。灞水上有灞橋，是離長安入關中必經之地。

⑪ 悟彼下泉人：悟，理解、明白。〈下泉〉，《詩・曹風》篇名，原詩的內容是說曹國人思念治理好國家的明君賢相。此借《詩經》作者之意，寄慨世亂無明主之可悲。

⑫ 喟然：歎息的樣子。

⑬ 嘉樹下成蹊，東園桃與李：嘉樹，指桃樹李樹。蹊，道路。《史記・李廣傳・贊》引諺語：「桃李不言，下自成蹊」，喻繁盛時情況。蹊（漢）xī（國）ㄒㄧ（粵）hai4 音奚。

⑭ 秋風吹飛藿，零落從此始：藿，豆葉。零落，凋謝。這兩句喻衰敗時情況。藿（漢）huò（國）ㄏㄨㄛˋ（粵）fɔk8 音霍。

⑮ 繁華有憔悴，堂上生荊杞：繁華，顏色美麗。荊，落葉灌木。杞，即枸杞，藥用植物。這兩句說一切繁榮景象都有衰敗的時候，殿堂上也有一天會長起荊、杞等雜樹。

⑯ 去上西山趾：西山，指首陽山（今山西永濟南）。趾，指山腳。

⑰ 凝霜被野草，歲暮亦云已：凝霜，嚴霜。被，覆蓋。已，完畢。這句意為一年已完，野草殘悴，而人的生命亦如此無常。

魏晉南北朝詩五

飲酒　其五　　陶潛

結廬在人境，而無車馬喧①。問君何能爾②？心遠地自偏③。採菊東籬下，悠然見南山④。山氣日夕佳⑤，飛鳥相與還⑥。此中有真意⑦，欲辨已忘言⑧。

飲酒　其七　　陶潛

秋菊有佳色，裛露掇其英⑨。汎此忘憂物⑩，遠我遺世情⑪。一觴⑫雖獨進，杯盡壺自傾⑬。日入羣動息⑭，歸鳥趨⑮林鳴。嘯傲東軒下⑯，聊復得此生⑰。

作者

陶潛見初冊第八課〈桃花源記〉

題解

本課選自《靖節先生集》卷三，陶淵明以飲酒為題的詩共二十首，此錄其第五及第七首。梁昭明太子以為陶淵明詩雖多寫酒，但「其意不在酒，亦寄酒為迹也」（《陶淵明集》序），這組詩便是如此。

「結廬在人境」是作者隱居生活的寫照。「心遠地自偏」、「欲辨已忘言」表現出作者遺世獨立，物我兩忘的心境。其中「採菊東籬下，悠然見南山。」寫悠閑的心情，更成為千古名句。

「秋菊有佳色」是借酒遣興之作，可是其意不在於飲酒，卻在於飲酒能使他忘記憂愁，遠離塵世。詩末則寫他傲然自得的心情。

注釋

① 結廬在人境，而無車馬喧：結廬，蓋房子。人境，人世間。車馬喧，世俗車馬往來的喧鬧。意思是雖然居住在人世間，卻沒有世俗交往的干擾。

② 問君何能爾：君，這裏是作者自己設問。問你怎麼能夠做到這樣。

③ 心遠地自偏：心遠，心境孤遠。全句指雖居喧鬧之處，也有置身偏遠的清靜心境。

④ 採菊東籬下，悠然見南山：悠然，形容自得的神態。南山，一般認為即九江廬山。因採菊而不經意地望見南山。

⑤ 山氣日夕佳：山氣，指山中的雲氣景物。日夕，傍晚時分。

⑥ 相與還：結伴回巢。

⑦ 此中有真意：此中，指眼前所見的情景。真意，生活中真正的意趣。

⑧ 欲辨已忘言：想辨析自己的領會，卻不知如何用語言來表達。

⑨ 裛露掇其英：裛，通浥，霑濕。掇，拾取、採摘。英，花。裛(漢)yì(國)ㄧˋ(粵)jap^{7}音邑。掇(漢)duō(國)ㄉㄨㄛ(粵)dzyt^{8}音啜。

⑩ 汎此忘憂物：汎，同泛，泛濫，這裏指放縱。忘憂物，指酒，意即放縱於飲酒能忘憂。

⑪ 遠我遺世情：遺，忘。遺世，脫離俗世。使我遺世的心境更加高遠。

⑫ 觴：古代盛酒器。

⑬ 傾：傾壺而盡。意思是酒倒盡了，壺就自然傾側。

⑭ 日入羣動息：日入，太陽落山。羣動，各種物類的活動。息，休息。

⑮ 趨：飛向。

⑯ 嘯傲東軒下：嘯，撮口發聲，大概像吹口哨。傲，傲然，對得失榮辱滿不在乎。軒，窗。嘯(漢)xiào

㊟ㄒㄧㄠˋ㊕siu3 音笑。

⑰ 聊復得此生：聊，姑且。得此生猶言得此性。蘇東坡說：「靖節以無事為得此生。則見役於物者，非失此生耶？」最末兩句，透露作者歸隱田園之後，復得生活真趣。

魏晉南北朝詩六

登池上樓

謝靈運

潛虬媚幽姿①，飛鴻響遠音②。薄霄愧雲浮③，棲川怍淵沈④。進德智所拙⑤，退耕力不任⑥。徇祿反窮海⑦，臥痾對空林⑧。傾耳聆波瀾⑨，舉目眺嶇嶔⑩。初景革緒風⑪，新陽改故陰⑫。池塘生春草，園柳變鳴禽⑬。祁祁傷豳歌⑭，萋萋感楚吟⑮。索居易永久⑯，離羣難處心⑰。持操豈獨古⑱，無悶徵在今⑲。

作者

謝靈運，生於晉孝武帝太元十年，卒於南朝宋文帝元嘉十年（三八五——四三三）。陳郡陽夏（今河南太康）人。晉謝玄之孫，襲封康樂公，世稱謝康樂。曾任永嘉太守、侍中等職。任臨川內史時，受劾謫徙廣州，後以謀反罪為文帝所殺。

謝靈運博覽㩦書，文采出眾；為人卻恃才傲物，生活奢華。他喜與僧徒結交，遨遊四方。其詩描山繪水，極盡工細，開寫實一派，打破了東晉詩壇玄言詩盛極一時的風氣。有《謝康樂集》。

題解

本課選自《文選》卷二十二。池上樓，在永嘉郡（今浙江溫州）西北三里積谷山東，池即謝公池。此詩是作者做永嘉太守時久病初愈後登樓之作，時為南朝宋少帝景平元年（四二三）。此詩於寫景中亦寄個人苦悶之情懷，「池塘生春草，園柳變鳴禽」二句，謝靈運自言是夢中所得。本篇用典較多，格近文賦。

注釋

① 潛虯媚幽姿：虯，傳說中有角的小龍。媚，自媚、喜愛，有自憐之意。幽姿，潛隱不現之態。虯 ㊛qiú㊖ㄑㄧㄡˊ㊗keu^{4} 音求。

② 飛鴻響遠音：鴻，大雁。遠音，遠揚的鳴聲。

③ 薄霄愧雲浮：薄，迫近。愧，慚愧。雲浮，指飛騰於雲霄中的鴻。此句指自己不能像鴻般飛上雲霄，喻仕途失意。

④ 棲川怍淵沈：怍，慚愧。淵沈，指潛藏於深淵中的虯。此句指自己不能像虯般沈潛保身。

⑤ 進德智所拙：進德，進德修業。拙，笨拙。智能笨拙，未能及時增進德業。

⑥ 退耕力不任：退耕，退隱自耕。力不任，體力不能勝任。無力自養，不能退隱躬耕。以上四句寫個人進退失據，羈於塵網之感。

⑦ 徇祿反窮海：徇，求。反，歸、到。窮海，邊遠的海濱，指永嘉郡。此指當永嘉太守一事。

⑧ 臥痾對空林：臥痾，臥病。空林，木葉脫落的山林。

⑨ 波瀾：波浪的聲音。

⑩ 嶇嶔：山勢高峻的樣子。嶔 ㊛qīn㊖ㄑㄧㄣ㊗jem^{1} 音音。

⑪ 初景革緒風：初景，初春的日光。革，革除。緒風，餘風，指冬天殘餘的寒風。

⑫ 新陽改故陰：古代以春夏為陽，秋冬為陰。這裏陽指春天，陰指冬天。以上兩句寫冬去春來，節候改變。

⑬ 園柳變鳴禽：園內的鳴禽因季節而換了種類。

⑭ 祁祁傷豳歌：祁祁，眾多的樣子。《詩經・豳風・七月》：「春日遲遲，采蘩祁祁。女心傷悲，殆及公子同歸。」祁 ㊛qí㊖ㄑㄧˊ㊗kei^{4} 音其。豳 ㊛bīn㊖ㄅㄧㄣ㊗ben^{1} 音賓。

⑮ 萋萋感楚吟：萋萋，草色茂盛的樣子。《楚辭・招隱士》：「王孫游兮不歸，春草生兮萋萋。」

⑯ 索居易永久：索居，離羣獨居。易永久，容易感到歲月漫長。

⑰ 難處心：難以安頓孤寂的心情。

⑱ 持操豈獨古：持操，保持節操。豈獨古，豈是只有古人才能做到。

⑲ 無悶徵在今：無悶，無苦悶、煩悶，出自《易・乾卦》：「龍德而隱者也，不易乎世，不成乎名。遁世無悶。」徵，驗、證實。此句指《易》中離羣索居，無所苦悶的情形，可驗之於今日。

唐詩一

杜少府之任蜀州 王勃

城闕輔三秦①，風煙望五津②。與君離別意，同是宦遊③人。海內存知己④，天涯若比鄰⑤。無為在岐路，兒女共霑巾⑥。

感遇 其三十四 陳子昂

朔風吹海樹⑦，蕭條邊已秋⑧。亭⑨上誰家子？哀哀明月樓。自言幽燕⑩客，結髮⑪事遠遊。赤丸殺公吏，白刃報私讎⑫。避讎至海上，被役此邊州⑬。故鄉三千里，遼水復悠悠⑭。每憤胡兵入，常為漢國羞。何知七十戰，白首未封侯⑮。

登幽州臺歌

陳子昂

前不見古人⑯，後不見來者⑰。念天地之悠悠⑱，獨愴然⑲而涕下。

望月懷遠

張九齡

海上生明月，天涯共此時⑳。情人怨遙夜㉑，竟夕㉒起相思。滅燭憐光滿，披衣覺露滋㉓。不堪盈手贈㉔，還寢夢佳期㉕。

作者

王勃見中冊第十六課〈滕王閣餞別序〉

陳子昂，生於唐高宗顯慶元年，卒於唐武后天冊萬歲元年（六五六——六九五）。字伯玉，梓州射洪（今四川射洪）人。子昂出身於富豪之家，少尚氣節，喜縱橫、神仙之術。後閉門讀書，遍覽經史百家。高宗開耀二年（六八二）中進士，歷任麟台正字令、右拾遺，世稱陳拾遺。陳子昂直言敢諫，所論多切中時弊。兩度從軍塞上，曾隨武攸宜征契丹，對邊防軍事，頗多見解。後解職歸里，為段簡所害，冤死獄中。子昂論詩，推崇漢、魏風骨，批評齊、梁詩「彩麗競繁，興寄都絕」的弊病。其〈感遇〉三十八首、〈登幽州臺歌〉等篇，意氣激昂，風格高峻，開盛唐詩壇的新氣象。有《陳子昂集》十卷。

張九齡，生於唐高宗咸亨四年，卒於唐玄宗開元二十八年（六七三——七四〇）。一名博物，字子壽，韶州曲江（今廣東曲江）人。九齡幼聰敏，善文辭。唐中宗景龍（七〇七——七一〇）初年進士及第，歷任拾遺、補闕、中書舍人、司勛員外郎等職，考拔官吏，以公允著稱。玄宗開元二十二年（七三四）任中書令，屢次上書，陳述政見，深得玄宗賞識，許為賢相。後為李林甫排擠，罷知政事，貶為荊州長史，後病卒。張九齡的詩，清新高雅，沒有南朝浮華豔麗的習染。所作〈感遇〉詩十二首，風格類近陳子昂。所以後人論初唐詩之轉變者，每以陳、張並舉。著有《曲江集》。

題解

王勃〈杜少府之任蜀州〉選自《全唐詩》卷五十六，一作「杜少府之任蜀川」。少府，官名，唐代縣尉的通稱。任，赴任。蜀州，在今四川。這是王勃在長安任沛王府修撰時，為送友人杜少府到蜀州任職的贈別之作。詩中既表達了作者與友人的深情厚誼，又反映出曠達的精神和胸襟，與一般只訴說離情別緒的贈別文字大不相同。

陳子昂〈感遇〉（朔風吹海樹）選自《全唐詩》卷八十三，是其三十八首〈感遇〉詩中的第三十四首。〈感遇〉詩多為感懷身世，諷諫時政之作。此詩寫一個生長在幽燕地區的游俠，千里從軍，久戍不歸，有功無賞。作者借此諷諭當時昏亂的政治，並不只為個別人鳴不平。

〈登幽州臺歌〉選自《全唐詩》卷八十三。幽州臺即薊北樓，故址在今北京德勝門西北。這首詩是陳子昂在武則天萬歲通天元年（六九六），隨軍北征契丹時於幽州所作。當時北征大軍的前鋒戰敗，主將武攸宜不僅不聽從陳子昂退敵之策，並且把他降職。子昂感慨萬分，發為吟詠，寫下了這首悲壯蒼涼的詩篇。

張九齡〈望月懷遠〉選自《全唐詩》卷四十八，是作者在唐玄宗開元二十五年（七三七）被貶官荊州期間所作。這是一首描寫海上明月、同時懷念遠人的詩。

注釋

① 城闕輔三秦：闕，宮門前的望樓。城闕，指京城長安（今陝西西安）。輔，護持、夾輔。三秦，項羽滅秦，三分關中，封秦降將章邯為雍王、司馬欣為塞王、董翳為翟王，合稱三秦。此處泛指唐都長安附近地區。

② 五津：指岷江，在今四川灌縣至犍為段的五個渡口，名為白華、萬里、江首、涉頭、江南，皆在蜀中，此借指杜少府上任的蜀州。

③ 宦遊：宦，做官。在外求官或做官。

④ 海內存知己：海內，四海之內。古人認為中國四周有大海環繞，故稱國境為海內。知己，彼此相知、情誼深厚的朋友。

⑤ 天涯若比鄰：涯，邊際、極限。天涯，指極遠的地方。比鄰，近鄰。比 ㊥bì ㊟ㄅㄧˋ ㊢bei³ 音臂。

⑥ 無為在岐路，兒女共霑巾：無為，不必要。岐路，岔路，指分手之處。霑巾，浸濕袖巾。二句意思是不要在分手的路上效兒女之態而流淚。

⑦ 朔風吹海樹：朔風，北風。海，此指渤海。

⑧ 蕭條邊已秋：蕭條，寂寞、凋零。邊，偏遠之地。

⑨ 亭：與下句中的樓，均指邊防軍士的哨所，即戍樓。

⑩ 幽燕：幽州和燕州。唐代幽州在今北京大興，燕州在今北京順義。

⑪ 結髮：猶束髮，古代男子成年時把披散的頭髮束起來，結在頭頂，上面加冠。此處指剛剛成年。

⑫ 赤丸殺公吏，白刃報私讎：這位戍卒借史書中少年刺殺官吏和助人報讎等任俠行為，自述他青年時的豪俠生活。赤丸殺公吏事見《漢書・尹賞傳》：「長安中奸猾浸多，閭里少年羣輩殺吏，受賕報讎，相與探丸為彈，得赤丸者斫武吏，得黑丸者斫文吏，白者主治喪。」讎 ㊥chóu ㊟ㄔㄡˊ ㊢tsɐu⁴ 音酬。

⑬ 被役此邊州：服兵役，戍守邊疆。

⑭遼水復悠悠：遼水，即遼河，有東西二源，東源出吉林東遼吉林哈達嶺，西源出內蒙古自治區白岔山，在遼寧昌圖境內匯合，故稱遼河。悠悠，遙遠、長久。

⑮何知七十戰，白首未封侯：用漢代名將李廣多次與匈奴作戰，及李陵雖屢立戰功，一直未得封侯事借古諷今。

⑯古人：指古代的聖賢。

⑰來者：指後世的賢人。

⑱悠悠：長久、綿遠無期。

⑲愴然：悲傷淒涼的樣子。愴(漢)chuàng(國)ㄔㄨㄤˋ(粵)tsɔŋ^{3}音創。

⑳天涯共此時：作者想像遠方親人和自己在此刻一起望月，相互思念。

㉑情人怨遙夜：情人，感情深厚的人。遙夜，長夜。

㉒竟夕：整夜。

㉓滋：生、增多，這裏有濃重的意思。一說是沾潤之意。

㉔不堪盈手贈：不堪，不能。盈手，滿手，意即捧。

㉕夢佳期：在夢中相會。

唐詩二

望洞庭湖贈張丞相

孟浩然

八月湖水平①，涵虛混太清②。氣蒸雲夢澤③，波撼岳陽城④。欲濟無舟楫⑤，端居恥聖明⑥。坐觀垂釣者，徒有羨魚情⑦。

過故人莊

孟浩然

故人具雞黍⑧，邀我至田家⑨。綠樹村邊合⑩，青山郭⑪外斜。開筵面場圃⑫，把酒話桑麻⑬。待到重陽⑭日，還來就菊花⑮。

黃鶴樓

崔顥

昔人已乘白雲去⑯，此地空餘黃鶴樓。黃鶴一去不復返，白雲千載空悠悠⑰。晴川歷歷漢陽樹⑱，春草萋萋鸚鵡洲⑲。日暮鄉關⑳何處是？煙波㉑江上使人愁。

作者

孟浩然見初冊第三十二課〈唐詩一〉

崔顥，約生於唐武后長安四年，卒於唐玄宗天寶十三年（七〇四？——七五四）。汴州（今河南開封）人，與王昌齡、高適、李頎等齊名。崔顥於唐玄宗開元十一年（七二四）舉進士，歷任太僕寺丞、司勛員外郎等職。他早期的詩多寫婦女生活，也不乏譏諷權貴之作，然都富於樂府民歌的本色。崔顥嘗在河東軍幕府中任職，當時的作品多以邊塞及戰爭為題材，詩風也變為雄放。他的七律詩〈黃鶴樓〉，被譽為唐代七律壓卷之作。明人將他的作品輯成《崔顥集》。

題解

孟浩然〈望洞庭湖贈張丞相〉選自《全唐詩》卷一百六十，一作「臨洞庭」，為孟浩然於唐玄宗開元二十五年（七三七）所作，一說是作者於開元二十一年（七三三）秋遊洞庭湖時寫成。洞庭湖在湖南省北部，長江南岸。張丞相即張九齡。讀此詩的人，多視之為干謁之作。

〈過故人莊〉選自《全唐詩》卷一百六十。作者應邀到農家作客，用清新的文字描寫鄉村美麗的風光和閒適恬靜的田園生活。

崔顥〈黃鶴樓〉選自《全唐詩》卷一百三十。黃鶴樓，故址在今湖北武漢西蛇山上，相傳建於三國吳國大帝黃武二年（二二三），面臨長江。作者登上宏偉的黃鶴樓，極目遠眺，胸中湧起無限的感慨。在讚嘆山川壯美之餘，流露出懷念家鄉的深情。此詩在當時即享盛名，受到李白等人的讚賞，並流傳一則佳話：李白登黃鶴樓，嘆道：「眼前有景道不得，崔顥題詩在上頭。」李白後來所作的〈登金陵鳳凰臺〉和〈鸚鵡洲〉都有模擬此詩之迹。這首詩格調優美，歷來極受推崇，並廣為傳誦。

注釋

① 湖水平：湖水漲滿，與岸齊平。

② 涵虛混太清：涵，包容。涵虛，指湖水廣闊空明，彷彿能包含清天於其內。混，混而為一。太清，天空。混太

清，指水天不辨而相混。涵(漢)hán(國)ㄏㄢˊ(粵)ham^{4}音咸。

③ 氣蒸雲夢澤：氣蒸，指水面的水氣蒸騰。雲夢澤，古代二澤名，在今湖北長江南北，江北為雲澤，江南為夢澤，並稱雲夢澤。

④ 波撼岳陽城：波撼，波濤搖動。岳陽城，古城名，即今湖北岳陽，在洞庭湖東岸。撼(漢)hàn(國)ㄏㄢˋ(粵)hɐm^{6}音憾。

⑤ 欲濟無舟楫：濟，渡。楫，船槳，也指船。舟楫，泛指船隻。楫(漢)jí(國)ㄐㄧˊ(粵)dzip^{8}音接。

⑥ 端居恥聖明：端居，閒居。聖明，指太平盛世，這裏指唐玄宗開元年間（七一三——七四一）。以上二句，暗喻自己想出仕卻無人引薦，而就此閒居實有愧於聖明之世。

⑦ 徒有羨魚情：徒有，空有。羨魚情，比喻步入仕途的願望，《淮南子・說林訓》：「臨河而羨魚，不若歸家織網。」

⑧ 具雞黍：具，準備。黍，黃米。雞黍，借指豐盛的飯菜。黍(漢)shǔ(國)ㄕㄨˇ(粵)sy^{2}音鼠。

⑨ 田家：農夫的屋舍與家居。

⑩ 合：合攏、環繞。

⑪ 郭，外城。

⑫ 開筵面場圃：筵，筵席。開筵，一作開軒。面，面對。場，穀場。圃，菜園。此句謂設擺筵席聊天。

⑬ 把酒話桑麻：把酒，端起酒杯。話桑麻，談論植桑養蠶和績麻等農事。

⑭ 重陽：節令名，農曆九月初九日，又叫重九。古人有登高、飲酒、賞菊的風俗。

⑮ 還來就菊花：就，接近。就菊花，賞菊。

⑯ 昔人已乘白雲去：昔人，指傳說中乘鶴的仙人。白雲一作黃鶴。

⑰ 悠悠：長久。

⑱ 晴川歷歷漢陽樹：晴川，即晴川閣，在今湖北漢陽城東。歷歷，清晰可見。

⑲ 春草萋萋鸚鵡洲：春草，一作芳草。萋萋，茂盛的樣子。鸚鵡洲，在今武漢西南長江中。洲，水中陸地。相傳

東漢末江夏太守黃祖在此大會賓客，有人獻鸚鵡，禰衡作〈鸚鵡賦〉而得名。萋(漢)qī(國)ㄑㄧ(粵)$tsai^{1}$音妻。

⑳ 日暮鄉關：日暮，日落、傍晚。鄉關，家鄉。

㉑ 煙波：謂水波浩渺，看遠處有如煙霧籠罩。

唐詩三

山居秋暝

王維

空山新雨後，天氣晚來秋。明月松間照，清泉石上流。竹喧歸浣女①，蓮動下漁舟②。隨意春芳歇③，王孫自可留④。

觀獵

王維

風勁角弓鳴⑤，將軍獵渭城⑥。草枯鷹眼疾⑦，雪盡馬蹄輕⑧。忽過新豐市⑨，還歸細柳營⑩。迴看射鵰處⑪，千里暮雲平⑫。

漢江臨汎

王維

楚塞三湘接⑬，荊門九派通⑭。江流天地外⑮，山色有無中。郡邑浮前浦⑯，波瀾動遠空⑰。襄陽好風日⑱，留醉與山翁⑲。

作者

王維見初冊第三十三課〈唐詩二〉

題解

〈山居秋暝〉選自《全唐詩》卷一百二十六。山居，指作者的輞川別墅。輞川，在今陝西藍田境內的終南山下。初唐詩人宋之問曾在這裏建有藍田別墅，後為王維所得，他在此地閒居三十餘年。秋暝，秋天的夜晚。這首詩是寫初秋雨後，輞川別墅的清幽景色，並以之來寄託作者的高潔情操。

〈觀獵〉選自《全唐詩》卷一百二十六，《唐詩紀事》作「獵騎」，是唐玄宗開元二十五年（七三七）秋王維入崔希逸幕府時所作。此詩描寫將軍打獵，前四句出獵，後四句獵回；用旁觀者的角度，讚揚尚武的精神。文字精工瀟健。

〈漢江臨汎〉選自《全唐詩》卷一百二十六。漢江，即漢水，長江最長的支流，源出陝西，經湖北，至漢陽流入長江。開元二十八年（七四〇），作者以侍御史知南選，路過荊襄，在襄陽古城觀賞漢江風景時作成此詩。此詩以氣魄雄渾，境界開闊著稱。從高處眺望漢水：自荊門而下，支流分佈，浩浩渺渺，直注三湘。此詩起筆便展示恢宏氣象，其中以「江流天地外，山色有無中」兩句最為精辟，為歷代所傳誦。

注釋

① 竹喧歸浣女：竹喧，竹林中人聲喧鬧。浣女，洗衣的女子。浣 漢huǎn 國ㄏㄨㄢˇ 粵wun^{2} 音碗。

② 蓮動下漁舟：蓮動，水面上的蓮花搖蕩。下漁舟，即漁舟下。

③ 隨意春芳歇：隨意，任憑。春芳歇，春天的花草凋謝。

④ 王孫自可留：王孫，本指貴族子弟，此處指遊子、隱士。《楚辭・招隱士》：「春草生兮萋萋，王孫遊兮不歸。」又云：「王孫兮歸來，山中兮不可久留。」自可留，此處反用其意。

⑤ 角弓鳴：角弓，用獸角裝飾的弓。鳴，射箭時弓箭的響聲。

⑥ 渭城：即咸陽，漢代稱渭城，在今陝西咸陽東北。

⑦ 草枯鷹眼疾：草枯，野草枯萎。鷹，獵鷹。疾，迅速、敏銳。

⑧ 雪盡馬蹄輕：雪盡，積雪消溶。輕，輕快。

⑨ 新豐市：新豐縣的治所，在今陝西咸陽西南。

⑩ 細柳營：細柳，在咸陽西南。漢代名將周亞夫曾屯兵於此，以防匈奴，以紀律嚴明見稱。後人稱軍營紀律嚴明者為細柳營。

⑪ 迴看射鵰處：鵰，鳥名，性兇猛。北齊斛律光善射，人稱射鵰手。此句借用此典以讚揚將軍的神武。看㊥kān㊥ㄎㄢ㊥hɔn^{1}音漢陰平聲。

⑫ 千里暮雲平：暮雲，晚霞。平，言晚霞與天齊平。

⑬ 楚塞三湘接：楚塞，楚國邊境險要之處，此指漢江流域，古時長江中游一帶屬楚國，故稱楚地。三湘，湘水發源與灕水合流後稱灕湘，中游與瀟水合流後稱瀟湘，下游與蒸水合流後稱蒸湘，總名三湘，一說湘鄉為下湘，湘潭為中湘，湘陰為上湘，合稱三湘，此泛指今湖南一帶。

⑭ 荊門九派通：荊門，山名，在今湖北宜都西北，臨江，形勢險要，為楚國的門戶，也為荊蜀交界處。派，水的分流。九派，長江流至今江西九江附近分為許多支流，因以九派稱這一帶的長江。九非實數。

⑮ 江流天地外：江水浩瀚，像流向天地之外。

⑯ 郡邑浮前浦：郡邑，泛指位於漢江兩岸的州縣和城鎮。浦，水濱，一說指湘浦，即漢口。郡邑似乎浮在水邊。

⑰ 波瀾動遠空：江水的波濤在遙遠的天空湧動。

⑱ 襄陽好風日：襄陽，郡名，在今湖北襄樊，位於漢江中游，即詩人臨眺處。風日，風光。

⑲ 留醉與山翁：山翁，即山簡，生於蜀漢後主延熙十六年，卒於晉懷帝永嘉六年（二五三——三一二）。字季倫，竹林七賢中山濤之子。曾任征南將軍，鎮守襄陽，頗有政績。好飲酒，常去郡中豪族習氏園池宴飲，每飲必醉。此句意思是願與山翁共醉飲美酒。

唐詩四

宣州謝朓樓餞別校書叔雲　李白

棄我去者昨日之日不可留，亂我心者今日之日多煩憂。長風萬里送秋雁，對此可以酣高樓①。蓬萊文章建安骨②，中間小謝又清發③。俱懷逸興壯思飛④，欲上青天覽⑤日月。抽刀斷水水更流，舉杯銷⑥愁愁更愁。人生在世不稱意，明朝散髮弄扁舟⑦。

月下獨酌 其一

李白

花間一壺酒，獨酌⑧無相親。舉杯邀明月，對影成三人。月既不解⑨飲，影徒⑩隨我身。暫伴月將⑪影，行樂須及春。我歌月裴回⑫，我舞影零亂。醒時同交歡⑬，醉後各分散。永結無情遊，相期邈雲漢⑭。

作者

李白見初冊第三十五課〈唐詩四〉

題解

〈宣州謝朓樓餞別校書叔雲〉選自《全唐詩》卷一百七十七，一作「陪侍御叔華登樓歌」，是李白在唐玄宗天寶末年遊宣城時在謝朓樓餞別叔父李雲時作。宣州，州名，在今安徽宣城。謝朓樓，即謝公樓，又名北樓，為謝朓任宣城太守時所建。唐朝的獨孤霖任宣州刺史時重新修建，改名謝朓樓，故址在陵陽山頂。謝朓，南北朝人，善辭賦，文章以清麗見稱（其生平詳見初冊第三十一課）。餞，以酒食為人送行。校書，官名，即校書郎，秘書省官員，掌校勘書籍，訂正訛誤。雲，人名，即校書郎李雲，李白的族叔。李白初入仕途，即為權貴所忌，所以鬱鬱不得志。詩中除了讚美李雲的文采、表達對謝朓的敬慕之外，還表現了自己達觀開朗的情懷。

〈月下獨酌〉（花間一壺酒）選自《全唐詩》卷一百八十二。原詩共四首，這是第一首。詩寫作者在月夜花間下一個人飲酒的情景：花間有酒，可是獨酌無親，雖然如此，仍可以邀明月下來，連同自己的影子，合成三個朋友，一同行樂。這首詩發揮了無比的想像，被譽為千古奇趣。

注釋

① 酣高樓：在高樓上暢飲。酣 漢hān 國ㄏㄢˊ 粵hem4 音含。

② 蓬萊文章建安骨：蓬萊，傳說中的神山，為仙府，藏有秘錄、典籍。這裏借指漢朝文章，也指唐代的秘書省。李雲任職於秘書省，故稱他為蓬萊文章。建安，東漢獻帝年號（一九六——二一九）。建安骨，建安風骨的簡稱，指漢魏之際曹氏父子和建安七子等人的詩文及其所倡導的剛健遒勁的文風。這句詩指李雲的文章有建安風骨。

③ 中間小謝又清發：小謝，指謝朓。他以山水詩見長，後人常將其與前代詩人謝靈運並舉，合稱大小謝。清發，清新奇秀。這句借謝朓的詩以自喻。

④ 俱懷逸興壯思飛：逸興，超逸豪放的意興。壯思飛，豪情才氣橫溢飄飛。思漢sī國ㄙ粵si^{3}音試。

⑤ 覽：通攬，摘取。

⑥ 銷：通消，消除。

⑦ 明朝散髮弄扁舟：散髮，脫去簪纓，披散頭髮。扁舟，小船。此指拋棄冠冕，隱居不仕。

⑧ 酌：飲酒。酌漢zhuó國ㄓㄨㄛˊ粵dzoek^{8}音雀。

⑨ 解：明白、知道是怎麼回事。

⑩ 徒：徒然、只是。

⑪ 將：與、共。

⑫ 裴回：即徘徊。來回地行走。

⑬ 交歡：結好，意思是相交而得其心。

⑭ 相期邈雲漢：相期，預約日期。邈，遠。雲漢，銀河，此處指天上，意謂仙境。邈漢miǎo國ㄇㄧㄠˇ粵miu^{5}音秒。

唐詩五

送友人

李白

青山橫北郭①，白水②遶東城。此地一為別，孤蓬③萬里征。浮雲遊子④意，落日故人⑤情。揮手自茲⑥去，蕭蕭班馬鳴⑦。

登金陵鳳凰臺

李白

鳳凰臺上鳳凰遊，鳳去臺空江自流。吳宮花草埋幽徑⑧，晉代衣冠成古丘⑨。三山⑩半落青天外，二水中分白鷺洲⑪。總為浮雲能蔽日⑫，長安不見使人愁。

越中覽古

李白

越王句踐破吴歸⑬，義士還鄉盡錦衣。宮女如花滿春殿⑭，只今惟有鷓鴣飛⑮。

作者

李白見初冊第三十五課〈唐詩四〉

題解

〈送友人〉選自《全唐詩》卷一百七十七，是一首家喻戶曉的送別名作。此詩寫作者為友人送別的情境，抒發難捨難分的深情。詩人先以「青山」、「白水」描摹出一個山明水秀的送別背景，再用「浮雲」、「落日」的意象作對比，烘托出詩人惆悵的心情。結句「揮手自茲去，蕭蕭班馬鳴」，借馬之嘶鳴，道盡朋友分離時的惜別情懷。

〈登金陵鳳凰臺〉選自《全唐詩》卷一百八十。據說太白作此詩，原欲與崔顥〈黃鶴樓〉爭勝，故用崔顥詩的原韻，句法也有模倣前詩之意。金陵，即今南京。《江南通志》云：「宋元嘉十六年（四三九），有三鳥翔集山間，文彩五色，狀如孔雀，時人謂之鳳凰，起臺於山，謂之鳳凰臺。」故址在今南京西南隅。天寶年間，詩人得罪權貴，被逐出京城長安。後遊歷至金陵，登鳳凰臺，借眼前之境，抒發不得志之懷抱。一說作於唐肅宗上元二年安史之亂後。

〈越中覽古〉選自《全唐詩》卷一百八十一。越中即唐代的越州，在今浙江紹興，是春秋時代吳越爭霸之地。作者發思古之幽情，感嘆人事變化，盛衰無常。全詩三句說盛，一句說衰，含蘊深遠。

注釋

① 郭：古代城牆分內外兩重，外城叫郭。

② 白水：形容水的顏色。在陽光的照射下，河水像一條白練。

③ 孤蓬：蓬，一種草名，又稱飛蓬。蓬草遇風飄散，飛轉不定，古人常用此比喻輾轉客途的旅人。蓬音篷。

④ 遊子：古代稱遠遊的旅人為遊子。

⑤ 故人：詩人的自稱。

⑥ 自茲：從此。

⑦ 蕭蕭班馬鳴：蕭蕭，馬叫聲。班馬，離群之馬，一作載人離去之馬。

⑧ 吳宮花草埋幽徑：吳宮，三國時吳國的宮殿。幽徑，偏僻的小路。

⑨ 晉代衣冠成古丘：晉，指東晉。古丘，古墳。衣冠成古丘，指當年掌握朝綱的豪門貴族都已死去。

⑩ 三山：山名，在今南京長江邊。

⑪ 二水中分白鷺洲：二水，一作一水，指秦淮河。白鷺洲，在今南京西南，因多聚白鷺而得名。秦淮河橫貫南京城，向西流入長江，白鷺洲位處秦淮河的中間，把河水分為兩道。

⑫ 總為浮雲能蔽日：隱喻君主為讒臣所蒙蔽。

⑬ 越王句踐破吳歸：春秋時期，吳越兩國爭霸東南，結為世仇。周敬王二十六年（西元前四九四），吳王夫差打敗越王句踐，句踐返國後，臥薪嘗膽，誓報此仇。周元王三年（西元前四七三），句踐果然攻滅吳國，得勝而歸。句，同勾。

⑭ 宮女如花滿春殿：春殿，即春意洋溢的宮殿。此句說美貌如花的宮女擠滿了宮殿。

⑮ 鷓鴣：鳥名。形似雌雉，頭如鶉，胸前有白圓點，背毛有紫赤浪紋，足黃褐色。為中國南方留鳥。

唐詩六

贈衞八處士

杜甫

人生不相見，動如參與商①。今夕復何夕，共此燈燭光。少壯能幾時，鬢髮各已蒼。訪舊半為鬼②，驚呼熱中腸③。焉知二十載，重上君子④堂。昔別君未婚，兒女忽成行。怡然敬父執⑤，問我來何方。問答乃未已，兒女羅酒漿⑥。夜雨翦春韭⑦，新炊間黃粱⑧。主稱會面難，一舉累十觴⑨。十觴亦不醉，感子故意長。明日隔山岳⑩，世事兩茫茫⑪。

哀江頭

杜甫

少陵野老吞聲哭⑫，春日潛行曲江曲⑬。江頭宮殿鎖千門⑭，細柳新蒲為誰綠⑮。憶昔霓旌下南苑⑯，苑中萬物生顏色⑰。昭陽殿裏第一人⑱，同輦隨君侍君側⑲。輦前才人帶弓箭⑳，白馬嚼齧黃金勒㉑。翻身向天仰射雲，一箭正墜雙飛翼。明眸皓齒㉒今何在?血污遊魂㉓歸不得。清渭東流劍閣深㉔，去住㉕彼此無消息。人生有情淚霑臆㉖，江水江花豈終極㉗。黃昏胡騎㉘塵滿城，欲往城南忘南北㉙。

聞官軍收河南河北

杜甫

劍外忽傳收薊北㉚，初聞涕淚滿衣裳。卻看妻子愁何在㉛，漫卷㉜詩書喜欲狂。白日放歌須縱酒，青春作伴好還鄉㉝。即從巴峽穿巫峽，便下襄陽向洛陽㉞。

作者

杜甫見初冊第三十七課〈唐詩六〉

題解

〈贈衞八處士〉選自《全唐詩》卷二百一十六。衞八，杜甫好友，身世不詳，八是排行。處士，隱逸之士。唐肅宗乾元二年（七五九）春，杜甫自洛陽返華州（今陝西華縣），與友人衞八處士相遇，欣喜之餘，以此詩相贈。當我們讀此詩時，一方面感受到作者與老朋友久別重逢的喜悅，另一方面也體會到亂離時代的世事無常，不期然與作者產生極大的共鳴。

〈哀江頭〉選自《全唐詩》卷二百一十六，寫於唐肅宗至德二年（七五七），杜甫被安祿山拘留在長安時。江指曲江，在長安城東南。唐玄宗與楊貴妃經常到此遊玩。作者面對曲江的荒涼景象：千門緊閉，胡騎滿城。回想當年遊幸盛況，不禁哀思無限。此詩亦暗諷唐玄宗終日與楊貴妃作樂，荒疏政事，使國家陷賊，誤己誤民。

〈聞官軍收河南河北〉選自《全唐詩》卷二百二十七，一作「收兩河」。河南，黃河以南洛陽一帶。河北，黃河以北，今河北北部一帶。本詩寫於唐代宗廣德元年（七六三），時杜甫在梓州（今四川三台）。肅宗寶應元年（七六二）十月，唐大軍屢破史朝義叛軍，次年正月，史朝義兵敗自殺，安史之亂遂平。詩中描寫作者在飽經戰亂之餘，聽到唐軍收復河南河北，可以挈眷還鄉時驚喜若狂的心情。

注釋

① 參與商：參、商皆星宿名，同為二十八宿之一。兩星運行，此出彼落，不同時出現，故不得相見。古人常以此喻分離。參㊉shēn㊖ㄕㄣ㊗sem^{1}音深。

② 訪舊半為鬼：造訪親朋故舊，竟有一半已不在人間。

③ 驚呼熱中腸：彼此都不禁失聲驚呼，內心灼熱，感到難受。

④ 君子：對人的尊稱，這裏指宪八。

⑤ 父執：父親的朋輩。

⑥ 羅酒漿：羅，羅列、陳列。酒漿，泛指酒類。

⑦ 翦春韭：韭，乃山中野菜，春時最嫩。春初早韭。韭㊉jiǔ㊖ㄐㄧㄡˇ㊗geu^{2}音九。

⑧ 新炊間黃粱：間，間雜。黃粱，粟的一種，穗大毛長，穀米俱粗於白粱，食之香美過於諸粱，又稱竹根黃。或

謂北人炊飯，時有間雜米菽，故用間字。

⑨ 觴：古代盛酒器。觴（漢）shāng（國）ㄕㄤ（粵）sœŋ^{1}音商。

⑩ 明日隔山岳：隔山岳，為山岳所隔。此言今天一敘，明天又要分離。

⑪ 世事兩茫茫：世事如何，實茫茫不可知。

⑫ 少陵野老吞聲哭：少陵野老，作者自稱。少陵，在長安南四十里，作者寓居於此。

⑬ 春日潛行曲江曲：潛，藏。潛行，偷偷地行。曲江，池名，在今陝西長安東南。曲，曲折隱僻之處。

⑭ 江頭宮殿鎖千門：此句描寫玄宗幸蜀，安祿山陷長安以後曲江的荒涼景況。

⑮ 細柳新蒲為誰綠：蒲，蒲柳，謂水草或水楊。寫此時江邊的蕭條冷落，雖有細柳新蒲，惜宮門盡鎖，無人欣賞。

⑯ 憶昔霓旌下南苑：霓旌，綴着五色羽毛看起來像虹霓的旗子，這裏指天子的儀仗。南苑，指曲江南的芙蓉苑。旌（漢）jīng（國）ㄐㄧㄥ（粵）dziŋ^{1}音晶或升。

⑰ 苑中萬物生顏色：苑中的一切景物因天子的蒞臨而特別生動美麗。「苑中生色」亦喻佳麗之多。

⑱ 昭陽殿裏第一人：昭陽，漢殿名，借喻唐宮。第一人，指楊貴妃。

⑲ 同輦隨君侍君側：輦，君后之車。古時卿大夫也乘輦，漢以後，唯天子乘之。《舊唐書・楊貴妃傳》：「玄宗凡有遊幸，貴妃無不隨侍。」輦（漢）niǎn（國）ㄋㄧㄢˇ（粵）lin^{5}音連陽上聲。

⑳ 才人：宮內官名。內官才人七人，正四品。

㉑ 白馬嚼齧黃金勒：齧，咬。勒，帶嚼口的馬籠頭，因用黃金為飾，故名「黃金勒」。齧（漢）niè（國）ㄋㄧㄝˋ（粵）jit^{9}音臬。

㉒ 明眸皓齒：眼睛明亮，牙齒潔白，形容婦女的美貌，此處指楊貴妃。

㉓ 遊魂：指楊貴妃。唐玄宗出奔西蜀，路經陝西馬嵬驛，隨軍譁變，要求誅除楊國忠、楊貴妃兄妹。楊貴妃便縊死在馬嵬驛佛堂前的梨樹下。

㉔ 清渭東流劍閣深：渭，即渭水，水是清的，在馬嵬驛之南。劍閣深，劍閣在今四川省劍閣縣北大小劍山之間。指唐玄宗沿着渭水，經劍閣而深入四川。

㉕ 去住：去，指玄宗由劍閣入川。住，謂貴妃長眠渭濱。

㉖ 臆：胸。

㉗ 江水江花豈終極：終極，窮盡。此句指江水江花年年依舊，哪有窮盡之時？

㉘ 胡騎：指安祿山的叛亂軍隊。騎 (漢)jì (國)ㄐㄧˋ (粵)kei^3 音冀。

㉙ 欲往城南忘南北：忘，一作望。南北，一作城北。句謂杜甫住在城南，本該往南走回住處，但因心事重重，迷惘之中竟忘卻方向。忘此處讀陽去，音與望同。

㉚ 劍外忽傳收薊北：劍外，劍閣外，指劍門山（今四川劍閣北）以南地區，即唐時的劍南道，舊時為蜀地的代稱。薊北，泛指唐幽州、薊州一帶，即今河北北部地區，是安祿山、史朝義叛軍的根據地。薊 (漢)jì (國)ㄐㄧˋ (粵)gei^3 音計。

㉛ 卻看妻子愁何在：卻看，回頭看。愁何在，愁到哪兒去了？即不再憂愁。看 (漢)kān (國)ㄎㄢ (粵)hɔn^1 音漢陰平聲。

㉜ 漫卷：卷，即捲。隨便地收拾。

㉝ 白日放歌須縱酒，青春作伴好還鄉：放歌，高聲唱歌。縱酒，縱情飲酒。青春，明媚的春天。一解作煥發青春，有返老還童之意。還鄉，指返回河南洛陽。

㉞ 即從巴峽穿巫峽，便下襄陽向洛陽：巴峽，在湖北巴東西。巫峽，在四川巫山東。二峽都是長江著名險要處，這裏泛指四川境內。襄陽，在湖北境內。洛陽，又稱東京，詩人的老家。

唐詩七

月夜

杜甫

今夜鄜州月，閨中只獨看①。遙憐小兒女，未解憶長安②。香霧雲鬟溼，清輝玉臂寒③。何時倚虛幌，雙照淚痕乾④。

春望

杜甫

國破山河在，城春草木深⑤。感時花濺淚，恨別鳥驚心。烽火連三月，家書抵萬金。白頭搔更短，渾欲不勝簪⑥。

春夜喜雨

杜甫

好雨知時節，當春乃發生⑦。隨風潛入夜，潤物細無聲⑧。野徑雲俱黑，江船火獨明⑨。曉看紅溼處，花重錦官城⑩。

登岳陽樓

杜甫

昔聞洞庭水⑪，今上岳陽樓。吳楚東南坼，乾坤日夜浮⑫。親朋無一字，老病有孤舟⑬。戎馬關山北，憑軒涕泗流⑭。

作者

杜甫見初冊第三十七課〈唐詩六〉

題解

〈月夜〉一詩選自《全唐詩》卷二百二十四，作於唐肅宗至德元年（七五六）八月，作者當時在長安。是年六月，安史叛軍攻佔潼關，杜甫攜眷逃難鄜州（今陝西富縣）。七月，肅宗即位靈武（今寧夏回族自治區靈武），杜甫隻身從鄜州奔赴靈武，途中為叛軍所俘，押回長安。作者身陷都城，家在鄜州，思念家人，故作此詩。

〈春望〉選自《全唐詩》卷二百二十四，為作者於唐肅宗至德二年（七五七）三月，身陷長安時作。其時雖為暮春三月，一片花繁葉茂，然長安卻被安史叛軍焚掠一空。滿目荒涼，作者觸景傷情，寫下了這首憂時傷亂的名篇。

〈春夜喜雨〉選自《全唐詩》卷二百二十六，作於唐肅宗上元二年（七六一）春，杜甫時居成都。詩中巧妙地表現了雨中的春意和雨後的景色。詩人觀察入微，描繪生動細緻。全詩給人一種清新、喜悅的感覺，是詠物寫景的名篇。

〈登岳陽樓〉選自《全唐詩》卷二百三十三，是杜甫在唐代宗大曆三年（七六八）冬十二月，自湖北至岳州（今湖南岳陽）時作。岳陽樓原是岳陽城西門的門樓，前臨洞庭湖。這首詩寫詩人登臨岳陽樓時所見景象及一時感觸。作者面對氣象萬千、無邊空闊的洞庭湖，勾起憂時傷亂之情與感懷身世之悲。全詩寫景抒情，動人心魄，不愧為洞庭名作。

注釋

① 今夜鄜州月，閨中只獨看：閨中，指婦女所居之處。二句言妻子在鄜州獨自一人望月。鄜 漢fū 國ㄈㄨ 粵fu1 音夫。看 漢kān 國ㄎㄢ 粵hɔn1 音漢陰平聲。

② 遙憐小兒女，未解憶長安：憐，憐愛。詩人身在長安，故云遙憐。未解，不懂得。二句言兒女年幼，未懂母親思念身在長安的父親之苦。

③ 香霧雲鬟溼，清輝玉臂寒：香霧雲鬟，古代美稱婦女的頭髮為雲鬟，髮香透入霧氣，故說「香霧」。溼同濕。清輝，指月光。二句寫作者想像妻子望月思親的情景。鬟 漢huán 國ㄏㄨㄢˊ 粵wan4 音環。

④ 何時倚虛幌，雙照淚痕乾：幌，帷幔。虛幌，懸掛在床前的帷幔。二句謂何時才能共倚帷幔，讓月光照乾二人離別之淚。幌 漢huǎng 國ㄏㄨㄤˇ 粵fɔŋ2 音訪。

⑤ 國破山河在，城春草木深：國破，指安史亂起，長安淪陷。山河在，山河依舊。草木深，草木橫生，景象荒涼。

⑥ 白頭搔更短，渾欲不勝簪：白頭，白髮。搔，抓。渾，簡直。不勝，受不住。簪，古代男女皆可用的別髮首飾。二句謂憂思傷神，白髮日益稀少，已不能插上簪子。

⑦ 好雨知時節，當春乃發生：好雨，及時而降之雨。二句寫好雨好像知道春季來臨，及時而降。

⑧ 隨風潛入夜，潤物細無聲：潛入，暗暗地來臨。二句謂細雨隨風在夜裏悄悄來臨，無聲地滋潤着萬物。勝音升。

⑨ 野徑雲俱黑，江船火獨明：野徑，郊野小路。俱，共。火，指燈火。

⑩ 曉看紅溼處，花重錦官城：紅溼，形容雨後花木美麗的樣子。言經雨後花溼，因而顯得沈重。錦官城，成都的別稱。

⑪ 洞庭水：即洞庭湖。

⑫ 吳楚東南坼，乾坤日夜浮：吳楚，春秋時二國名，後用以指兩國所在地區（包括今湖南、湖北、江西、安徽、浙江、江蘇）。坼，分裂。乾坤，天地，一指日月。坼 (漢)chè (國)ㄔㄜˋ (粵)tsak8 音冊。

⑬ 親朋無一字，老病有孤舟：無一字，謂一字之信也無，極言其缺。老病有孤舟，老病侵，只有孤舟相伴。

⑭ 戎馬關山北，憑軒涕泗流：戎馬，兵馬，借指戰爭。此言代宗大曆三年（七六八）秋，吐蕃兵擾長安事。二句言北方戰事未息，憑欄遠望不禁老淚縱橫。泗音試。

唐詩八

燕歌行 并序

高適

開元二十六年，客有從御史大夫張公出塞而還者，作〈燕歌行〉以示適。感征戍之事，因而和焉。

漢家煙塵①在東北，漢將辭家破殘賊。男兒本自重橫行②，天子非常賜顏色③。摐金伐鼓下榆關④，旌旆逶迤碣石間⑤。校尉羽書飛瀚海⑥，單于獵火照狼山⑦。山川蕭條極邊土，胡騎憑陵雜風雨⑧。戰士軍前半死生⑨，美人帳下猶歌舞⑩。大漠窮秋塞草腓⑪，孤城落日鬭兵稀。身當恩遇恆輕敵，力盡關山未解圍⑫。鐵衣⑬遠戍辛勤久，玉筯應啼別離後⑭。少婦城南⑮欲斷腸，征人薊北⑯空回首。邊庭飄颻那可度⑰，絕域⑱蒼茫更何有！殺氣三時作陣雲，寒聲一夜傳刁斗⑲。相看白刃血⑳紛紛，死節從來豈顧勳㉑。君不見沙場征戰苦，至今猶憶李將軍㉒。

作者

高適，生於唐武后長安二年，卒於唐代宗永泰元年（七〇二——七六五）。字達夫，滄州渤海（今河北南皮）人。少家貧。後遊河西，節度使哥舒翰薦為書記，累陞淮南、西川等地節度使。代宗時先後任刑部侍郎、散騎常侍，封渤海縣侯。

高適少時狂放不羈，有懷才不遇之歎，然晚年得志，為唐代詩人中最顯達者。由於久居邊陲，熟悉軍旅生活，故邊塞詩特多。他擅於以七言歌行，描寫塞外險奇的風光和悲壯的戰爭，也抒發了征夫的愁苦和怨婦的情懷。高適與岑參以詩齊名，他雖不如岑的奔放，然格調高遠，則為岑所不及。除七言歌行外，五古、七古、律詩、絕句和樂府等都有佳作。有集二卷。

題解

本詩選自《全唐詩》卷二百一十三，作於唐玄宗開元二十六年（七三八）。燕歌行屬樂府〈相和歌・平調曲〉舊題，歌辭多詠東北邊地征戍之情。燕，在河北一帶。詩序所言的張公即張守珪，是當時鎮守北邊的名將。後因恃功驕縱，不惜士卒，任其生死，遂激發高適寫成此詩。詩中描述將帥醉生夢死的生活與士卒艱險犯難的遭際，成一強烈對照，歎息國家軍機大事，不得其人。此詩的格調，時而激昂，時而沈鬱，悲壯動人。

注釋

① 漢家煙塵：煙塵，烽煙和塵土，借指戰爭。託言漢代故實來寫本朝時事，是唐代詩人常用的筆法。

② 橫行：指掃蕩敵人，建功邊疆。語本《史記・季布欒布列傳》，詩人用此典，暗喻邊驕怠輕敵。

③ 賜顏色：言天子以欣悅之色接見，厚加禮遇。

④ 摐金伐鼓下榆關：摐、伐，均指敲擊。金，指鑼。金、鼓皆為古代行軍發號施令的器具，鳴金便收兵，擊鼓則進兵。榆關，即今山海關。摐 (漢)chuāng(國)ㄔㄨㄤ(粵)tsœŋ1 或 tsuŋ1 音昌或匆。

⑤ 旌旆逶迤碣石間：旌旆，旗幟。逶迤，連續不斷。碣石，古山名，在今河北昌黎縣東。旆 (漢)pèi(國)ㄆㄟˋ(粵)pui3 音沛。逶迤 (漢)wēi yí(國)ㄨㄟ ㄧˊ(粵)wei1 ji4 音威移。

⑥ 校尉羽書飛瀚海：校尉，武職官名。羽書，插有鳥羽的軍用緊急文書。瀚海，沙漠。

⑦ 單于獵火照狼山：單于，匈奴族的君主，這裏泛指北方異族首領。狼山，一稱郎山，在今河北易縣境內。另今內蒙古自治區烏拉特旗亦有狼山。詩中之狼山泛指雙方交戰之處，非實指。單 ㊥chán㊥ㄔㄢˊ㊥sin^{4} 音嬋。

⑧ 胡騎憑陵雜風雨：憑陵，指倚勢淩人。胡人騎兵像狂風暴雨般向漢軍進攻。這裏指胡人利用對環境熟悉與善於騎射之優點，進攻漢軍。

⑨ 半死生：一半戰死，一半生還，形容戰爭異常慘烈。

⑩ 美人帳下猶歌舞：帳，主帥的營帳。在主帥的營帳裏，美女仍在唱歌跳舞。此句與前句「戰士軍前半死生」成一比照，指出戰士在慘烈的戰爭中已經犧牲大半，但將帥卻在營帳裏飲酒作樂。

⑪ 大漠窮秋塞草腓：窮秋，深秋。腓，病。這裏指草變枯黃。腓 ㊥féi㊥ㄈㄟˊ㊥fei^{4} 音肥。

⑫ 身當恩遇恒輕敵，力盡關山未解圍：回應上文「男兒本自重橫行，天子非常賜顏色。」指守邊的將帥雖受皇帝恩遇，卻常驕慢輕敵，一經實戰便接連敗北，力竭兵稀，重圍難解。

⑬ 鐵衣：鎧甲。

⑭ 玉筯應啼別離後：筯，同箸，筷子。自從分別後眼淚就不斷地流，像是兩條玉做的筷子，本是一對，但卻分隔兩地。此言家中思婦對遠戍親人的想念。

⑮ 城南：唐代長安城中，普通住宅區在城的南面。

⑯ 薊北：薊州以北一帶。唐時此地區接近北方及東北之少數民族，雙方經常有戰爭發生。薊，今北京大興西北。薊 ㊥jì㊥ㄐㄧˋ㊥gai^{3} 音計。

⑰ 邊庭飄颻那可度：庭，一作風。飄颻，風大翻動的樣子。度，越過。

⑱ 絕域：邊遠而人跡罕至之地。

⑲ 寒聲一夜傳刁斗：寒聲，寒風之聲。刁斗，軍用器具，以銅造成，形狀似鈴，容量相當於斗，白天用以煮飯，夜間用來報更。

⑳ 血：一作雪。

㉑ 死節從來豈顧勳：死節，為國身死。豈顧勳，豈會顧及個人的功勳。

㉒ 李將軍：指漢代名將李廣，生年不詳，卒於漢武帝元狩四年（？——西元前一一九）。李廣能抵禦強敵，愛撫士卒，與本詩中的將帥恰成對比。故詩人之懷憶李將軍，實有對當時守邊將帥貶斥之意。

唐詩九

白雪歌送武判官歸京

岑參

北風捲地白草①折，胡天②八月即飛雪。忽然一夜春風來，千樹萬樹梨花開③。散入珠簾溼羅幕，狐裘不煖錦衾薄④。將軍角弓不得控⑤，都護⑥鐵衣冷難著。瀚海⑦闌干百丈冰，愁雲黲淡萬里凝⑧。中軍⑨置酒飲歸客，胡琴琵琶與羌笛⑩。紛紛暮雪下轅門⑪，風掣紅旗凍不翻⑫。輪臺⑬東門送君去，去時雪滿天山⑭路。山迴路轉不見君，雪上空留馬行處⑮。

作者

岑參，生於唐玄宗開元七年，卒於唐代宗大曆五年(七一五——七七〇)。江陵(今湖北江陵)人，一說南陽（今河南南陽）人。早歲喪父，家貧，刻苦自學。天寶三年（七四四）中進士，授右率府兵曹。先後出任安西、北庭節度判官等職。晚年依劍南節度使杜鴻漸，客死成都。曾為嘉州刺史，世稱岑嘉州。

岑參的詩早年以風華綺麗見長，後來兩度從軍，往來西北邊塞，詩風變為雄奇奔放。他的七言長歌，吸收了樂府民歌的特色。除七言歌行外，岑參又以五言詩見長。有《岑嘉州集》十卷。

題解

〈白雪歌送武判官歸京〉選自《全唐詩》卷一百九十九。天寶十三年（七五四），岑參充任安西北庭節度使封常清的判官，奉命再度出塞，到達今新疆西部地區。武判官其人及生平今已無可考，或即岑參的前任判官。岑參接任後為他送行，遂寫下這首詠雪送行的名作。杜甫〈渼陂行〉中曾有「岑參兄弟皆好奇」句，讀此詩時當留意一個「奇」字，這首詩充滿奇情妙思，正是它的特色。

注釋

① 白草：西北一帶生長的草，秋天枯乾時成白色。

② 胡天：胡，古代對西北地區民族的通稱。胡天，指西北地區的天空。

③ 千樹萬樹梨花開：梨花，色白，比喻白雪。霜雪掛滿樹枝，就好像梨樹開花一般美麗。

④ 狐裘不煖錦衾薄：狐裘，用狐狸皮做的皮衣。衾，被子。錦衾，錦被。衾 (漢)qīn (國)ㄑㄧㄣ (粵)kɐm^{1} 音襟。

⑤ 將軍角弓不得控：角弓，用獸角裝飾的弓。不得控，拉不開。

⑥ 都護：唐時邊疆重鎮置六都護府。此指鎮守邊疆的長官。

⑦ 瀚海：指西北沙漠。

⑧ 愁雲黲淡萬里凝：黲，淺青黑色。黲淡言其昏暗。陰雲凝聚，日月無光的天空。黲 (漢)cǎn (國)ㄘㄢˇ (粵)tsam^{2} 音慘。

⑨ 中軍：古代軍隊多分左中右三軍，主帥親自統領的部隊即是中軍。

⑩ 胡琴琵琶與羌笛：古人飲酒時作樂助興，因其所在為邊塞，故其所用之胡琴、琵琶、羌笛等皆為當地少數民族樂器。

⑪ 轅門：軍營之門。古時駐軍營前直立兩輛兵車，使兩車轅木相向交叉，作為軍門，以後就稱領兵將帥的營門為「轅門」。

⑫ 風掣紅旗凍不翻：掣，牽曳。意謂紅旗被冰雪所封，遇風也不能翻動。掣 (漢)chè (國)ㄔㄜˋ (粵)tsit^{8} 音徹。

⑬ 輪臺：唐時屬庭州，隸北庭都護府，在今新疆焉耆縣。

⑭ 天山：在今新疆維吾爾族自治區境內。

⑮ 雪上空留馬行處：言所送之人已遠去，唯見雪上馬蹄印跡。這句寫送行時悵然不捨的心態。

唐詩十

省試湘靈鼓瑟　錢起

善鼓雲和瑟①，常聞帝子②靈。馮夷③空自舞，楚客④不堪聽。苦調淒金石⑤，清音入杳冥⑥。蒼梧來怨慕⑦，白芷動芳馨⑧。流水傳瀟浦⑨，悲風過洞庭⑩。曲終人不見，江上數峯青⑪。

夜上受降城聞笛　李益

回樂峯⑫前沙似雪，受降城下月如霜。不知何處吹蘆管⑬，一夜征人⑭

盡望鄉。

作者

錢起，生卒年俱無定論，其生活年代約為唐睿宗景雲元年至唐德宗建中元年（七一〇？——七八〇？）。字仲文，吳興（今屬浙江）人，「大曆十才子」之一。玄宗天寶十年（七五一）舉進士。歷任秘書省校書郎、尚書考功郎中等職。錢起詩格新奇，理致清贍。所作以五言為主，多送別酬贈之作，有關山林諸篇，常流露追慕隱逸之意。作品雖有刻意雕琢之跡，但善於鑄煉詩句，時有驚人之語。他與王維時相唱和，故風格亦相類近。有《錢考功集》十卷行世。

李益，生於唐玄宗天寶七年，卒於唐文宗太和元年（七四八——八二七）。字君虞，隴西姑臧（今甘肅武威）人。肅宗朝宰相李揆族子。唐代宗大曆四年（七六九）進士，授華州鄭縣（今陝西華縣）尉。多次從軍塞上，先後入渭北、朔方、豳州等節度使幕。後返長安，歷任都官郎中、中書舍人、右散騎常侍、禮部尚書等。卒年八十二。李益詩名早著，譽遍民間。其詩取材廣泛，風格清奇，音律和諧。李益涉筆最多，成就最高的是邊塞詩，與高適、岑參並為邊塞詩人之佼佼者。他的詩古近各體均有佳作，尤長七言絕句。明胡應麟《詩藪》推為中唐第一。有《李益集》行世。

題解

錢起〈省試湘靈鼓瑟〉選自《全唐詩》卷二百三十八。這是一首試帖詩，唐時制度，各州縣貢士凡就試之年，皆聚京師以通過尚書省禮部的主試，通稱之為省試。作者應試那一年，主考官李暐擬就的詩題是「湘靈鼓瑟」，係從《楚辭・遠遊》：「使湘靈鼓瑟兮，令海若舞馮夷。」句中摘錄而出。湘靈，指湘水的女神。鼓瑟即彈瑟。試帖詩有諸多限制，往往使士人無從落筆。錢起獨不然，此詩文思馳騁，餘韻綿綿。千百年來，一直被公認為試帖作業的奇構。

李益〈夜上受降城聞笛〉選自《全唐詩》卷二百八十三，一作「戎昱詩」。貞觀二十年（六四六），唐太宗曾親臨靈州（今寧夏回族自治區靈武）接受突厥一部的投降，受降城一名即由此而來。作者夜登城樓，眼見白沙似雪、月色如霜，此時此際，聞遠處傳來蘆笛清音，一時百感交集，寫了這首膾炙人口的名作。後人將之譜入管絃，傳唱天下。

注釋

① 雲和瑟：雲和，古山名，《周禮・春官・大司樂》：「孤竹之管，雲和之琴瑟。」雲和以產琴瑟著稱。因以代指琴瑟琵琶等樂器。

② 帝子：此指帝堯之女娥皇、女英，因是堯女，故稱帝子。

③ 馮夷：水神。馮 漢píng 國ㄆㄧㄥˊ 粵peŋ^{4} 音朋。

④ 楚客：指歷代遭貶謫或滯留、或經過湘水的人。如屈原、賈誼等。

⑤ 苦調淒金石：金石，鐘、磬等樂器。指瑟調比鐘、磬等樂聲更淒苦。

⑥ 杳冥：深冥、高遠之處。

⑦ 蒼梧來怨慕：蒼梧，山名，又稱九嶷，相傳舜帝即葬於蒼梧之野，地在今湖南寧遠。哀怨的樂聲傳到蒼梧之野，把驚慕帶給舜帝之靈。

⑧ 白芷動芳馨：白芷，多年生草本植物，夏天開花，白色，根可入藥。《楚辭》中多作「白」。哀怨的樂聲使白芷亦為之感動，吐出芳香來。

⑨ 瀟浦：瀟水河口。瀟水源於蒼梧。

⑩ 洞庭：洞庭湖，在今湖南北部，長江南岸。

⑪ 曲終人不見，江上數峯青：清越的曲音終止了，美麗而神秘的湘水女神，也不可得而見了，所能看到的只有聳立在悠悠江水之上的幾處青峯。

⑫ 回樂峯：北周時曾置回樂縣，故四周之山峰統稱回樂峰，在今寧夏回族自治區靈武境內。

⑬ 蘆管：即蘆笛，胡人樂器。

⑭ 征人：戍守邊塞的士兵。

唐詩十一

左遷至藍關示姪孫湘　韓愈

一封朝奏九重天①，夕貶潮陽路八千②。欲為聖朝除弊事③，肯將衰朽惜殘年④。雲橫秦嶺家何在⑤？雪擁藍關⑥馬不前。知汝遠來應有意⑦，好收吾骨瘴江邊⑧。

秦中吟・買花　白居易

帝城⑨春欲暮，喧喧⑩車馬度。共道牡丹時⑪，相隨買花去。貴賤無常價，酬直看花數⑫。灼灼⑬百朵紅，戔戔五束素⑭。上張幄幕庇⑮，旁織巴籬⑯護。水灑復泥封，移來色如故⑰。家家習為俗，人人迷不悟。有一田舍翁，偶來買花處。低頭獨長歎，此歎無人喻⑱。一叢深色花，十戶中人賦⑲。

慈烏夜啼

白居易

慈烏失其母，啞啞吐哀音。晝夜不飛去，經年守故林⑳。夜夜夜半啼，聞者為霑襟㉑。聲中如告訴，未盡反哺㉒心。百鳥豈無母？爾獨哀怨深。應是母慈重，使爾悲不任㉓。昔有吳起㉔者，母歿喪不臨㉕。嗟哉斯徒輩㉖，其心不如禽！慈烏復慈烏㉗，鳥中之曾參㉘。

作者

韓愈見初冊第十二課〈雜說・世有伯樂〉

白居易見初冊第三十九課〈唐詩八〉

題解

韓愈〈左遷至藍關示姪孫湘〉選自《全唐詩》卷三百四十四。在遷，貶官，古時尊右卑左。藍關，一名藍田關，在今陝西商縣西北。示，長輩把事情告訴晚輩叫示。元和十四年（八一九）正月，唐憲宗派遣使者迎鳳翔法門寺護國真身塔內釋迦文佛的一節指骨進宮，韓愈時為刑部侍郎，反對宗教迷信，上〈諫迎佛骨表〉諫阻此事。憲宗大怒，將韓愈貶為潮州刺史，這首詩是被貶途中寫給姪孫韓湘的。詩中表達了作者不惜殘年，為國忠諫而獲罪的正義與勇氣。全詩融敘事、寫景、抒情於一爐，言辭悲憤，風格沈鬱。

白居易〈買花〉選自《全唐詩》卷四百二十五，一作「牡丹」，是〈秦中吟〉十首之一。其時長安正流行「牡丹熱」，李肇在《唐國史補》中說：「京城貴遊，尚牡丹三十餘年矣。每春暮，車馬若狂，以不耽玩為恥。執金吾鋪官圍外寺觀，種以求利，一本有值數萬者。」作者對當時豪門貴族奢侈的作風很是不滿，作這首詩予以諷刺。

白居易〈慈烏夜啼〉選自《全唐詩》卷四百二十四，屬諷諭詩，是作者於元和六年（八一一）或七年初，他的母親去世後不久，回鄉丁憂時寫成。慈烏是烏鳥的一種，嘴小、性慈孝。這種鳥在母鳥死後，常徘徊於母鳥的故巢，每在半夜哀啼。作者除以這首詩悼念亡母之外，並用以讚嘆母子的親情和慈孝的美德。

注釋

① 一封朝奏九重天：一封，指韓愈上奏唐憲宗的〈諫迎佛骨表〉。九，極言其高。九重天，最高的天，借指皇帝。

② 夕貶潮陽路八千：「夕貶」與「朝奏」對文，言上奏章後，立即被貶。朝、夕，極言時間之速。潮陽，一作潮州，潮陽在今廣東潮安。路八千，極言路途遙遠。

③ 欲為聖朝除弊事：聖朝，對朝廷的敬稱。弊事，指迎佛骨之事。

④ 肯將衰朽惜殘年：殘年，晚年，這時韓愈五十二歲。此句指怎會顧惜自己衰老的生命。

⑤ 雲橫秦嶺家何在：橫，有隔斷或阻隔的意思。秦嶺，這裏指陝西南部諸山，它們都屬於秦嶺山脈。此句指雲斷秦嶺，看不到家。

⑥ 雪擁藍關：擁，擁塞、堆積。藍關，即藍田關，在今陝西省藍田縣東南。

⑦ 知汝遠來應有意：汝，即你，指姪孫韓湘。韓湘從遠處來，自有親情深意。

⑧ 好收吾骨瘴江邊：骨，屍骨。瘴江邊，指潮陽。潮陽地處嶺南河流，多瘴氣。謂韓湘要在江邊收葬他的骸骨。

⑨ 帝城：都城，指長安。

⑩ 喧喧：聲音嘈雜。

⑪ 牡丹時：牡丹花盛開的時節。

⑫ 酬直看花數：酬，報酬。直，通值，價值。數，數量。牡丹花的價值視其數量而定。

⑬ 灼灼：色澤鮮艷，光采奪目。

⑭ 戔戔五束素：戔戔，眾多委積的樣子。束，古量詞，五匹為一束。素，精細潔白的絹。形容百朵紅花的代價是五束素。戔 (漢)jiān(國)ㄐㄧㄢ(粵)dzin^{1} 音煎。

⑮ 上張幄幕庇：幄幕，帳幕。牡丹花池的上方用帳幕遮蓋，以防過份的日曬。幄 (漢)wò(國)ㄨㄛˋ(粵)ak^{7} 音握。

⑯ 巴籬：籬笆。

⑰ 移來色如故：移植過來之後，花朵顏色不減從前。

⑱ 喻：一作「諭」，理解、明白。

⑲ 中人賦：中等人家一年的賦稅。

⑳ 故林：母鳥住的樹林。

㉑ 霑襟：眼淚淌濕了衣服上的大襟。

㉒ 反哺：哺，餵飼。子哺其母，叫做反哺，引伸為報答親恩的意思。

㉓ 不任：不能勝任、受不了，十分悲哀的意思。任 (漢)yín(國)ㄧㄣˊ(粵)jɐm^{4} 音吟。

㉔ 吳起：生年不詳，卒於周安王二十四年（？——西元前三七八）。戰國宪人，曾為魏文侯將、楚悼王相，中國古代的名將之一。

㉕ 母歿喪不臨：歿，死。喪不臨，不臨喪，沒有奔喪。喪 (漢)sāng(國)ㄙㄤ(粵)sɔŋ^{1} 音桑。

㉖ 嗟哉斯徒輩：嗟哉，歎息的樣子。斯徒輩，這類人，指吳起。

㉗ 慈烏復慈烏：即慈烏啊慈烏！呼喚慈烏而帶有讚歎的口吻。

㉘ 曾參：孔子的弟子，以孝著名。參 (漢)shēn(國)ㄕㄣ(粵)sɐm^{1} 音深。

唐詩十二

夜雨寄北

李商隱

君①問歸期未有期，巴山②夜雨漲秋池。何當共剪西窗燭③，卻話④巴山夜雨時。

常娥

李商隱

雲母屏風⑤燭影深，長河漸落曉星沈⑥。常娥應悔偷靈藥，碧海青天夜夜心。

賈生

李商隱

宣室⑦求賢訪逐臣⑧，賈生才調更無倫⑨。可憐夜半虛前席⑩，不問蒼生問鬼神⑪。

作者

李商隱見初冊第四十四課〈唐詩十三〉

題解

〈夜雨寄北〉選自《全唐詩》卷五百三十九。宣宗大中五年（八五一），李商隱抵蜀，入東川節度使幕，不久之後寫成這首詩。《萬首唐人絕句》題作〈夜雨寄內〉，內即內人，也就是妻子。現存李詩各本則多題作〈夜雨寄北〉，北即北方的人，相對於在蜀的作者而言。根據記載，商隱的妻子已於他入蜀之前去世，因此，這首詩當是寄贈身在長安的友人。此詩流傳廣泛，「西窗話雨」及「西窗剪燭」兩句，已成為憶念朋友的成語。

〈常娥〉選自《全唐詩》卷五百四十。常娥，原名恆娥，避文帝諱而改，又稱嫦娥，原是后羿的妻子，因為偷吃了西王母送給她丈夫的不死藥，遂獨自飛奔到月宮，成了寂寞的仙子。李商隱就憑這一傳說，於詩中抒發了一個孤寂的人對周遭的感受。

〈賈生〉選自《全唐詩》卷五百四十，是一首借古諷今的詠史詩。據《史記・屈賈列傳》記載，賈誼被貶到長沙，又被漢孝文帝召回：「孝文帝方受釐，坐宣室。上因感鬼神事，而問鬼神之本，賈生因具道所以然之狀。至夜半，文帝前席。既罷，曰：『吾久不見賈生，自以為過之，今不及也。』」李商隱獨具慧眼，借史實中不為人所關注的「問鬼神」一事，寫出了這首諷諭為政者荒忽國事、不用賢才的名作。

注釋

① 君：您，指寄與這首詩的人。
② 巴山：三巴（巴東、巴中、巴西）的山均稱巴山，在今四川境內。此詩特指巴東。
③ 何當共剪西窗燭：何當，何時。剪西窗燭，在西窗下剪燭談心，夜深不寐。古時夜裏點燭，燒殘燭芯時需剪去，以保持光亮。
④ 卻話：即卻說。

⑤ 雲母屏風：雲母，礦物名，有黑、白兩色，富有珍珠光澤，古代常用作窗戶、屏風的裝飾。雲母屏風是貴重的陳設品。

⑥ 長河漸落曉星沈：長河，銀河，即天河。曉星，晨星。

⑦ 宣室：未央宮前殿正堂。

⑧ 逐臣：遭貶逐的臣子。

⑨ 賈生才調更無倫：賈生，即賈誼，生於漢高祖六年，卒於漢文帝初十一年（西元前二〇一——前一六九）。西漢初期著名政治家和文學家。才調，才華。無倫，無與倫比。

⑩ 虛前席：虛，徒然、空自。前席，古人席地而坐，談話投機，不自覺地在席上向前移動，靠近對方。此指漢孝文帝空有殷勤求賢的態度。

⑪ 不問蒼生問鬼神：蒼生，百姓。漢孝文帝不詢問有關國計民生的事，而關心一些虛無荒誕的鬼神之事。

宋詩一

戲答元珍

歐陽修

春風疑不到天涯，二月山城未見花①。殘雪壓枝猶有橘②，凍雷驚筍欲抽芽③。夜聞歸鴈生鄉思，病入新年感物華④。曾是洛陽花下客⑤，野芳雖晚不須嗟⑥。

遊金山寺

蘇軾

我家江水初發源⑦，宦游直送江入海⑧。聞道潮頭一丈高，天寒尚有沙痕在⑨。中泠南畔石盤陀⑩，古來出沒隨濤波。試登絕頂望鄉國⑪，江南江北青山多。羈愁畏晚尋歸楫⑫，山僧⑬苦留看落日。微風萬頃靴文細⑭，斷霞半空魚尾赤⑮。是時江月初生魄⑯，二更月落天深黑。江心似有炬火⑰明，飛焰照山棲鳥驚。悵然歸臥心莫識⑱，非鬼非人竟何物⑲。江山如此不歸山⑳，江神見怪驚我頑㉑。我謝江神豈得已，有田不歸如江水㉒。

作者

歐陽修見初冊第十五課〈賣油翁〉

蘇軾見初冊第十九課〈日喻〉

題解

〈戲答元珍〉選自《歐陽修全集・居士集》卷十一。宋仁宗景祐三年（一〇三六）五月，歐陽修被貶為夷陵縣（今湖北宜昌）令，次年，友人丁寶臣寫了一首題為〈花時久雨〉的詩給他，歐陽修便寫了這首詩作答。這首詩描寫夷陵早春的景物和作者當時的心境。元珍即丁寶臣，任峽州軍事判官，有文名。

〈遊金山寺〉選自《蘇軾詩集》卷七。宋神宗熙寧初年，王安石執政，推行新法。時蘇軾於京城任殿中丞直館判官告院，權開封判官。因與王安石政見不合，連續寫了〈上神宗皇帝書〉、〈擬進士對御試策〉諸文，批評新法，為王安石所不容，於熙寧四年（一〇七一）被貶斥外放。途經鎮江金山，探訪寶覺和圓通二僧，夜宿寺中而作此詩。金山寺，位於今江蘇鎮江之金山，金山原在長江之中，後來山南沙土堆積，今已與長江南岸連接，已不是作者遊歷時的模樣了。

注釋

① 春風疑不到天涯，二月山城未見花：天涯、山城，均指夷陵，作者曾貶官夷陵。這兩句相互映襯，寫出山城春來較遲的情景。

② 橘：橘樹之果實。橘音骨。

③ 凍雷驚筍欲抽芽：凍雷驚荀，初春的雷驚醒了竹筍。抽芽，發芽。

④ 物華：美好的自然景色。

⑤ 曾是洛陽花下客：歐陽修曾任洛陽留守推官。洛陽盛產牡丹，所以這裏自稱「花下客」，意指曾在洛陽享受過美好的春光。

⑥ 野芳雖晚不須嗟：晚，遲來。嗟，嗟嘆。山野的春芳雖然遲來也不必愁嘆。這是一種自我寬慰的話。

⑦ 我家江水初發源：江，長江。蘇軾的家鄉眉山在岷江邊上，岷江是長江支流，古人誤認是上游，因此說他家是長江的發源地。

⑧ 宦游直送江入海：宦游，外出作官。蘇軾於宋仁宗嘉祐四年（一〇五九）入京候官，是沿岷江、長江出蜀的，這次赴杭州又來到近海的鎮江，故有「江入海」之句。

⑨ 天寒尚有沙痕在：沙痕，潮漲時江岸上留下的痕跡。天寒水枯，但江岸上仍留下潮漲時的痕跡。

⑩ 中泠南畔石盤陀：中泠，即中泠泉，在金山西北。盤陀，形容石大而不平。泠 (漢)líng (國)ㄌㄧㄥˊ (粵)ling4 音零。

⑪ 試登絕頂望鄉國：絕頂，指金山最高處。鄉國，即鄉土。

⑫ 羈愁畏晚尋歸楫：羈愁，旅人的愁思。楫，划船的槳，借指船。歸楫，即歸船。楫 (漢)jí (國)ㄐㄧˊ (粵)dzip8 音接。

⑬ 山僧：指金山寺的寶覺、圓通禪師。

⑭ 微風萬頃靴文細：萬頃，形容長江江面遼闊。靴文，靴子上的細紋，比喻江面上的波紋。靴 (漢)xuē (國)ㄒㄩㄝ (粵)hœ1。

⑮ 斷霞半空魚尾赤：斷霞，指一片一片的晚霞。魚尾赤，形容晚霞像魚尾一樣的紅。

⑯ 是時江月初生魄：是時，此時。魄，月魄，即月亮。作者於宋神宗熙寧四年（一〇七一）十一月三日遊金山寺，這時月亮初出如蛾眉，所以稱「初生魄」。

⑰ 炬火：火把。此指黑夜裏，山林水澤間閃現的野火，月明之夜即不可見。

⑱ 悵然歸臥心莫識：悵然，心情迷惘的樣子。心莫識，不認識那些炬火為何物。

⑲ 非鬼非人竟何物：句下有詩人自注：「是夜所見如此。」指對眼前所見的疑惑。

⑳ 歸山：辭官歸隱。

㉑ 江神見怪驚我頑：見，同現。江神顯現怪異把我從頑固中驚醒過來。

㉒ 我謝江神豈得已，有田不歸如江水：謝，告訴。豈得已，即不得已。如江水，古人指江水發誓，取明白如水之意。作者指江水誓言：置身官場，不歸山隱，乃是不得已，只要有田可耕，一定歸山隱退。

宋詩二

明妃曲 其一

王安石

明妃初出漢宮時，淚濕春風鬢腳垂①。低徊顧影無顏色，尚得君王不自持②。歸來卻怪丹青手，入眼平生幾曾有③。意態由來畫不成④，當時枉殺毛延壽。一去心知更不歸⑤，可憐着盡漢宮衣。寄聲欲問塞南事，衹有年年鴻雁飛⑥。家人萬里傳消息，好在氈城莫相憶⑦。君不見咫尺長門閉阿嬌，人生失意無南北⑧。

作者

王安石見初冊第十七課〈傷仲永〉

題解

〈明妃曲〉(明妃初出漢宮時) 選自《王荊文公詩箋註》卷六。宋仁宗嘉祐四年(一〇五九),王安石作〈明妃曲〉,凡兩首,本課所選的是第一首。明妃即王昭君,名嬙,昭君本來是漢元帝劉奭的宮女,元帝將她遠嫁給匈奴王,是為和親政策。北宋景祐以來,遼、夏屢犯宋邊,宋朝積弱,只好求和苟安。王安石借昭君的故事諷諭宋朝的軟弱無能,寫成這首深刻動人的詠史詩。此詩寫後,當時梅堯臣、歐陽修、司馬光、劉敞等名臣都有唱和之作。

注釋

① 淚濕春風鬢腳垂:春風,春風面,指美麗容貌。鬢腳,耳前下垂的鬢髮。美容沾淚,鬢髮低垂,形容明妃容顏愁慘。

② 低徊顧影無顏色,尚得君王不自持:低徊,低首徘徊。顧影,顧影自憐。無顏色,指心情憂鬱,容顏慘淡。

尚，還、仍然。君王，指漢元帝劉奭（西元前四八——前三三在位）。不自持，不能抑制自己。

③ 歸來卻怪丹青手，入眼平生幾曾有：丹青，泛指繪畫用的顏料，故稱畫師為丹青手，此指毛延壽。平生，終身、一生。漢元帝回宮後怒怪畫師毛延壽，感嘆平生未嘗見過像王昭君這樣貌美的宮女。

④ 意態由來畫不成：此言形貌易畫，而神韻意態卻難描摹。

⑤ 更不歸：再不回來。

⑥ 寄聲欲問塞南事，祇有年年鴻雁飛：寄聲，寄傳口信。塞南，塞南為漢地，塞北為胡地，此指漢廷及家鄉所在。王昭君一心思漢，懷念故國，見鴻雁南飛，不禁遙問家鄉的事。

⑦ 家人萬里傳消息，好在氈城莫相憶：氈城，匈奴為遊牧民族，住氈帳，此指匈奴單于的居所。意謂家人從萬里傳來消息，囑咐王昭君安心住在匈奴之地，不要再思念家鄉！

⑧ 君不見咫尺長門閉阿嬌，人生失意無南北：咫尺，形容距離很近。長門，漢時宮名。阿嬌，姓陳，漢武帝劉徹的皇后，受寵十餘年，後來被疏遠，關在長門宮沉。此以阿嬌之事開解失意北地的王昭君。咫㊄zhǐ㊀ㄓˇ㊁dzi^2 音子。

宋詩三

遊山西村

陸游

莫笑農家臘酒渾①，豐年留客足雞豚②。山重水複疑無路③，柳暗花明④又一村。簫鼓追隨春社⑤近，衣冠簡朴古風存。從今若許閑乘月⑥，拄杖⑦無時夜叩門。

關山月

陸游

和戎詔下十五年⑧，將軍不戰空臨邊⑨。朱門沉沉按歌舞⑩，廄馬肥死弓斷弦⑪。戍樓刁斗⑫催落月，三十從軍今白髮。笛裏誰知壯士心，沙頭⑬空照征人骨。中原⑭干戈古亦聞，豈有逆胡傳子孫⑮。遺民⑯忍死望恢復，幾處今宵垂淚痕！

書憤　陸游

早歲⑰那知世事艱，中原北望氣如山⑱。樓船⑲夜雪瓜洲渡，鐵馬秋風大散關⑳。塞上長城空自許㉑，鏡中衰鬢已先斑㉒。出師一表真名世㉓，千載誰堪伯仲㉔間。

作者

陸游見初冊第五十課〈宋詩六〉

題解

〈遊山西村〉選自《劍南詩稿校注》卷一。宋孝宗隆興二年（一一六四）四月，宋室與金人媾和，主和派再次得勢，主戰派首領張浚被罷去右丞相及江淮都督之職，其他主戰者都受到貶斥。陸游以「交結台諫，鼓唱是非，力説張浚用兵」的罪名被罷官歸鄉，閑居山陰（今浙江紹興）鏡湖的三山村。這首詩大約寫於罷歸次年（一一六七）春天，作者去鄰村山西村遊訪歸來後作，以記所見所感。

〈關山月〉選自《劍南詩稿校注》卷八。南宋孝宗淳熙四年（一一七七），五十三歲的陸游時任成都府路（今四川成都）安撫使同參議官的閑職。報國壯志未能伸展，憂憤地寫下了這首詩。〈關山月〉本是漢樂府「鼓角橫吹曲」十五首之一，作者借用樂府舊題，以守邊將士的悲歌，議評南宋朝廷不思國恥，只知屈辱求和，在偏安的局面中醉生夢死、苟且一時之不是。

〈書憤〉（早歲那知世事艱）選自《劍南詩稿校注》卷十七。宋孝宗淳熙十三年（一一八六）春，陸游在山陰（今浙江紹興）罷官閑居已有六年之久，突然接到朝廷起用的詔命，他以興奮的心情寫下了這首七言律詩，追憶早年的英勇事迹，感嘆歲月蹉跎，然後重申平生的壯志。全詩感情激越，一氣呵成。

注釋

① 臘酒渾：臘，臘月，農曆十二月。臘酒，為過年而造的酒。渾，渾濁，酒以清者為貴。渾 (漢)hún (國)ㄏㄨㄣˊ (粵)wen^4 音魂。

② 豐年留客足雞豚：留客，待客。豚，小豬，泛指豬。足雞豚，即雞豚足，表示菜肴豐盛。

③ 山重水複疑無路：山嶺重重，溪水曲折，以為前無去路。

④ 柳暗花明：柳色深綠故稱暗，花色鮮艷故稱明。語出李商隱〈夕陽樓〉詩：「花明柳暗繞無愁」。

⑤ 春社：古代以立春後第五個「戊」日為春社日，民間於是日祭祀土地神，以求豐年。

⑥ 乘月：趁着月色出遊。

⑦ 拄杖：撐着拐杖。拄 (漢)zhǔ (國)ㄓㄨˇ (粵)dzy^2 音主。

⑧ 和戎詔下十五年：孝宗隆興元年（一一六三），宋朝與金人議和，次年訂立了屈辱的和約，隆興元年至寫此詩之淳熙四年（一一七七）恰是十五年。戎，古時中原漢人對西北少數民族的通稱，此指金人。詔，皇帝頒發的命令。和戎詔，與金人講和的詔書。

⑨ 將軍不戰空臨邊：空，徒勞。駐防北境的將軍在和約的約束下不能率部出戰，只能徒勞無功地駐守着邊防。

⑩ 朱門沉沉按歌舞：朱門，朱紅色的大門，古時達官貴人的府第大門多刷以紅漆，此處代指豪門權貴。沉沉，形容豪門權貴不思作為，終日沈醉歌舞。

⑪ 熇馬肥死弓斷弦：軍馬久不馳騁疆場，而肥胖老死於馬熇。隱喻多年不修武備以致弓弦折斷。熇 (漢)jiù (國)ㄐㄧㄡˋ (粵)gau^3 音究。

⑫ 戍樓刁斗：戍樓，邊防瞭望樓臺。刁斗，古代行軍煮飯的用具，夜間敲擊以代更鼓。

⑬ 沙頭：即沙場、戰場。

⑭ 中原：指淪陷在金人手中的淮河以北地區。

⑮ 豈有逆胡傳子孫：逆胡，指異族入侵者，此指金人。傳子孫，世世代代佔領着中原。
⑯ 遺民：本指前朝遺下的百姓，此指金統治區的宋朝人民。
⑰ 早歲：早年、年青之時。
⑱ 中原北望氣如山：中原北望，即「北望中原」的倒裝句。氣如山，豪氣如山。
⑲ 樓船：建有木城的大型戰船。
⑳ 鐵馬秋風大散關：鐵馬，指披着甲的戰馬，亦指精鋭的騎兵。大散關，地名，在今陝西寶雞西南的大散嶺上，是宋、金分界的要塞。
㉑ 塞上長城空自許：塞上長城，邊境上的萬里長城。自許，自我稱許。
㉒ 鏡中衰鬢已先斑：作者自言鬢髮已經斑白，陸游時年六十二歲。
㉓ 出師一表真名世：三國時諸葛亮曾寫〈出師表〉，堅持北伐。名世，有名於世。
㉔ 伯仲：原指兄弟間長幼的次等，一般引伸為評論人物差等之詞，相去不遠之意。

清詩

真州絕句 其四

王士禎

江干多是釣人居①，柳陌菱塘一帶疏②。好是日斜風定後，半江紅樹③賣鱸魚。

漁家

鄭燮

賣得鮮魚百二錢④，糴糧炊飯放歸船⑤。拔來濕葦燒難着，曬在垂楊古岸邊。

咬定青山不放鬆⑥，立根原在破巖中。千磨萬擊還堅勁，任爾⑦東西南北風。

竹石

鄭燮

作者

王士禛，生於明思宗崇禎七年，卒於清聖祖康熙五十年（一六三四——一七一一）。字貽上，號阮亭，別號漁洋山人，新城（今山東桓台）人。幼慧能詩。清世祖順治十二年（一六五五）中進士，歷任揚州司理、禮部主事、刑部尚書等職。王士禛為一代詩宗，領導清初詩壇，位高望重，名滿天下。其論詩本司空圖、嚴羽之說，創為神韻一派，認為神情韻味是詩的最高境界，要求詩歌境界清遠、文字含蓄。他所作山水景色與個人情懷的七言絕句，最能表現這種風格。所編的《唐賢三昧集》，以王維、孟浩然的作品為學詩本範。著有《帶經堂全集》、《古詩選》、《唐人萬首絕句選》及《漁洋詩話》等。

鄭燮，生於清聖祖康熙三十二年，卒於清高宗乾隆三十年（一六九三——一七六五）。字克柔，號板橋道人，興化（今江蘇興化）人。少穎悟，家貧好學，性曠達不羈，有狂名。他的詩書畫，稱為「三絕」。工寫蘭竹，隨意揮灑，妙趣橫生，被譽為畫壇「揚州八怪」之一。乾隆元年（一七三六）中進士，歷任山東范縣及濰縣知縣數十年，有政聲。後以歲饑為民請賑，開罪了大吏，乞病歸揚州，賣畫自給。鄭燮的詩重寫實，他寫農村破產的荒涼景象，或寫酷吏壓榨下貧民的苦況，皆深刻動人。著有《板橋全集》。

題解

〈真州絕句〉（江干多是釣人居）選自《漁洋詩集》卷十三，是其五首〈真州絕句〉中的第四首。作於清聖祖康熙元年（一六六二），原作共五首，今選第四首，寫真州江邊所見之景。真州，古州名，明代因避諱而改為儀徵縣，清宣統元年（一九〇九）改為揚子縣，民國初仍復名儀徵縣。今屬江蘇，在長江北岸，介於揚州與南京之間，風景秀麗，水源豐盛，居民多以捕魚為業。詩人生動地描寫了江邊的景物和漁民的生活。疏淡清雋，最能表現他的文藝主張，講求神韻、追求文字之外的意趣。

〈漁家〉選自《鄭板橋集・詩鈔》。詩的語言通俗如話，描繪出漁民的清貧及簡樸的生活，是一幅活生生的漁家生活圖。

〈竹石〉選自《鄭板橋集・題畫》。作者雖涉足仕途，卻鬱鬱不得志。他在書法和繪畫所獲得的成功，使其本來就「落拓不羈」的性情顯得更狂傲，不肯與世俗同流。這首七言絕句約作於乾隆十六年（一七五一）濰縣知縣任上，當時板橋已經在任十年，對官場的黑暗深為不滿，遂託竹石言志，作此詩以述懷。

注釋

① 江干多是釣人居：江干，江岸。釣人居，漁民居住的地方。
② 疏：疏朗、疏列。
③ 半江紅樹：指夕陽染紅江邊樹梢。
④ 百二錢：一百多文錢，指很少，不是實數。
⑤ 糴糧炊飯放歸船：糴糧，買進糧食。放歸船，放船回家。糴 ㊥dí ㊒ㄉㄧˊ ㊕dɛk^{9} 音笛。
⑥ 咬定青山不放鬆：竹根在青山上紮得深且穩。
⑦ 任爾：爾，你。任憑你。

宋詞一

蘇幕遮 懷舊

范仲淹

碧雲天，黃葉地①。秋色連波②，波上寒煙翠③。山映斜陽天接水。芳草無情④，更在斜陽外。

黯鄉魂，追旅思⑤。夜夜除非，好夢留人睡。明月樓高休獨倚⑥。酒入愁腸，化作相思淚。

漁家傲 秋思

范仲淹

塞下⑦秋來風景異，衡陽雁去⑧無留意。四面邊聲連角起⑨。千嶂裏，長煙落日孤城閉⑩。　濁酒一杯家萬里⑪，燕然未勒歸無計⑫。羌管悠悠⑬霜滿地。人不寐⑭，將軍白髮征夫淚。

踏莎行

歐陽修

候館⑮梅殘，溪橋柳細。草薰風暖搖征轡⑯。離愁漸遠漸無窮，迢迢不斷如春水⑰。　寸寸柔腸，盈盈粉淚⑱。樓高莫近危闌⑲倚。平蕪⑳盡處是春山，行人㉑更在春山外。

作者

范仲淹見初冊第四十五課〈宋詩一〉

歐陽修見初冊第十五課〈賣油翁〉

題解

范仲淹〈蘇幕遮〉(碧雲天)選自《全宋詞》。〈蘇幕遮〉是詞牌名，本是唐宮廷教坊演奏的舞曲，因傳自西域的龜茲國，故又稱胡樂。「懷舊」是詞題，《花庵詞選》題作「別恨」。范仲淹這首詞抒寫羈旅情思，上片寫碧雲、黃葉、翠煙，以色澤來渲染夕陽下的秋景，為下片言情作了鋪墊：鄉魂、旅思、愁腸、相思淚，不禁觸景生情。

范仲淹〈漁家傲〉(塞下秋來風景異)選自《全宋詞》。〈漁家傲〉是詞牌名，「秋思」是詞題。此調始於北宋晏殊，因他的詞中有「神仙一曲漁家傲」之句，遂取以為名。後因填此調者特多，遂成為詞牌名。北宋仁宗時，崛起於西北的西夏不斷侵擾中原，寶元三年(一〇四〇)至慶曆五年(一〇四五)間，范仲淹在西北主持邊防軍務，此詞當作於是時。這首詞描寫了邊塞秋日的風光，抒發了抵抗西夏、為國立功的壯志，也寫出征夫的愁緒。此詞悲壯蒼涼，為宋詞的發展開啟了新風格。

歐陽修〈踏莎行〉(候館梅殘)選自《全宋詞》。〈踏莎行〉是詞牌名。本詞描寫一對情人的相思之情。上片寫行人早春羈旅的所見所感，下片寫女子在閨樓中的傷春懷遠之情。文筆婉約，情意深摯。

注釋

① 碧雲天，黃葉地：漫天碧雲，遍地黃葉。

② 秋色連波：秋色與碧波相連。

③ 寒煙翠：翠綠色的寒煙。

④ 芳草無情：古人往往以草喻離情。因草觸動離恨情，所以說「無情」。

⑤ 黯鄉魂，追旅思：黯，指心神沮喪。追，追憶。旅思，羈旅愁思。黯鄉魂，思鄉令人黯然銷魂。

⑥ 休獨倚：意指且莫獨自憑倚危欄。

⑦ 塞下：指宋與西夏對峙的西北邊境。

⑧ 衡陽雁去：即「雁去衡陽」。衡陽，今湖南衡陽市。衡陽雁，指南歸之雁。衡陽南衡山有回雁烽，相傳北雁南飛至此止息，遇春北回。

⑨ 四面邊聲連角起：邊聲，泛指邊境上各種聲響，如風聲、馬鳴、悲笳聲、鼓角聲之類。黃昏時軍中號角一吹，周圍的邊聲也隨之而起。

⑩ 千嶂裏，長煙落日孤城閉：千嶂，形容群山環抱，有如屏障。長煙，指延綿不絕的炊煙。這個孤城處於重疊的峯巒環抱之中，當夕陽西下，炊煙冒起時，城門也關閉了。

⑪ 濁酒一杯家萬里：濁酒，未過濾的酒。家萬里：邊塞。距家萬里，只能喝上杯濁酒紓解鄉愁。

⑫ 燕然未勒歸無計：燕然，山名，即今蒙古人民共和國境內杭愛山。燕然未勒，勒，刻，用東漢竇憲追單于至燕然山，刻石勒功之典故。指敵人未滅、未為國家建立功勳前，戍邊的戰士，無計回家，歸期無定。燕㊥yān㊀ㄧㄢ㊁jin1音煙。

⑬ 羌管悠悠：羌管，即羌笛，出自羌族，故名。悠悠，形容笛聲遠遠傳來。

⑭ 不寐：不能入睡，寐㊥mèi㊀ㄇㄟˋ㊁mei6音味。

⑮ 候館：原指供瞭望用的小樓，這裏泛指接待賓客的旅舍。《周禮・地官・遺人》：「五十里有市（集鎮），市有候館。」

⑯ 草薰風暖搖征轡：草薰風暖，芳草清香，春風和暖，形容離家遠行時的情景。轡，駕馭牲口的嚼子和韁繩。搖征轡，指騎馬遠行。轡 (漢)pèi (國)ㄆㄟˋ (粵)bei3 音臂。

⑰ 迢迢不斷如春水：形容遠行的愁緒如春水一樣長流。迢 (漢)tiáo (國)ㄊㄧㄠˊ (粵)tiu4 音條。

⑱ 寸寸柔腸，盈盈粉淚：盈盈，水滿之狀。粉淚，指流在粉頰上的淚。柔腸寸斷，淚流滿面，形容十分悲傷。

⑲ 危闌：闌，同欄。高樓上的欄杆。

⑳ 平蕪：平曠的草原。

㉑ 行人：遊子。

宋詞二

念奴嬌　赤壁懷古

蘇軾

大江①東去，浪淘盡、千古風流人物②。故壘③西邊，人道是，三國周郎赤壁④。亂石穿空⑤，驚濤拍岸⑥，捲起千堆雪⑦。江山如畫，一時⑧多少豪傑。

遙想公瑾當年，小喬⑨初嫁，了雄姿英發⑩。羽扇綸巾，談笑間⑪，強虜⑫灰飛煙滅。故國神遊⑬，多情應笑，我早生華髮⑭。人生如夢，一尊還酹江月⑮。

江神子

蘇軾

十年生死兩茫茫⑯。不思量。自難忘。千里孤墳⑰，無處話淒涼⑱。縱使相逢應不識，塵滿面，鬢如霜⑲。

夜來幽夢忽還鄉。小軒窗。正梳妝。相顧無言，惟有淚千行。料得年年腸斷處，明月夜，短松岡⑳。

作者

蘇軾見初冊第十九課〈日喻〉

題解

〈念奴嬌〉（大江東去）選自《全宋詞》。〈念奴嬌〉是詞牌名。念奴是唐玄宗天寶年間的歌妓，玄宗每年遊幸各地時，念奴常暗中隨行，因之取念奴為詞牌名。宋神宗元豐三年（一〇八〇），蘇軾因反對王安石新法，被貶為黃州（今湖北黃岡）團練副使。黃州城外長江北岸，有一處勝景名赤鼻磯，當地人或以為是三國時赤壁之戰的赤壁。元豐五年（一〇八二），蘇軾多次與友人泛舟長江，憑弔「赤壁」，先後寫成這首詞及前、後〈赤壁賦〉。

〈江神子〉（十年生死兩茫茫）選自《全宋詞》。〈江神子〉是詞牌名，又作〈江城子〉、〈水晶簾〉等。現存最早用此調者為韋莊，後歐陽烱詞有「西子鏡，照江城」之語，或以為因此取名「江城子」。至宋則更有「江神子」等名。蘇軾的妻子王氏卒於宋英宗治平二年(一〇六五)。十年後，宋神宗熙寧八年乙卯（一〇七五）正月二十日夜，作者夢見亡妻，遂作此詞以寓悼念之情。詞意哀婉淒絕，是悼亡詞中名作。

注釋

① 大江：長江。

② 風流人物：傑出不凡的英雄人物。

③ 故壘：舊時的城池營壘。

④ 人道是，三國周郎赤壁：周郎，即周瑜，生於漢靈帝熹平四年，卒於漢獻帝建安十五年（一七五——二一〇）。字公瑾，二十四歲在東吳任中郎將，當時吳中皆以周郎稱之。赤壁，三國時期周瑜於此大破曹軍，位於湖北省嘉魚縣。蘇軾所遊的赤壁在黃岡外，又名赤鼻磯，並非「赤壁之戰」時的赤壁，因此說「人道是」。

⑤ 亂石穿空：穿空，一作崩雲。陡峭突兀的石壁穿入雲空。

⑥ 驚濤拍岸：拍，一作裂。驚險的浪濤衝擊着崖岸。

⑦ 千堆雪：比喻一簇簇數不盡的浪花。

⑧ 一時：指赤壁之戰的時候。

⑨ 小喬：周瑜之妻。史稱喬公有二女，皆國色，吳主孫策娶大喬，周瑜娶小喬。

⑩ 小喬初嫁，了雄姿英發：一般版本「了」字上讀，作「小喬初嫁了，雄姿英發。」「了」這裏作極其，非常解。雄姿，形容周瑜氣宇軒昂。英發，謂意氣風發。

⑪ 羽扇綸巾，談笑間：綸巾，古代配有青絲帶的頭巾。談笑間，説笑之間，表示輕而易舉，不費氣力，足智多謀。手持羽扇，頭紮青絲帶的頭巾，這是魏晉儒雅之士的裝束。這裏用以表現周瑜面對強敵從容閒雅的大將風度。一説「羽扇綸巾」是指諸葛亮。綸 漢 guān 國 ㄍㄨㄢ 粵 gwan^1 音關。

⑫ 強虜：指強敵，一作狂虜、或作檣櫓。檣櫓，指戰船。

⑬ 故國神遊：即神遊故國，興致勃勃地暢遊三國赤壁之戰故地。

⑭ 多情應笑，我早生華髮：即應笑我因多情而早生華髮。華髮，花髮，頭髮花白。

⑮ 人生如夢，一尊還酹江月：人生，一作人間。尊，同樽，古代盛酒的器具，即酒杯。酹，用酒祭地。還是敬獻一杯酒來祭奠江上明月吧。酹 漢 lèi 國 ㄌㄟˋ 粵 lyt^8 或 lai^6 音劣或賴。

⑯ 十年生死兩茫茫：茫茫，不清貌、不知曉。十年來生與死天各一方，彼此的情況茫然不知。

⑰ 千里孤墳：即孤墳千里。時蘇軾在密州（今山東諸城）任知府，而他亡妻的孤墳埋在數千里外的家鄉四川。

⑱ 無處話淒涼：內心的悲苦淒涼無處訴説。

⑲ 塵滿面，鬢如霜：風塵滿面，兩鬢如霜。

⑳ 料得年年腸斷處，明月夜，短松岡：短松，即新栽而尚未長大的小松樹。短松岡，指埋葬亡妻的墳岡。此句表達了對亡妻的永遠懷念。

宋詞三

菩薩蠻 書江西造口壁

辛棄疾

鬱孤臺下清江水①，中間多少行人淚②。東北是長安，可憐無數山③。青山遮不住，畢竟江流去④。江晚正愁予⑤，山深聞鷓鴣⑥。

西江月 夜行黃沙道中

辛棄疾

明月別枝驚鵲⑦，清風半夜鳴蟬。稻花香裏說豐年，聽取蛙聲一片。七八箇星天外，兩三點雨山前。舊時茅店社林⑧邊，路轉溪橋忽見。

破陣子　為陳同甫⑨賦壯語以寄　辛棄疾

醉裏挑燈⑩看劍，夢回吹角連營⑪。八百里分麾下炙⑫，五十絃翻塞外聲⑬。沙場秋點兵⑭。　馬作的盧⑮飛快，弓如霹靂⑯弦驚。了卻君王天下事⑰，贏得生前身後名。可憐白髮生。

作者

辛棄疾見初冊第五十四課〈宋詞一〉

題解

〈菩薩蠻〉（鬱孤臺下清江水）選自《全宋詞》。〈菩薩蠻〉是詞牌名，本是唐代教坊曲名。唐宣宗時，女蠻國女子隨使者入貢，謂為「菩薩蠻隊」，教坊樂工依其音樂為「菩薩蠻」曲。宋高宗建炎三年（一一二九），金兵大舉南侵，兵分東西兩路進逼，直抵造口（今江西萬安南），南宋岌岌可危。孝宗淳熙三年（一一七六），辛棄疾任提點江西刑獄，駐節贛州，曾親臨造口，題這首詞於壁上。本詩回顧了四十多年前金兵進犯江西，百姓逃亡時所遭受的災難，並抒發壯志難酬的鬱憤。境界闊大而意境悲涼。

〈西江月〉（明月別枝驚鵲）選自《全宋詞》。〈西江月〉是詞牌名，本是唐代教坊曲名，因李白〈蘇臺覽古〉詩中有「只今惟有西江月」之句而得名。黃沙道，即黃沙嶺，在信州上饒之西。本詞寫作年代不詳，可能作於閒居上饒帶湖時。辛棄疾的文筆以沈雄激越著稱，這首描寫山野田園風光的〈西江月〉則清新俊逸，灑脱明快。

〈破陣子〉（醉裏挑燈看劍）選自《全宋詞》。〈破陣子〉是詞牌名，本來是唐代教坊曲名，源自龜茲的舞曲。陳同甫，即陳亮，生於宋高宗紹興十三年，卒於宋光宗紹熙五年（一一四三——一一九四），字同甫，南宋時著名思想家和愛國詞人，史稱「為人氣超邁，喜談兵。」這首詞大約寫於宋孝宗淳熙十五年（一一八八）冬，此時，辛棄疾在鉛山（今江西鉛山東）瓢泉附近賦閑已久，友人陳同甫自浙江來，兩人同住瓢泉鵝湖寺十日。「長歌相答，極論時事。」分別後仍有詞唱和，共抒愛國情懷，這首詞是其中之一。詞的上片，寫戰地秋晨點兵的情景和氣氛，下片寫出征報國的往事，然後感歎今日壯志難酬。從內容和章法上看，前九句是一段，寫戰士的雄姿；末句是一段，悲英雄之老去。

注釋

① 鬱孤臺下清江水：鬱孤臺，又稱望闕臺，在今江西贛州西南。清江，袁江與贛江合流處，舊稱清江，這裏指贛江。

② 行人淚：指當年金兵侵擾江西時逃難民眾的眼淚。

③ 東北是長安，可憐無數山：東北望長安，一本作「西北是長安」。是說在鬱孤臺上向東北遙望長安，可惜被矮山遮蔽而看不見。這是慨歎北方地區被金人佔據，長期未能收復。

④ 青山遮不住，畢竟江流去：承接上兩句，說青山雖然遮住遙望長安的視線，但卻擋不住贛江水向東奔流。

⑤ 愁予：予，我。使我生愁。

⑥ 鷓鴣：鳥名，形似鵪鶉而稍大，鳴聲淒哀，有說此鳥向南飛而不往北，借此影射南宋君臣不思北伐。

⑦ 月明別枝驚鵲：驚鵲：別枝，指從一枝跳到另一枝。驚鵲，指鵲兒乍見月光而驚飛不定。

⑧ 社林：社，古人祭祀土地神的地方。社林，指社廟附近的樹林。

⑨ 為陳同甫賦壯語以寄：陳同甫，即陳亮，生於宋高宗紹興十三年，卒於宋光宗紹熙五年（一一四三——一一九四）。字同甫，辛棄疾的好友，南宋時著名思想家和愛國詞人。史稱陳亮「為人才氣超邁，喜談兵。」

⑩ 挑燈：挑亮油燈。

⑪ 夢回吹角連營：夢回，夢醒。吹角連營，軍營響起接連不斷的號角之聲。

⑫ 八百里分麾下炙：八百里，指牛。《晉書・王濟傳》載，有牛名八百里駮，一說指八百里範圍以內。麾下，部下。炙，烤肉。與部下分食烤牛肉。麾㊥huī㊢ㄏㄨㄟ㊫fai1 音揮。

⑬ 五十絃翻塞外聲：五十絃，古代的瑟有五十絃，這裏泛指軍中樂器。翻，彈奏。塞外聲，指邊塞悲壯的戰歌。

⑭ 沙場秋點兵：沙場，戰場。點兵，檢閱軍隊。

⑮ 的盧：《三國志・蜀志・先主紀》引《世說新語》載，劉備被敵將追逼，陷入檀溪（在襄陽城西），所騎的盧馬，

一躍三丈，遂得脱險。

⑯ 霹靂：形容射箭時弓弦發出的巨響。

⑰ 了卻君王天下事：了卻，完成。天下事，指收復中原一事。

金元詩詞

邁陂塘

元好問

乙丑歲，赴試并州，道逢捕雁者，云：「今日獲一雁，殺之矣，其脫網者，悲鳴不能去，竟自投於地而死。」予因買得之，葬之汾水之上，累石為識，號曰「雁丘辭」。舊所作無宮商，今改定之。

問世間，情是何物？直教生死相許①。天南地北雙飛客②，老翅幾回寒暑③。歡樂趣，離別苦，就中更有癡兒女④。君⑤應有語，渺⑥萬里層雲，千山暮景，隻影向誰去？橫汾路，寂寞當年簫鼓⑦，荒煙依舊平楚⑧。招魂楚些何嗟及，山鬼自啼風雨⑨。天也妒，未信與⑩，鶯兒燕子俱黃土。千秋萬古，為留待騷人，狂歌痛飲，來訪雁丘處。

百字令 登石頭城

薩都剌

石頭城⑪上，望天低吳楚⑫，眼空無物⑬。指點六朝形勝地⑭，唯有青山如壁⑮。蔽日旌旗⑯，連雲檣艣⑰，白骨紛如雪⑱。一江南北，消磨多少豪傑。

寂寞避暑離宮⑲，東風輦路⑳，芳草年年發。落日無人松徑裏，鬼火高低明滅㉑。歌舞尊前㉒，繁華鏡裏㉓，暗換青青髮㉔。傷心千古，秦淮一片明月。

墨梅 其二

王冕

我家洗研池邊樹㉕，朵朵㉖花開澹墨痕。不要人誇好顏色，只留清氣㉗滿乾坤。

作者

元好問，生於金章宗明昌元年，卒於元憲宗七年（一一九〇——一二五七）。字裕之，號遺山，太原秀容（今山西忻縣）人。少有詩名，名震京師。金宣宗興定五年（一二二一）中進士，官至尚書省左司員外郎，金亡後不仕。好問所作的古文，繼承韓、歐遺緒。散文平易自然，風格清新雄健；詩學杜甫，詞學蘇軾、辛棄疾，皆世所重。有論詩絕句三十首，品評漢、魏至唐、宋的詩作。有《遺山集》。另編有《中州集》，金人詩、詞多賴此而得傳。

薩都剌，生於元武宗至大元年，約卒於元惠帝至正十五年（一三〇八——一三五五？）。字天錫，號直齋，雁門（今山西代縣）人，回族。早年曾到江南一帶經商，泰定帝四年（一三二七）進士及第，歷任江南行御史台侍御史及淮西江北道等職。晚年寓居武林（今杭州）。薩都剌雄踞元代文壇，絕詩清新，古體俊健，律詩沈鬱。他又工於詞，小令婉麗，長詞雄渾，尤長於懷古之作，被譽為「一代詞人之冠」。有《雁門集》。

王冕，生於元順帝至元元年，卒於明成祖永樂五年（一三三五——一四〇七）。字元章，號煮石山農，諸暨（今浙江紹興西南）人。生為農家子，幼時為牧童，甚好學，自行潛入村塾聽課，竟讓牛走失。及長，應科舉試，但不成功，於是絕意功名，浸淫於文藝，尤擅丹青，以畫梅名世。隱居會稽（今浙江紹興）九里山，築屋鏡湖（在紹興城南）之曲，名其居曰竹齋。入明不仕。王冕善詩，興寄深遠，不拘常格。是元代詩壇的表表者。著有《竹齋集》三卷及《續集》一卷。

題解

元好問〈邁陂塘〉（恨人間）選自《遺山樂府》。詞牌名〈邁陂塘〉，本作〈摸魚兒〉，原係唐教坊曲名，源自民間捕魚者之歌，宋人晁補之詞有：「買陂塘、旋栽楊柳」句，於是後人又以〈邁陂塘〉為詞牌名。金章宗泰和五年（南宋寧宗開禧元年，西元一二〇五），年僅十六歲的元好問在赴州應考途中，遇一位捕雁者，聽其自述射殺一雁，另一雁投地殉情之事。元好問很感動，買下雙雁遺骸合葬。並作〈雁丘詞〉，以讚美忠貞不渝的愛情，後加修改，即成此詞。

薩都刺〈百字令〉（石頭城上）選自《雁門集》。〈百字令〉即〈念奴嬌〉，是詞牌名。石頭城在今江蘇南京西清涼山，本戰國時楚威王所置金陵邑，東漢獻帝建安十七年（二一二），孫權重建改名石頭城，唐以前其城負山面江，控扼江險，南臨秦淮河口，形勢險固，唐初漸廢。作者在文宗元至順二年（一三三一）八月到順帝元統二年（一三三四）八月，及順帝至正六年（一三四六）秋到九年（一三四九）間，曾兩次在南京任職。此詞當為晚年之作。詞用蘇軾〈念奴嬌・赤壁懷古〉原韻：如物、壁、雪、傑、發、滅、髮、月等，語句也多有仿效。

王冕〈墨梅〉選自《竹齋詩集》。墨梅，即以水墨畫成的梅花。王冕擅畫梅，這首七言絕句便是他為自己所畫墨梅的題詩，是晚年之作。作者託梅言志，以清幽高傲的梅花自比。

注釋

① 問世間，情是何物？直教生死相許：問世間，一作恨人間。直，竟。許，報答，此指用生命來報答。

② 雙飛客：指雙雙飛翔的大雁。

③ 幾回寒暑：說大雁雙飛許多個年頭。

④ 就中更有癡兒女：就中，於此、在這裏面。癡兒女，元好問另有〈邁陂塘〉詞，其敘曰：「太和中，大名民家小兒女，有以私情不如意赴水者。」癡兒女似指此，此處則是以人比雁。

⑤ 君：指殉情的雁。

⑥ 渺：渺茫、遼闊的樣子。

⑦ 橫汾路，寂寞當年簫鼓：汾，汾河，今山西黃河的支流。漢武帝〈秋風辭〉：「樓船兮濟汾河，橫中流兮揚素波，簫鼓鳴兮發棹歌。」以當日遊幸盛況襯托今日的冷落。

⑧ 平楚：楚，叢木。平楚，猶如平林。登高望遠，見樹木如平地。

⑨ 招魂楚些何嗟及，山鬼暗啼風雨：〈招魂〉、〈山鬼〉均為《楚辭》篇名。楚些，〈招魂〉篇中多以「些」字收尾。何嗟及，即嗟何及。

⑩ 未信與：信，連住兩夜為信，《左傳•莊公三年》：「一宿為舍，再宿為信，過信為次。」此指在一起生活。與，允許、贊成。意謂不肯成全。

⑪ 石頭城：在今江蘇南京西清涼山，本戰國時楚威王所置金陵邑，東漢獻帝建安十七年（二一二），孫權重建改名石頭城，唐以前其城負山面江，控扼江險，南臨秦淮河口，形勢險固，唐初漸廢。

⑫ 望天低吳楚：吳楚，吳、楚兩國故地，泛指今南京長江南北一帶。眺望長江南北，雲霧低壓昔日吳楚之地。

⑬ 眼空無物：物，指昔日繁華勝跡。眼前一派蒼茫看不見昔日繁華勝跡。

⑭ 六朝形勝地：六朝，指三國時的吳、東晉及南朝宋、齊、梁、陳。形勝地，指建業（今南京），六朝皆建都於

此。

⑮ 唯有青山如壁：只有青山依舊，如峭壁屹立。意謂六朝時代的繁華勝跡早已蕩然無存。

⑯ 蔽日旌旗：旌，是在旗杆上裝飾着五色羽毛的一種古代旗幟。即旌旗蔽日，形容軍旗之多。

⑰ 連雲檣艣：檣，是船的桅杆。艣，櫓的異體字。是划船用的工具，用以代指船，此指戰船。即檣艣連雲，形容戰船之多。檣 (漢)qiáng(國)ㄑㄧㄤˊ(粵)tsœŋ^4 音祥。艣 (漢)lǔ(國)ㄌㄨˇ(粵)lou^5 音老。

⑱ 白骨紛如雪：白骨遍野如同點點白雪，形容戰死的人之多。

⑲ 離宮：京城以外皇帝出巡、遊獵或避暑的宮室。

⑳ 輦路：又稱輦道、御道，即帝王車駕所行走的路。輦 (漢)niǎn(國)ㄋㄧㄢˇ(粵)lin^5 音連低上聲。

㉑ 鬼火高低明滅：鬼火，墓地上的磷火。明滅，磷火閃爍的樣子。

㉒ 歌舞尊前：尊，同樽，酒杯。即尊前歌舞，指生活奢華。

㉓ 繁華鏡裏：繁華，代表年青、盛世。即鏡裏繁華，意謂繁華如夢。

㉔ 暗換青青髮：不知不覺滿頭青絲變成白髮。

㉕ 我家洗研池邊樹：我，指梅花。此詩將梅擬人化，以第一人稱寫作，故稱我。家，家在，作動詞用。研，通硯。研 (漢)yàn(國)ㄧㄢˋ(粵)jin^6 音現。

㉖ 朵朵：一作個個。〈梅花六首〉之四有「疏花個個團冰雪」之句。

㉗ 只留清氣滿乾坤：清氣，以梅花之清香和氣質暗喻人之高尚品格與情操。乾坤，天地，指人世間。

清詞

桂殿秋

朱彝尊

思往事，渡江干①，青蛾低映越山看②。共眠一舸聽秋雨③，小簟輕衾各自寒④。

采桑子

納蘭性德

桃花羞作無情死，感激東風⑤，吹落嬌紅⑥，飛入閒窗伴懊儂⑦。

誰憐辛苦東陽瘦⑧，也為春慵⑨，不及芙蓉⑩，一片幽情冷處濃⑪。

長相思

納蘭性德

山一程⑫，水一程。身向榆關那畔行⑬，夜深千帳鐙⑭。　風一更，雪一更⑮。聒⑯碎鄉心夢不成，故園⑰無此聲。

作者

朱彝尊，生於明思宗崇禎二年，卒於清聖祖康熙四十八年（一六二九——一七〇九）。字錫鬯，號竹垞，又號金風亭長、小長蘆釣魚師。秀水（今浙江嘉興）人。康熙十八年（一六七九），舉博學鴻詞，授檢討，尋入直南書房，出典江南省試。學識淵博，出入經史，精考據，勤著述，傳世撰輯甚多。其詩清新渾樸，與王士禎齊名，時稱「南朱北王」。其詞宗姜夔、張炎，風格清麗俊逸，尤重字句聲律，為浙西詞派之祖。晚年自刪定《曝書亭集》八十卷。

納蘭性德，生於清世祖順治十一年，卒於清聖祖康熙二十四年（一六五四——一六八五）。原名成德，字容若，號楞伽山人。滿洲正黃旗人，大學士明珠的長子。康熙十五年（一六七六）舉進士，官一等侍宪。善騎射，好交游，喜讀書，勤寫作。詞宗南唐李煜，以小令見長。風格自然流暢，無雕琢之病。其悼亡詞，尤見悽惋。著有《通志堂集》及《納蘭詞》。

題解

朱彝尊〈桂殿秋〉（思往事）選自《曝書亭集》卷二十四。〈桂殿秋〉是詞牌名。作者與其妻妹馮壽常有深情，這首詞記述作者與馮氏一次江上同舟卻無法親近的苦況。此詞雖是言情之作，卻寫得清秀脱俗。

納蘭性德〈采桑子〉（桃花羞作無情死）及〈長相思〉（山一程）選自《清名家詞・通志堂詞》。〈采桑子〉是詞牌名，唐教坊曲中有大曲〈采桑〉，即古相和歌中的〈采桑曲〉，亦即〈陌上桑〉。這首詞借桃花東風起興，抒發了作者的閒愁。風格與花間派的艷詞相近。

〈長相思〉是詞牌名。清康熙二十一年（一六八二），作者隨聖祖出巡，經山海關前往聖京（今遼寧瀋陽），聖京是清人入關前的京城。這首詞生動地描寫了帝王出巡關外的行程和夜宿軍營的情景，抒發了羈旅思鄉的愁懷。

注釋

① 江干：干，邊、江邊。
② 青蛾低映越山看：青蛾，古代女子以青黛畫眉，借指女子。越山，今浙江一帶的山。
③ 共眠一舸聽秋雨：舸，指小船。聽秋雨，意指不曾入睡。
④ 小簟輕衾各自寒：簟，竹席。衾，被子。各自寒，兩人未能同衾共枕，因此各自忍受着寒冷。簟 漢diàn 國ㄉㄧㄢˋ 粵tim⁵ 音甜低上聲。衾 漢qīn 國ㄑㄧㄣ 粵kem¹ 音襟。
⑤ 感激東風：前人詠桃花詩詞多怨東風，作者一改前人之意，頗有新意。
⑥ 嬌紅：指桃花。
⑦ 懊儂：儂，通儂。懊儂，煩惱、憂悶。懊儂 漢ào nóng 國ㄠˋ ㄋㄨㄥˊ 粵ou³ nung⁴ 音澳農。
⑧ 東陽瘦：東陽，指南朝時的沈約。沈約，生於宋文帝元嘉十八年（四四一——五一三），曾為東陽太守，典出自其〈致徐勉陳情書〉，篇中謂因病勞日漸消瘦，後以「東陽瘦」形容體瘦。
⑨ 春慵：指春天的懶散情緒。慵 漢yōng 國ㄩㄥ 粵jung⁴ 音容。
⑩ 芙蓉：指木芙蓉，即木蓮，非荷花。
⑪ 一片幽情冷處濃：木芙蓉秋季迎霜帶露而開，色紅、白，夜間温冷，花色益濃。此句精妙地概括了木芙蓉的特性，表達了作者對人生的感悟。
⑫ 山一程：程，里程。指走一程山路。
⑬ 身向榆關那畔行：榆關，即山海關，在今河北秦皇島東北，為通往遼寧的關口。那畔，那邊。往榆關那邊行。
⑭ 夜深千帳燈：燈，同燈。極言隨皇帝出巡隨員之多。
⑮ 風一更，雪一更：更，古時夜裏的計時單位。用更，表示時間推移。自晚上七時至凌晨五時，分為五個更，每更兩個小時，換更時打更報時。「風一更，雪一更」意思是颳了一陣風下了一陣雪，一夜風雪未停。

⑯ 聒：聲音嘈雜、喧鬧。聒㊇guō㊈ㄍㄨㄚ㊉kut8音括。

⑰ 故園：家鄉。這裏指北京。

元散曲

天淨沙 秋思

馬致遠

枯藤老樹昏鴉①，小橋流水人家②，古道西風瘦馬。夕陽西下，斷腸人在天涯③。

山坡羊 潼關懷古

張養浩

峯巒如聚④，波濤如怒⑤，山河表裏潼關路⑥。望西都⑦，意踟躕⑧，傷心秦漢經行處⑨。宮闕⑩萬間都做了土。興，百姓苦；亡，百姓苦！

迎仙客 括山道中

張可久

雲冉冉⑪，草纖纖⑫，誰家隱居山半掩⑬？水烟寒，溪路險，半幅青帘⑭，五里桃花店⑮。

凭闌人 寄征衣⑯

姚燧

欲寄君⑰衣君不還，不寄君衣君又寒。寄與不寄間，妾身⑱千萬難。

作者

馬致遠，生卒年俱無定論，約生活於元世祖中統初年至泰定帝年間（一二六一？——一三二四？）。號東籬，大都（今北京）人，曾任江浙行省務官，為元代重要的雜劇作家及散曲家。與雜劇藝人往來甚密，和關漢卿、鄭光祖、白樸齊名。馬致遠著雜劇十五種，今存僅七種，另小令一百零四首，套曲十七套。他的作品皆典雅清麗，超逸雄爽。題材多屬仙道隱逸的故事，間有感歎懷才不遇之作。朱權《太和正音譜》推馬致遠為元雜劇第一家。後人輯有《東籬樂府》一卷。

張養浩，生於宋度宗咸淳五年，卒於元文宗天曆二年（一二六九——一三二九）。字希孟，號雲莊，濟南（今屬山東）人。讀書有成，歷任高職。為御史時，上疏論政，為權貴所忌，遭陷罷官。元明宗天曆二年（一三二九）復起用，任陝西行臺中丞，時關中大旱，賑濟饑民，終日無少怠。到官四月，得疾不起，卒年六十，謚文忠。張養浩救荒除弊，為一代名臣，勤政撫民之餘，從事散曲製作。作品飄逸婉麗兼而有之，於元曲中別開新面。有散曲集《雲莊休居自適小樂府》一卷，收小令一百五十七首，套曲二套。另有詩集《雲莊類稿》。

張可久，生卒年不詳，元順帝至正初年七十餘歲，至正八年（一三四八）猶在世。字小山，慶元（今浙江鄞縣）人。做過小吏，不得志，便懷詩酒，浪跡江湖，畢生致力散曲創作。張可久的作品，傳世的有小令八百五十五支，套數九篇，數量為元人之冠。其散曲題材廣泛，包括寫景、言情、談禪、贈答等。皆富麗精工，格律嚴謹。著有《今樂府》、《吳鹽》、《蘇隄漁唱》及《小山北曲聯樂府》。

姚燧，生於宋理宗嘉熙三年，卒於元仁宗延祐元年（一二三九——一三一四）。字端甫，號牧庵，祖籍柳城（今熱河朝陽），後徙洛陽（今河南洛陽）。幼從學於許衡。初為秦王府文學，歷官江東廉訪使、江西行省參知政事集賢大學士及翰林學士承旨。姚燧器識豪邁，負天下重名。文章典雅謹嚴，多碑誌及應制之作，宋濂《元史》稱其文有西漢之風。嗜音樂，喜作散曲，以小令為主。詞淺意曲，疏淡高曠，與其文章蹊徑異趣。今存小令二十九首，套數一篇。清人輯有《牧庵集》。

題解

馬致遠〈天淨沙〉（枯藤老樹昏鴉）選自《中原音韻》。〈天淨沙〉是曲牌名。散曲是金、元時期北方興起的一種入樂文體，它的唱辭按照曲調填製，散曲主要分小令和套曲兩種。〈天淨沙〉是馬致遠散曲作品中最出名的小令。它寓情於景，將環境與心境融為一體，抒發了遊子飄泊天涯的孤寂情緒。作者用遊子的思鄉愁苦為線索，把一個個意象串連起來，充份表現出清新脫俗的藝術手法。

張養浩〈山坡羊〉（峰巒如聚）選自《朝野新聲太平樂府》卷四。〈山坡羊〉是曲牌名，大約寫於張養浩在陝西救災時。潼關，在今陝西潼關縣北，地勢險要，為兵家必爭之地。這首曲寫作者登臨潼關所見，表達了對治亂興衰的感慨。

張可久〈迎仙客〉（雲冉冉）選自《樂府羣珠》卷四。〈迎仙客〉是曲牌名，「括山道中」是曲題，括山，即括蒼山，在今浙江東南部，此曲描寫山居景色，使人有超脫塵俗之想。

姚燧〈凭闌人〉（欲寄君衣君不還）選自《朝野新聲太平樂府》卷三。〈凭闌人〉是曲牌名，「寄征衣」是曲題，這首懷念征人的散曲小令，有着民間小曲的格調，構思奇巧，曲盡人情，歷來膾炙人口。

注釋

① 昏鴉：暮色中歸巢的烏鴉。

② 小橋流水人家：寫人家的恬靜安寧，反襯下句瘦馬，指旅人之奔勞。

③ 斷腸人在天涯：斷腸人，指飄泊天涯，極度憂傷的旅人。此句為全篇主題，前面景物的描寫，都為襯托這一句。

④ 峯巒如聚：形容潼關羣峯密集。

⑤ 波濤如怒：潼關城下臨黃河，此形容河水波濤洶湧。

⑥ 山河表裏潼關路：指潼關一帶地勢險要，外有黃河內有華山，山河互為表裏。

⑦ 西都：這裏指長安。東漢建都洛陽，稱為東都，對西漢都城長安則稱為西都或西京。

⑧ 躊躕：心中猶豫，這裏引伸為痛苦不安。躊躕 ㊉漢 chóu chú ㊉國 ㄔㄡˊ ㄔㄨˊ ㊉粵 tsɐu^{4} tsy^{4} 音酬廚。

⑨ 秦漢經行處：指秦漢以來的歷史足跡。

⑩ 宮闕：宮，宮殿。闕，皇宮門前兩邊的望樓。

⑪ 冉冉：慢慢移動之態。冉㊥rǎn㊬ㄖㄢˇ㊮jim5音染。
⑫ 纖纖：草木茂盛的樣子。
⑬ 山半掩：指居處一半被山掩蔽着。
⑭ 青帘：酒帘，酒店門前以青色布作的標識。帘㊥lián㊬ㄌㄧㄢˊ㊮lim4音簾。
⑮ 五里桃花店：桃花，酒名。五里之外就是桃花酒店。
⑯ 征衣：遠行穿的衣服，一般指軍衣。
⑰ 君：對別人的敬稱，此處為妻子對丈夫的尊稱。
⑱ 妾身：女子謙稱。

鏡花緣　女兒國

李汝珍

行了幾日，到了女兒國。船隻泊岸。多九公來約唐敖上去遊玩。唐敖因聞得太宗命唐三藏西天取經，路過女兒國，幾乎被國王留住，不得出來，所以不敢登岸。多九公笑道：「唐兄慮的固是。但這女兒國非那女兒國可比。若是唐三藏所過女兒國，不獨唐兄不應上去，就是林兄明知貨物得利，也不敢冒昧上去。此地女兒國却另有不同：歷來本有男子，也是男女配合，與我們一樣。其所異於人的，男子反穿衣裙，作為婦人，以治內事；女子反穿靴帽，作為男人，以治外事。男女雖亦配偶，內外之分，却與別處不同。」唐敖道：「男為婦人，以治內事，面上可用脂粉？兩足可須纏裹？」林之洋道：「聞得他們最喜纏足，無論大家小戶，都以小腳為貴；若講脂粉，更是不能缺的。幸虧俺①生中原，若生這裏，也教俺裹腳，那才坑殺人哩！」因從懷中取出一張貨單道：

「妹夫，你看：上面貨物就是這裏賣的。」唐敖接過，只見上面所開脂粉、梳篦等類，盡是婦女所用之物。看罷，將單遞還道：「當日我們嶺南②起身，查點貨物，小弟見這物件帶的過多，甚覺不解，今日才知却是為此。單內既將貨物開明，為何不將價錢寫上？」林之洋道：「海外賣貨，怎肯預先開價，須看他缺了那樣，俺就那樣貴。臨時見景生情，却是俺們飄洋討巧處。」唐敖道：「此處雖有女兒國之名，並非純是婦人，為何要買這些物件？」多九公道：「此地向來風俗，自國王以至庶民，諸事儉樸；就只有個毛病，最喜打扮婦人。無論貧富，一經講到婦人穿戴，莫不興致勃勃，那怕手頭拮据，也要設法購求。林兄素知此處風氣，特帶這些貨物來賣。這個貨單拿到大戶人家，不過三兩日就可批完，臨期兑銀發貨。雖不能如長人國③、小人國④大獲其利，看來也不止兩三倍利息。」唐敖道：「小弟當日見古人書上有『女治外事，男治內事』一說，以為必無其事；那知今日竟得親到其地。這樣異鄉，定要上去領略領略風景。舅兄今日滿面紅光，必有非常喜事，大約貨物定是十分得彩，我們又要暢飲喜酒了。」林之洋道：「今日有兩隻喜鵲，只管朝俺亂噪；又有一對喜珠，巧巧落俺腳上：只怕又像燕窩那樣財氣⑤，也不可知。」拿了貨單，滿面笑容去了。

唐敖同多九公登岸進城，細看那些人，無老無少，並無鬍鬚；雖是男裝，却是女音；兼之身段瘦小，嫋嫋婷婷。唐敖道：「九公，你看：他們原是好好婦人，却要裝作男人，可謂矯揉造作了。」多九公笑道：「唐兄：你是這等說；只怕他們看見我們，也說我們放著好好婦人不做，却矯揉造作，充作男人哩。」唐敖點頭道：「九公此話不錯。俗話說的：『習慣成自然。』我們看他雖覺異樣，無如他們自古如此；他們看見我們，自然也以我們為非。此地男子如此，不知婦人又是怎樣？」多九公暗向旁邊指道：「唐兄：你看那個中年老嫗，拿着針線做鞋，豈非婦人麼？」唐敖看時，那邊有個小戶人家，門內坐著一個中年婦人：一頭青絲黑髮，油搽的雪亮，真可滑倒蒼蠅；頭上梳一盤龍鬏兒⑥，鬢旁許多珠翠，真是耀花人眼睛；耳墜八寶金環；身穿玫瑰紫的長衫，下穿葱綠裙兒；裙下露着小小金蓮，穿一雙大紅繡鞋，剛剛只得三寸；伸着一雙玉手，十指尖尖，在那里繡花；一雙盈盈秀目，兩道高高蛾眉，面上許多脂粉；再朝嘴上一看，原來一部鬍鬚，是個絡腮鬍子！看罷，忍不住撲嗤笑了一聲。那婦人停了針線，望著唐敖喊道：「你這婦人，敢是笑我麼？」這個聲音，老聲老氣，倒像破鑼一般，把唐敖嚇的拉著多九公朝前飛跑。那婦人還在那里大聲說道：「你面上有鬚，明明是個婦人；你却穿衣戴帽，混充男人！你也不管男女混雜！你明雖偷看婦女，你其實要偷看男人。你這臊貨！你去照照鏡子，——你把本來面目都忘了！你這蹄子，也不怕羞！你今日幸虧遇見老娘；你若遇見別人，把你當作男人偷看婦女，只怕打個半死哩！」唐敖聽了，見離婦人已遠，因向九公道：「原來此處語音却還易懂。聽他所言，果然竟把我們當作婦人。他才罵我『蹄子』：大約自有男子以來，未有如此奇罵，這可算得『千古第一罵』。我那舅兄上去，但願他們把他當作男人才好。」多九公道：「此話怎講？」唐敖道：「舅兄本來生的面如傅粉；前在厭火國⑦，又將鬍鬚燒去，更顯少壯；他們要把他當作婦人，豈不就心麼？」多九公道：「此地國人向待鄰邦最是和睦，何況我們又從天朝⑧來的，更要格外尊敬。唐兄只管放心。」

作者

李汝珍，生於清高宗乾隆二十八年，卒於清宣宗道光八年（一七六三——一八二八）。字松石，直隸大興（今屬北京）人。生性豪邁，不習時文，故於科舉功名，無所成就，曾任河南縣丞。精通音韻，性喜雜學。

李汝珍以小說《鏡花緣》名於世。他以鏡中花、水中月來比喻理想世界之虛無。書中揄揚女子的才能，對重男輕女的傳統，予以諷刺。小說的後半部雜有大量經學考據資料與文字音韻學知識，可見他博學多聞，才思廣遠。另著有《李氏音鑑》五卷。

題解

本課節選自長篇章回小說《鏡花緣》第三十二回「訪籌算暢遊智佳國　觀豔妝閒步女兒鄉」，版本據《繪圖鏡花緣》（一八八八年上海點石齋），現有標題是編者所加。《鏡花緣》成書於清仁宗嘉慶年間（一七九六——一八二〇），是一部譏諷世情的幻想小說，共一百回，故事以唐武則天的時代為背景。小說先寫百花獲譴，百人會試赴宴的故事，然後寫秀才唐敖等海外奇遇，最後以武后敗亡作結。

女兒國是小說中最精彩的篇章之一，李汝珍對其着墨也最多，用了五回半去描寫一個與現實社會「男主外，女主內」、「男尊女卑」完全不同的地方，該國以女性為核心，構思新穎，文字風趣。

注釋

① 俺：我。俺 漢ǎn 國ㄢˇ 粵jim3 音厭。

② 嶺南：唐置嶺南道，在今廣州，轄境相當於今廣東、廣西大部及越南北部地區。小說中的唐敖、林之洋皆為嶺南道循州河源縣（今屬廣東）人。

③ 長人國：小說中的海外諸國之一，因國人身長而得名。

④ 小人國：小說中海外諸國之一，因國人身段矮小而得名。

⑤ 燕窩那樣財氣：指在小說第十二回的事，第十二回遊歷君子國時，國人曾賞商船上水手燕窩十擔，水手食後誤作粉條，林之洋以粉條價將其買下，僅用了幾貫錢，回國後獲利之厚可想而知。

⑥ 盤龍鬏兒：把頭髮編成辮子，盤在頭上，是一種女人髮式。

⑦ 厭火國：小說中的海外諸國之一，因其國人口能吐火，故名。

⑧ 天朝：天子之朝廷，對朝廷的尊稱。此處指唐朝。

儒林外史 范進中舉 吳敬梓

這周學道雖也請了幾個看文章的相公①，却自心裏想道：「我在這裏面吃苦久了，如今自己當權，須要把卷子都要細細看過，不可聽著幕客②，屈了真才。」主意定了，到廣州上了任。次日，行香掛牌③。先考了兩場生員④。第三場是南海、番禺兩縣童生⑤。周學道坐在堂上，見那些童生紛紛進來：也有小的，也有老的，儀表端正的，獐頭鼠目的，衣冠齊楚的，襤褸破爛的……落後點進一個童生來，面黃飢瘦，花白鬍鬚，頭上戴一頂破氈帽。廣東雖是地氣溫暖，這時已是十二月上旬，那童生還穿着蔴布直裰⑥，凍得乞乞縮縮，接了卷子，下去歸號。周學道看在心裏，封門進去。出來放頭牌⑦的時節，坐在上面，只見那穿麻布的童生上來交卷。那衣服因是朽爛了，在號里又扯破了幾塊。周學道看看自己身上，緋袍金帶，何等輝煌。因翻一翻點名冊，問那童生道：「你就是范進？」范進跪下道：「童生就是。」學道道：「你今年多少年紀了？」范進道：「童生冊上寫的是三十歲，童生實年五十四歲。」學道道：「你考過多少回數了？」范進道：「童生二十歲應考，到今考過二十餘次。」學道道：「如何總不進學？」范進道：「總因童生文字荒謬，所以各位大老爺不曾賞取。」周學道道：「這也未必盡然。你且出去，卷子待本道細細看。」范進磕頭下去了。

那時天色尚早，並無童生交卷。周學道將范進卷子用心用意看了一遍，心裏不喜，道：「這樣的文字，都說的是些甚麼話！怪不得不進學。」丟過一邊不看了。又坐了一會，還不見一個人來交卷，心裏又想道：「何不把范進的卷子再看一遍，倘有一線之明，也可憐他苦志。」從頭至尾又看了一遍，覺得有些意。正要思再看看，却有一個童生來交卷。那童生跪下道：「求大老爺面試。」學道和顏道：「你的文字已在這裏了，又面試些甚麼？」那童生道：「童生詩詞歌賦都會，求大老爺出題面試。」學道變了臉道：「『當今天子重文章，足下何須講漢唐』！像你做童生的人，只該用心做文章，那些雜覽⑧學他做甚麼！裏且本道奉旨到此衡文，難道是來此同你談雜學的麼？看你這樣務名而不務實，那正務自然荒廢，都是些粗心浮氣的說話，看不得了。左右的趕了出去！」一聲吩咐過了，兩傍走過幾個如狼似虎的公人，把那童生叉⑨着膊子，一路跟頭叉到大門外。周學道雖然趕他出去，却也把卷子取來看。看那童生叫做魏好古，文字也還清通。學道道：「把他低低的進了學⑩罷。」因取過筆來，在卷子尾上點了一點，做個記認。又取過范進卷子來看，看罷不覺嘆息道：「這樣文字，連我看一兩遍也不能解，直到三遍之後，才曉得是天地間之至文，真乃一字一珠！可見世上糊塗試官不知屈煞了多少英才！」忙取筆細細圈點，卷面上加了三圈，即填了第一名。又把魏好古的卷子取過來，填了第二十名。將各卷匯齊，帶了進去。發出案來⑪，范進是第一。謁見那日，着實贊揚了一回。點到二十名，魏好古上去，又勉勵了幾句「用心舉業，休學雜覽」的話，鼓吹送了出去⑫。

次日起馬⑬，范進獨自送在三十里之外，轎前打恭⑭。周學道又叫到跟前說道：「龍頭屬老成⑮。本道看你的文字火候⑯到了，即在此科一定發達。我覆命之後在京專候。」范進又磕頭謝了。起來立著。學道轎子一擁而去。范進立著，直望見門槍⑰影子抹過前山，看不見了，方才回到下處⑱。謝了房主人。他家離城還有四十五里路，連夜回來，拜見母親。

家裏住着一間草屋、一廈披子⑲，門外是個茅草棚。正屋是母親住着，妻子住在披房裏。他妻子乃是集上胡屠戶的女兒。范進進學回家，母親、妻子俱各歡喜。正待燒鍋做飯，只見他丈人胡屠戶，手裏拿着一副大腸和一瓶酒，走了進來。范進向他作揖，坐下。胡屠戶道：「我自倒運，把個女兒嫁與你這現世寶⑳窮鬼，歷年以來不知累了我多少！如今不知因我積了甚麼德，帶挈㉑你中了個相公，我所以帶個酒來賀你。」范進唯唯連聲，叫渾家㉒把腸子煮了。燙起酒來，在茅草棚下坐着。母親自和媳婦在廚下造飯。胡屠戶又吩咐女婿道：「你如今既中了相公，凡事要立起個體統來。比如我這行事㉓裏，都是些正經有臉面的人，又是你的長親㉔，你怎敢在我們跟前裝大，若是家門口這些做田的、扒糞的，不過是平頭百姓，你若同他拱手作揖，平起平坐，這就是壞了學校規矩，連我臉上都無光了。你是個爛忠厚沒用的人，所以這些話我不得不教導你，免得惹人笑話。」范進道：「岳父見教的是。」胡屠戶又道：「親家母也來這裏坐着吃飯。老人家每日小菜飯，想也難過，我女孩兒也吃些，自從進了你家門，這十幾年，不知豬油可曾吃過兩三回哩！可憐！可憐！」說罷，婆媳兩個都來坐著吃了飯。吃到日西時分，胡屠戶吃的醺醺的。這里母子兩個，千恩萬謝。屠戶橫披了衣服，腆着㉕肚子去了。

次日，范進少不得拜拜鄉鄰。魏好古又約了一班同案㉖的朋友，彼此來往。因是鄉試年㉗，做了幾個文會㉘。不覺到了六月盡間，這些同案的人約范進去鄉試。范進因沒有盤費，走去同丈人商議，被胡屠戶一口啐在臉上，罵了一個狗血噴頭，道：「不要失了你的時了！你自己只覺得中了一個相公，就『癩蝦蟆想吃起天鵝肉』來！我聽見人說，就是中相公時，也不是你的文章，還是宗師㉙看見你老，不過意，捨與你的。如今痴心就想中起老爺㉚來！這些中老爺的都是天上的文曲星㉛！你不看見城裏張府上那些老爺？都有萬貫家私，一個個方面大耳。像你這尖嘴猴腮，也該撒抛㉜尿自己照照，不三不四就想天鵝屁吃！趁早收了這心，明年在我們行事裏替你尋一個館，每年尋幾兩銀子，養活你那老不死的老娘和你老婆是正經。你問我借盤纏，我一天殺一個豬還賺不得錢把銀子，都把與㉝你去丢在水裏，叫我一家老小嗑㉞西北風！」一頓夾七夾八，罵的范進摸門不着。辭了丈人回來，自心裏想：「宗師說我火候已到，自古無場外的舉人，如不進去考他一考，如何甘心？」因向幾個同案商議，瞞着丈人，到城裏鄉試。出了場，即便回家。家裏已是餓了兩三天。被胡屠戶知道，又罵了一頓。

到出榜㉟那日，家裏沒有早飯米，母親吩咐范進道：「我有一隻生蛋的母雞，你快拿集上去賣了，買幾升米來煮餐粥吃，我已是餓的兩眼都看不見了。」范進慌忙抱了雞，走出門去。才去不到兩個時候㊱，只聽得一片聲的鑼嚮，三匹馬闖將來。那三個人下了馬，把馬拴在茅草棚上，一片聲叫道：「快請范老爺出來，恭喜高中了！」母親不知是甚事，嚇得躲在屋裏，聽見中了，方敢伸出頭來說道：「諸位請坐，小兒方才出去了。」那些報錄人㊲道：「原來是老太太。」大家簇擁着要喜錢。正在吵鬧，又是幾匹馬，二報、三報到了，擠了一屋的人，茅草棚地下都坐滿了。鄰居都來了，擠着看。老太太沒奈何，只得央及一個鄰居去尋他兒子。

那鄰居飛奔到集上，一地裏㊳尋不見，直尋到集東頭，見范進抱着雞，手里插個草標，一步一踱的東張西望，在那裏尋人買。鄰居道：「范相公，快些回去！你恭喜中了舉人，報喜人擠了一屋裏。」范進道是哄他，只裝不聽見，低着頭往前走。鄰居見他不理，走上來就要奪他手裏的雞。范進道：「你奪我的雞怎的？你又不買。」鄰居道：「你中了舉了，叫你家去打發報子哩。」范進道：「高鄰，你曉得我今日沒有米，要賣這雞去救命，為甚麼拿這話來混㊴我。我又不同你頑㊵，你自回去罷，莫誤了我賣雞。」鄰居見他不信，劈手把雞奪了，攢在地下，一把拉了回來。

報錄人見了道：「好了，新貴人回來了。」正要擁着他說話，范進三兩步走進屋裏來，見中間報帖㊶已經升挂起來，上寫道：「捷報貴府老爺范諱㊷進高中廣東鄉試第七名亞元㊸。京報連登黃甲㊹。」范進不看便罷，看過一遍，又念一遍，自己把兩手拍了一下，笑了一聲道：「噫，好了！我中了！」說着，往後一交跌倒，牙關咬緊，不省人事。老太太慌了，慌將幾口開水灌了過來。他爬將起來，又拍着手大笑道：「噫，好！我中了！」笑着，不由分說就往門外飛跑，把報錄人和鄰居都唬了一跳。走出大門不多路，一腳踹㊺在塘裏，掙起來，頭髮都跌散了，兩手黃泥，淋淋漓漓一身的水，眾人拉他不住，拍着，笑着，一直走到集上去了。

眾人大眼望小眼，一齊道：「原來新貴人歡喜瘋了。」老太太哭道：「怎生這樣苦命的事，中了一個甚麼舉人，就得了這個拙病！這一瘋了，幾時才得好？」娘子胡氏道：「早上好好出去，怎的就得了這樣的病！却是如何是好？」

眾鄰居勸道：「老太太不要心慌，我們而今且派兩個人跟定了范老爺。這裏眾人家裏㊻拿些雞蛋酒米，且管待了報子上的老爹們，再為商酌。」當下眾鄰居有拿雞蛋來的，有拿白酒來的，也有背了斗米來的，也有捉兩隻雞來的。娘子哭哭啼啼，在廚下收拾齊了，拿在草棚下。鄰居又搬些桌櫈，請報錄的坐着吃酒，商議他這瘋了如何是好。報錄的內中有一個人道：「在下倒有一個主意，不知可以行得行不得？」眾人問如何主意。那人道：「范老爺平日可有最怕的人？他只因歡喜狠了，痰湧上來，迷了心竅。如今只消㊼他怕的這個人來打他一個嘴巴，說：『這報錄的話都是哄你，你並不曾中。』他吃這一唬，把痰吐了出來，就明白了。」眾鄰都拍手道：「這個主意好得緊，妙得緊！范老爺怕的，莫過於肉案子上胡老爹。好了，快尋胡老爹來！他想是還不知道，在集上賣肉哩。」又一個人道：「在集上賣肉他倒好知道了，他從五更鼓就往東頭集上迎豬㊽，還不曾回來。快些迎着去尋他。」

一個人飛奔去迎，走到半路，遇着胡屠戶來，後面跟着一個燒湯的二漢㊾，提着七八觔肉，四五千錢，正來賀喜。進門見了老太太，老太太大哭着告訴了一番。胡屠戶詫異道：「難道這等沒福？」外邊人一片聲請胡老爹說話。胡屠戶把肉和錢交與女兒，走了出來。眾人如此這般同他商議。胡屠戶作難道：「雖然是我女婿，如今卻做了老爺，就是天上的星宿。天上的星宿是打不得的！我聽得齋公㊿們說，打了天上的星宿，閻王就要拿去打一百鐵棍，發在十八層地獄，永不得翻身。我卻是不敢做這樣的事！」鄰居內一個尖酸人說道：「罷麼(51)！胡老爹，你每日殺豬的營生，白刀子進去，紅刀子出來，閻王也不知叫判官在簿子上記了你幾千條鐵棍，就是添上這一百棍，也打甚麼要緊？只恐把鐵棍子打完了，也算不到這筆賬上來。或者你救好了女婿的病，閻王敘功，從地獄裏把你提上第十七層來也不可知。」報錄的人道：「不要只管講笑話。胡老爹，這個事須是這般，你沒奈何權變一權變。」屠戶被眾人局不過(52)，只得連斟兩碗酒喝了，壯一壯膽，把方才這些小心(53)收起，將平日的兇惡樣子拿出來，捲一捲那油晃晃的衣袖，走上集去。眾鄰居五六個都跟着走。

老太太趕出來叫道：「親家，你這可唬他一唬，却不要把他打傷了！」眾鄰居道：「這自然，何消吩咐。」說着，一直去了。

來道集上，見范進正在一個廟門口站着，散著頭髮，滿臉污泥，鞋都跑掉了一隻，兀自㊹拍著掌，口裏叫道：「中了！中了！」胡屠戶兇神走到跟前說道：「該死的畜生！你中了甚麼？」一個嘴巴打將去。眾人和鄰居見這模樣，忍不住的笑。不想胡屠戶雖然大着胆子打了一下，心裏到底還是怕的，那手早顫起來，不敢打到第二下。范進因這一個嘴巴，莧也打暈了，昏倒於地。眾鄰居一齊上前，替他抹胸口，捶背心，舞㊺了半日，漸漸喘息過來，眼睛明亮，不瘋了。眾人扶起，借廟門口一個外科郎中㊻「跳駝子」板櫈上坐着。胡屠戶站在一邊，不覺那隻手隱隱的疼將起來，自己看時，把個巴掌仰着再也彎不過來。自己心裏懊惱道：「果然天上文曲星是打不得的！而今菩薩計較起來了。」想一想，更疼的狠了，連忙問郎中討了個膏藥貼着。范進看了眾人，說道：「我怎麼坐在這裏？」又道：「我這半日，昏昏沈沈，如在夢裏一般。」眾鄰居道：「老爺恭喜高中了。適才歡喜的有些引動了痰，方才吐出幾口痰來好了。快請回家去打發報錄人。」范進說道：「是了，我也記得是中的第七名。」范進一面自綰㊼了頭髮，一面問郎中借了一盆水洗洗臉。一個鄰居早把那一隻鞋尋了來，替他穿上。丈人在跟前，恐怕又要來罵。胡屠戶上前道：「賢婿老爺，方才不是我敢大胆，是你老太太的主意，央我來勸你的。」鄰居內一個人道：「胡老爹方才這個嘴巴打的親切，少頃范老爺洗臉還要洗下半盆豬油來！」又一個道：「老爹，你這手明日殺不得豬了。」胡屠戶道：「我那裏還殺豬，有我這賢婿，還怕後半世靠不着也怎的？我每常說，我的這個賢婿，才學又高，品貌又好，就是城裏頭那張府、周府這些老爺，也沒有我女婿這樣一個體面的相貌。你們不知道，得罪你們說，我小老㊽這一雙眼睛却是認得人的，想着先年我小女在家裏，長到三十多歲，多少有錢的富戶要和我結親，我自己覺得女兒像有些福氣的，畢竟要嫁與個老爺，今日果然不錯！」說罷哈哈大笑，眾人都笑起來。看着范進洗了臉，郎中又拿茶來吃了，一同回家。范舉人先走，屠戶和鄰居跟在後面，屠戶見女婿衣裳後襟滾皺了許多，一路低着頭替他扯了幾十回。到了家門，屠戶高聲叫道：「老爺回府了！」老太太迎著出來，見兒子不瘋，喜從天降。眾人問報錄的，已是家裏把屠戶送來的幾千錢打發他們去了。范進拜了母親，也拜謝丈人。胡屠戶再三不安道：「些須⑲幾個錢，不夠你賞人。」范進又謝了鄰居。

正待坐下，早看見一個體面的管家，手裏拿着一個大紅全帖⑳，飛跑了進來：「張老爺來拜新中的范老爺。」說畢，轎子已是到了門口。胡屠戶忙躲進女兒房裏不敢出來。鄰居各自散了。范進迎了出去，只見那張鄉紳下了轎進來，頭戴紗帽，身穿葵花色圓領㉑，金帶、皂靴㉒。他是舉人出身，做過一任知縣的，別號靜齋，同范進讓了進來，到堂屋內平磕了頭㉓，分賓主坐下。張鄉紳先攀談道：「世先生同在桑梓㉔，一向有失親近。」范進道：「晚生久仰老先生，只是無緣，不曾拜會。」張鄉紳道：「適才看見題名錄㉕，貴房師高要縣湯公㉖，就是先祖的門生㉗，我和你是親切的世弟兄。」范進道：「晚生僥倖，實是有愧。却幸得出老先生門下，可為欣喜。」張鄉紳四面將眼睛望了一望，説道：「世先生果是清貧。」隨在跟的家人手裏拿過一封銀子來，説道：「弟却也無以為敬，謹具賀儀⑱五十兩，世先生權且收着。這華居其實住不得，將來當事拜往⑲俱不甚便。弟有空房一所，就在東門大街上，三進三間，雖不軒敞⑳，也還乾淨，就送與世先生，搬到那裏去住，早晚也好請教些。」范進再三推辭，張鄉紳急了，道：「你我年誼世好㉑，就如至親骨肉一般，若要如此，就是見外了。」范進方才把銀子收下，作揖謝了。又説了一會，打躬作別。

胡屠戶直等他上了轎，才敢走出堂屋來。范進即將銀子交與渾家打開看，一封一封雪白的細絲錠子，即便包了兩錠，叫胡屠戶進來，遞與他道：「方才費老爹的心，拿了五千錢來。這六兩多銀子老爹拿了去。」屠戶把銀子攥在手裏緊緊的，把拳頭舒㉒過來，道：「這個，你且收著。我原是賀你的，怎好又拿了回去？」范進道：「眼見得我這裏還有這幾兩銀子，若用完了，再來問老爹討來用。」屠戶連忙把拳頭縮了回去，往腰裏揣，口裏說道：「也罷，你而今相與了這個張老爺，何愁沒有銀子用？他家裏的銀子，說起來比皇帝家還多些哩！他家就是我賣肉的主顧，一年就是無事，肉也要用四五千斤，銀子何足為奇！」又轉回頭來望着女兒說道：「我早上拿了錢來，你那該死行瘟的兄弟還不肯，我說：『姑老爺今非昔比，少不得有人把銀子送上門來給他用，只怕姑老爺還不希罕。』今日果不其然！如今拿了銀子家去罵這死砍頭短命的奴才！」說了一會，千恩萬謝，低着頭笑迷迷的去了。

自此以後，果然有許多人來奉承他：有送田產的，有人送店房的，還有那些破落戶，兩口子來投身為僕圖蔭庇的。到兩三個月，范進家奴僕、丫鬟都有了，錢、米是不消說了。

作者

吳敬梓，生於清聖祖康熙四十年，卒於清高宗乾隆十九年（一七〇一——一七五四）。字敏軒，一字文木，安徽全椒人。生於顯赫豪門，世代為官。高祖吳沛為理學大師。父吳霖起為贛榆縣教諭。吳敬梓工詩詞，學問淵博，尤精《文選》。鄙棄科舉八股，中秀才後，一心從事著述。父亡後，任性揮霍，散盡家財，生活困窘，鄉紳傳為子弟戒。後遷家南京，窮死於揚州。

吳敬梓晚年境況淒苦，飽歷炎涼世態。所作《儒林外史》五十五回，以嬉笑怒罵之筆，諷刺當時官場社會的黑暗面與一般讀書人的醜態。《儒林外史》的文字以口語為主，雜以成語、諺語、歇後語及文言等。富於機趣幽默。人物形象，刻劃細膩。全書以寫實為主，沒有鬼神的荒誕，玄虛的奇談。對於風水邪說、輪迴因果及虛偽的禮教，作出深刻批判。《儒林外史》在中國小說史上，佔有崇高的地位，可與《水滸傳》及《紅樓夢》相比美。吳敬梓另著有《文木山房集》。

題解

〈范進中舉〉節錄自《儒林外史》第三回「周學道校士拔真才　胡屠戶行凶鬧捷報」，版本據嘉慶八年新鐫臥閑草堂藏板，現有標題為編者所加。故事以暮年登科的周學道與花白鬍鬚的老童生范進相遇為開端，帶出當時知識分子窮一生之力追求功名的現象。繼而寫范進高中鄉試前後的遭遇，表現科舉之路足以改變人的政治地位和經濟生活。作者以深刻的洞察力和辛辣的諷刺筆調，對清代科舉制度的腐朽黑暗、各階層人物的可笑嘴臉和知識分子醉心功名利祿的醜態，作出了無情的嘲諷。

注釋

① 這周學道雖也請了幾個看文章的相公：學道，明代主持一省教育及考試的最高官員，清代稱學政。相公，對已有秀才功名者的稱呼。
② 幕客：地方官聘請協助辦理公務的人，此指學政聘請幫助評閱考生文章的人。
③ 行香掛牌：行香，到孔廟上香祭拜。掛牌，出佈告公告考試地點、日期。行香掛牌是學政到省後例行的儀式。
④ 生員：明清時期，凡經過本省各級考試被錄入府（州）、縣學者，通稱生員，習稱秀才。
⑤ 第三場是南海、番禺兩縣童生：南海、番禺，皆在廣州城內。童生，明清時期，凡習舉業的讀書人，在未通過考試取得生員資格之前，不論年齡大小皆稱為儒童，習稱童生。此時的范進仍是個童生。
⑥ 直裰：古代的一種便服，長袍斜領大袖，四周鑲邊。裰 ㊉漢 duō ㊉國 ㄉㄨㄛ ㊉粵 dzyt^{8} 音啜。
⑦ 放頭牌：即放頭排，在科場中已完卷的考生每三十人做一排放出，而第一批完卷放出的考生謂之放頭排。
⑧ 雜覽：指與八股科試無關的詩詞歌賦。
⑨ 叉：架。
⑩ 進了學：即進學，指被取為生員（秀才）。秀才在縣、府官學中有名籍，故稱進學。
⑪ 發出案來：即發案，指縣、府、院試公告合格、錄取的名單和名次。
⑫ 鼓吹送了出去：由官府的吹鼓手擂鼓、吹嗩吶等將考中秀才者送出衙門，以示榮耀和嘉獎。
⑬ 起馬：起身離去。
⑭ 打恭：也作打躬，躬身作揖。

⑮ 龍頭屬老成：龍頭，指狀元。相傳宋代梁顥八十二歲中進士第一名，其謝恩詩有：「也知少年登科好，爭奈龍頭屬老成。」後以此作為對參加會試的老年人的祝福語。

⑯ 火候：此指學問的功夫、功力。

⑰ 門槍：又叫旗槍。官員出行時的一種儀仗，平時就插在門首做裝飾。

⑱ 下處：外出者臨時住處，或客店，或民宅，或寺院。

⑲ 一廈披子：一間偏房子。

⑳ 現世寶：嘲罵人沒有用處、甚麼都不行。

㉑ 帶挈：提攜。此指別人沾了自己的福氣。挈 (漢) qiè (國) ㄑㄧㄝˋ (粵) kit^{8} 音揭。

㉒ 渾家：妻子。

㉓ 行事：同業、同行。

㉔ 長親：長輩。

㉕ 腆着：挺着。腆 (漢) tiǎn (國) ㄊㄧㄢˇ (粵) tin^{2} 音天陰上聲。

㉖ 同案：同一榜、同一批考中秀才的人，彼此稱為同案。

㉗ 鄉試年：明清時期每三年舉行一次全省秀才考舉人的考試，稱鄉試，舉行鄉試的一年叫鄉試年。

㉘ 文會：秀才們為參加鄉試，聚在一起寫文章，相互觀摩、評論，當時稱文會。

㉙ 宗師：對一省主管教育、主持秀才考試的學官（學道、學政）的敬稱。此指周學道。

㉚ 老爺：秀才稱相公，中了舉人後就稱老爺。

㉛ 文曲星：古時相信文曲星是主管文運的星宿，能考中舉人，就認為是文曲星下凡。

㉜ 抛：即泡。

㉝ 把與：把，給。給與。

㉞ 嗑：即喝。

㉟ 出榜：榜，試後張貼出來的錄取名單。

㊱ 兩個時候：兩個時辰，即四小時。

㊲ 報錄人：官府派來到考中者家裏報告喜訊的人，又稱報子。

㊳ 一地裏：一路上、到處。

㊴ 混：蒙混、欺騙。

㊵ 頑：同玩，即開玩笑。

㊶ 報帖：通報考中的文書。

㊷ 諱：避諱。舊時為了表示對有身份、有地位者的尊敬，不直呼其名，特在名前加諱字。

㊸ 亞元：鄉試舉人第一名稱解元，第二名至第十名統被稱作亞元。

㊹ 京報連登黃甲：黃甲，舉人經會試考中者為貢士，貢士經殿試被取錄者為進士，進士分三甲（意近三等），進士榜用黃紙書寫，故稱黃甲。這是一種祝福之語，意為祝赴京會試、殿試連連高中。

㊺ 踹：踩。踹 漢chuài 國ㄔㄨㄞˋ 粵tsai^{2} 音釵陰上聲。

㊻ 家裏：家，此為動詞，回家。

㊼ 只消：只須、只要。

㊽ 他從五更鼓就往東頭集上迎豬：五更即拂曉時分，五更鼓，打五更鼓的時候。迎豬，接豬，即買豬。

㊾ 燒湯的二漢：二漢，傭工、夥計。燒水的傭工。

㊿ 齋公：信奉佛教住在家裏唸經、吃齋（素食）的人；在廟裏打雜的人也稱齋公。

(51) 罷麼：得了罷。

(52) 局不過：局，催逼、逼迫。

(53) 小心：此謂顧慮之意。

(54) 兀自：仍然。兀 漢wù 國ㄨˋ 粵ŋat^{9} 音屹。

(55) 舞：忙亂。

(56) 外科郎中：外科，以手術治療體內疾病的醫學分科。郎中，大夫、醫生。指專治跌打損傷的醫生。

(57) 綰：把頭髮束起來，打成結。綰 (漢) wǎn (國) ㄨㄢˇ (粵) wan^{2} 音挽高上聲。

(58) 小老：老年人謙虛的自稱。

(59) 些須：很少的、一點點。

(60) 全帖：拜訪客人時用的帖子，橫闊十倍於單帖而摺迭成冊的叫全帖。用全帖表示恭敬和鄭重。

(61) 圓領：明代官員的常禮服。

(62) 皂靴：黑色的官靴。

(63) 平磕了頭：互相磕頭行禮。磕 (漢) kē (國) ㄎㄜ (粵) hap^{9} 音合。

(64) 世先生同在桑梓：世，世交，指兩家之間世代有交往。世先生，對有世交者的敬稱。桑梓，故鄉、家鄉。

(65) 題名錄：此指本科鄉試考中舉人的名冊。

(66) 貴房師高要縣湯公：房師，科考時，除正、副主考官外，還抽調一些有學識的官吏做同考官，分房評閱試卷、推薦好卷給主考，本科舉人、進士稱本房的同考官為房師。高要縣，在廣州西一百五十里許。湯公，即小說中的高要知縣湯奉。

(67) 門生：科考得中的秀才、舉人、進士自稱為本科主考官的門生。

(68) 賀儀：賀禮。

(69) 當事拜往：當事，地方官吏。即地方官吏前來拜會。

(70) 軒敞：房屋高大寬敞。

(71) 年誼世好：年誼，指同年科舉登科，范進與張靜齋都是舉人出身，故稱年誼。世好，即世交，范進的房師是張靜齋祖父的門生，故稱世好。

(72) 舒：伸展。